大鱼

有爱的青春陪伴者

余生漫漫，遇你不晚

yu sheng man man
yu ni bu wan

绿桥乔——著

图书在版编目（C I P）数据

余生漫漫，遇你不晚 / 绿桥乔著. -- 贵阳：贵州人民出版社, 2018.12
ISBN 978-7-221-14991-6

Ⅰ. ①余… Ⅱ. ①绿… Ⅲ. ①长篇小说－中国－当代
Ⅳ. ①I247.5

中国版本图书馆CIP数据核字(2018)第299834号

余生漫漫，遇你不晚

绿桥乔 / 著

出版统筹：陈继光
选题策划：大鱼文化
责任编辑：潘　媛
特约编辑：廖晓霞
装帧设计：Insect　蔡　璨　西　楼
封面绘制：麋　鹿
出版发行：贵州人民出版社（贵阳市观山湖区会展东路SOHO办公区A座
邮编：550081）
印　　刷：长沙鸿安印刷有限公司
开　　本：880×1230毫米 1/32
字　　数：250千字
印　　张：9.5
版　　次：2019年3月第1版
印　　次：2019年3月第1次印刷
书　　号：ISBN 978-7-221-14991-6
定　　价：36.80元

贵州人民出版社微信

目录
contents

目录
contents

第一章

/离婚后中五十万大奖/

[1]

“你说我是该哭还是该笑啊？”苏玳玳气闷地跟表姐打着电话，两只眼睛红肿得不成样。

电话那头，表姐林雯的声音清晰地传了过来，说不清是心疼还是恼：“当然该笑了。你中了五十多万呀！而且还甩了那个不负责任的臭男人，是天大的好事！”

只是颇为讽刺的是，苏玳玳虽然中了彩票，可是她刚离婚。才结婚一年多啊，她的婚姻就玩完了。

五十多万除去交税，拿到手的都是货真价实的钞票。用林雯的话说，比那些个虚情假意的人好多了。听了林雯的话，苏玳玳此时不知是喜是悲，但若有的选择，她情愿要回她老公啊！

那边的林雯却嚷嚷开了：“该请吃饭，请吃饭了啊！”

“表姐，你能不能有点良心？你妹妹刚离婚，心里疼得厉害！”苏玳玳揉了揉红肿的眼睛，只觉一吸气，连嗓子眼也是痛的。

“得了吧！你能如此说话，就是没事了。心疼？要不要我给你揉揉你那小心脏啊？”顿了顿，林雯接着说，“其实呀，说得难听些，离了好。有些人、有些事，还是早看清点好。”

这番话，让苏玳玳再次陷入了沉思。

其实，她也并非没有半分错处。如今的社会竞争如此大，宋子衍的压力是很大的，而作为妻子的自己竟然没有察觉。

如今想来，自己与他之间，是早存了嫌隙。苏玳玳看着镜中的自己，短的发、圆的脸、红肿的眼，确实是招人厌的。

“那女人一定很妩媚漂亮吧？”她叹。是的，宋子衍是有了别人，所以才要和她离婚。

“喂喂？你嘀咕什么？”林雯有些担心地叫了起来。

“没……没什么。先这样，不说了。”苏玳玳刚想挂电话，突然记起了什么，又抓起了电话刚要说话，就听到电话那头林雯悠长的呼吸声，原来她还在。心里涌起了一片暖意，苏玳玳说，“表姐，谢谢你。”

林雯还是挺担心苏玳玳的。

于是，她飞一般地赶了过来。

可是跑到了苏玳玳家，却找不到人，就连电话也打不通了。

原来，苏玳玳一个人待在家实在苦闷，就到小区附近随便逛逛。

她已经关在家里，一整天没吃过东西了。

小区门外不远处，就有一家馄饨店。

干净整洁的小铺面，老板笑容可掬，馄饨鲜香扑鼻。苏玳玳站在店铺的玻璃窗前，茫然地看着里面的人。

忽然，身体被猛地一牵扯，苏玳玳还没反应过来，装了手机和钥匙的小包就被歹徒抢跑了。

“抢……抢劫啊！”苏玳玳要追，可有一个身影比她更快，猛地从她身后而过，猎豹一样冲了上去。她只能看见一个黑色的身影，腰长腿长。

“啊”的一声惨叫，歹徒已经被那人掀翻在地。

那场面，真震撼，简直快如闪电。

苏玳玳还在发呆，就见一个高大的男人朝自己走了过来。他的声音醇厚、温暖：“给你。下次小心些。”

她还在走神，只是呆愣愣地伸手去接小包，可他却不放手，甚至他的指腹，还不小心地擦过她的手背。她抬眸瞧他，只见他笑了笑：“刚才你一直看着馄饨，饿了吧？”

于是，他对老板说了一句：“来一碗馄饨。”并付了钱。

一句话，把苏玳玳说得囧死了。她这才发现，自己只穿了一条荷花领的碧色小花居家睡裙就出来了。

她刚要说不饿，他就笑着推了推她，将她按坐到椅子上。老板的动作很快，一碗鲜香的馄饨已经放到了她面前。

“吃吧。”他依旧笑着。

是那种令人如沐春风的笑容。

她正要说话，男人的手机响了，他礼貌地说了句“不好意思”，就出去接电话了。

苏玳玳依旧头脑放空中，肚子“咕噜”一声响，也真的是饿了，于是只顾埋头苦吃起来。

乔扬走进馄饨店时，看到的就是那样的场景。他微微一笑，这小姑娘也真可爱，迷迷糊糊的，只顾低头吃馄饨。

“你很爱吃馄饨？头都要埋进碗里了！”乔扬开起了玩笑。

苏玳玳险些被噎着，他连忙递了一杯水给她，正要说话，他的手机又响了。实在无奈，他只说了句“那我先走了”就匆匆离开。

“哎，谢谢你啊！”可话还没说完，笑得很好看的男人已经走远了，苏玳玳哀叹，自己实在是太没有礼貌了！

苏玳玳上了楼，才发现林雯坐在她家门口等了她许久。

“你没事吧？”林雯有些担心。

看到林雯的神情，就知道她想多了。苏玳玳笑了笑道：“表姐，你不会以为我跑去跳楼了吧？不就离婚嘛，我至于那样吗？”

林雯上上下下地打量了她好一会儿，才发现她还穿着居家服。

“走，我们吃大餐去！”林雯十分豪爽地小手一挥。

“表姐，我刚吃过了。不饿。”

苏玳玳原来很爱吃的，尤其是心情不好时，一向是化悲愤为食量的。见苏玳玳拒绝，林雯知道，这傻傻的小表妹，这一次是真的伤得不轻了。

林雯叹了口气，又换上了大笑脸：“那我们领奖去！”于是，她推着苏玳玳进屋子，换了身裙子。

等站到了领奖处，林雯笑嘻嘻地说：“我就说嘛，人靠衣装，你这样打扮打扮多好看啊！”

苏玳玳撇了撇嘴。这墨绿色的连衣裙，还是林雯送她的生日礼物。好看是好看，可是很修身，又是名牌，实在与她日常的风格不怎么搭，所以她很少穿。

今天是要领奖，她才穿了来。到要拍照录影时，林雯忽然说了句“等等”。

一众人看着她俩，苏玳玳又囧了一下。

林雯变戏法似的从大大的坤包里取了一个大黄鸭的头套出来。

苏玳玳心里“咯噔”一下：“表姐，你不会是要我戴着这个吧？”

“我好吧，给你挑了一个这么可爱的！”林雯十分得意。

“我可不可以不戴？”苏玳玳的眼皮颤了颤。

林雯不乐意了：“这是要上电视的，戴着保护隐私，毕竟你可是中了奖的，还想不想安全离开这儿了？”

苏玳玳很不情愿地接过大黄鸭头套，囧囧地说了句：“交完税没多少的，又不是中了几千万、一个亿。”可她还是把它戴上了。

出了领奖大楼，苏玳玳还戴着那个大黄鸭头套。林雯有心捉弄她，不让她脱下来："等上了出租车再脱啊，不然很危险，别让人认出来。"

苏玳玳哭笑不得，一见出租车到了，就赶紧脱下了头套。还没来得及上车，就听见一声笑，她抬头看去。

一辆黑色的小轿车正好停在了出租车后面。

黑色小轿车驾驶处的车窗没关上，里面坐着的男人有些面熟，脸上的笑意温润，正向她看来。

估计是见她戴这东西太搞笑了。

内心正窘迫，她就被林雯推上了车。

看着她的车子走远，乔扬笑了笑，这小姑娘是来领奖的吧！还真是……有趣！

等久了，乔扬给同事打了个电话催促，同事很快就下来了。

同事见到乔扬笑眯眯的，似乎心情很好，坐进了车里，他才说："怎么，中了五百万大奖了？"

"比中了大奖还要开心。"乔扬随意答道，发现同事正好奇地看着自己，敛了笑道，"安全网络修好了？"

"按你的设计方案，修补好了。"同事迅速回答。

乔扬"嗯"了一声，就开车离开了。

林雯把苏玳玳拐进了一家商场，坐上电梯直奔顶楼。

看着观光梯外，流光溢彩的夜景，林雯一笑，摊手道："领了奖金，你可要请吃大餐了啊！"

"不带你这样的。"苏玳玳终于有了点笑意，"就知道你拐我来这儿，目的不纯。"

离婚已成事实，可生活还是要过的。无论如何，脸上总要有笑容。妈妈说过，女孩儿要多笑笑，才漂亮，人就应该笑着过下去。她要坚强、独立、自信。那是她离了婚的妈妈教会她的。苏玳玳叹气，自己终是步了妈妈后尘。

“其实你有没有真正了解过自己？”林雯看着小表妹，认真说道。

这样的一本正经倒是真把苏玳玳逗笑了。林雯从来不是正儿八经的主儿，她简直就是时尚女魔头，忒有主见，也一向走在潮流前面。

见苏玳玳这样看着自己，林雯笑了笑，拨了拨极长的波浪鬈发，道：“你与宋子衍都太年轻。当初，你妈和你爸就不赞成你嫁给他。他太理想主义，太浪漫了些，少了包容，说白了，他就是自私。你刚二十三岁，大学毕业不过一年多，结婚也才一年多，并非你不了解他，怕是连他也不了解他自己，他又怎能怪你不够了解他？那谁又来了解你！”

“你一向善辩，我说不过你。”苏玳玳苦笑了一声。

“即使你有责任，那他就完全无辜了？”林雯也不急，“他若是真懂‘责任’二字，就不会急着爬上那女人的床！”

其实林雯说的，她都懂，若他能早早地开诚布公和她谈自己的感受，那她就会明白他的压力，就能及时抚慰他，而不是让另一个女人去关心他……

苏玳玳终是鼓起勇气，对林雯说道：“我是打不死的小强，你就别替我操心了。这不，我又能吃能喝了哟！”说着，没心没肺的笑就挂在了脸上，她乐天得很。

林雯看得出她心中的伤痛，但也无奈，有些伤只能交给时间抚平了。

[2]

回到小区时，已经快晚上九点。

小区里过往的人很少，十分安静。

独自走在小区的石子小道上，苏玳玳有些落寞，但又马上替自己打起气来：“笑起来，你还这么年轻！”

一片粉紫的花瓣轻轻飘落于她手上，是绣球花的瓣。

小区虽小，但环境倒也不错，种植了大量的绣球花，花团锦簇，点缀在一片片碧绿之中，单是瞧着，心里就一片欢喜。而这里的邻里关系也特别好，大家都很热心。前面一栋房子的王姆妈熬了汤，常叫上她夫妇俩一起喝。再过去一栋的陈姆妈家的小女孩泠泠可喜欢她种的花草了。而后面的李大爷每次见到她，都会和她打招呼。就连物管处的老人也特别地有爱心，喂养着这一带的流浪猫狗。

她喜欢这个小区，所以也没搬离“伤心”之处的打算。

一声猫咪的叫声引起了苏玳玳的注意。她抬眼一瞧，矮矮的绣球花树下，一个年轻男人正在喂着小猫。

那男人修长好看的手指，爱抚地揉着小猫的耳朵，另一只干净的手心上还有一些猫粮。见她看他，他报以一笑，笑容明净爽朗。她脸上一红，忙错开了目光。

突然，她眼前一黑，顿觉得一阵头晕目眩。

“小心！”男人连忙站起来扶她，手按在了她肩膀上稳住了她。

“下下侬（谢谢你）。”苏玳玳红着脸道了谢，想推开他一点，又觉浑身无力。

男人爽朗一笑，道：“我叫乔扬，搬来这个小区有一段时间了。你还记得我吗？”顿了顿，他又说，“你脸色有些苍白，不如我送你回去？”见她点了点头，他对着小猫道，“待会儿再来看你。”

“它听得懂？”苏玳玳好奇地循着他的目光看去，有一个掩在矮树背后的看来是新近才放进去的猫窝。猫窝里还有三四个绒团般的小猫和一大堆的猫粮。其实，她已经认出了他来，就是今天请她吃馄饨的好人。

“猫粮要另放才好，我家有个小盘子，你待会儿拿给它们作食盒呀，这么放猫窝里会弄脏窝。”苏玳玳低声说道，声音柔软。

“不单是猫猫，连我也觉着受用。”见苏玳玳不解，乔扬笑道，“吴侬软语，果真是动听。你是上海本地人？”俩人边走边聊了起来。

苏玳玳的脸更红了：“你倒是个自来熟的。”她怪他言语轻佻，但见他一双清朗的明眸，便打住了话头。他的眼睛明亮，大而狭长，是异常美丽的丹凤眼。

苏玳玳深信，有清亮眼睛的人一定不是坏人。而且坏人也不会帮她抢回包包与请她吃馄饨啊！

她大大方方地报上了自己的名字：“乔扬，谢谢你。我叫苏玳玳，不是上海人。”“只是住在上海久了，才会脱口就说上海话”后面这半句，她没有说出来。

“苏州城里常见的花，就是玳玳花。玳玳花美，纯白、洁净，像你。”乔扬赞道。他的眼睛那么亮，那么认真，眸底清辉一片，并无一点杂质。

苏玳玳被这样的目光所吸引，笑道：“原来你懂玳玳。”心下暗道，就连她是哪里人，他也猜到了。

本是一句平常的话,她的意思也不过是指他懂玳玳花。没心没肺如她，却不想“玳玳”二字其实也含了她的名字。见她满脸天真，满脸欢喜地瞧着自己，乔扬心底泛起一丝涟漪，含笑答了：“对，我喜欢玳玳花。”

“我也喜欢玳玳花，虽然普通，但不与群花争朝夕雨露，该生便生，该灭便灭，生命力旺盛。”苏玳玳不假思索道。

接过了苏玳玳递过来的小盘子，乔扬忙退出了她小小的家，礼貌道：“我就住在前一栋，三单位三楼。你有什么需要帮忙的，就来找我。谢谢你的招待。”说完不忘把她递过的茉莉花茶喝完。

见他目光在窗台上的玳玳花上留恋，她想了想说：“你等等。”然后小跑进了连通客厅的卧房，把窗台上那盆小小的玳玳花搬了下来。

他马上跑了过来帮她，接过她手上的花盆时，只听她道：“这盆花，你喜欢，就拿去。总胜过无人欣赏……”最后半句便低了下去。这盆花，宋子衍并不喜欢。他总是说要送她玫瑰、郁金香，那些花才明艳照人，不过她为了省钱，不许他买。

想起从前，她愣怔了许久。乔扬一直默默地等待着她。

等她终于回过神来，一抬眸，对上的却是他温柔的目光，她忙垂下了眸子。

“怎么会无人欣赏，你就是它的惜花人！”他的一句话终是点醒她。对！她就是玳玳花，玳玳就是她，即使宋子衍不懂她，可她要懂得自己爱自己！

“谢谢你！”她脸上泛起了美丽的红霞。她那对亮晶晶的眸子焕发出了动人的生气，十分耀眼。

乔扬一笑，转身离去。

第二天醒来时，苏玳玳觉得浑身不对劲。

身体畏寒又发烫，肯定是感冒了。她在被窝里做了很久斗争，才起床。等她梳洗好，准备换衣服去上班时，却听得一阵敲门声，不紧不慢，敲两下又等一会儿，又敲了两下。

“谁啊？”她问。

“是我，乔扬。”

她走到门边，开了门。

乔扬笑了笑说：“不请我进去坐坐？”可下一秒，他已经察觉出她的不对劲来——她脸色很苍白。

“你怎么过来了呀？”苏玳玳正要去倒杯茶，却被他一把按住了手，只觉得她的肌肤滚烫。

“昨晚见你，就发觉你似乎有些不舒服，想了一晚上还是不放心，就过来看一看。你可能发烧了。”他先扶了她到一边坐。

苏玳玳在小事上，是有些小迷糊的那种人。此刻，她还穿着睡裙，V字领，领口拉得有些低了，露出胸前大片雪白的肌肤，因为体温上升的缘故，莹润如玉的肌肤又泛出了微微的红来，十分诱人。

乔扬见了，耳根隐隐发烫，连忙脱下了西服盖到了她身上：“早上凉，你先披着。”然后就进厨房去了。

可这一来，苏玳玳已经明白了过来，臊得不行，连忙去换了身衣衫。等她从卧室再转出来，他已经弄好了早点，清粥配小菜，清淡可口。

“趁热吃。”他对她招了招手。

她低声说了句“谢谢”，把头埋进了碗里。

他看她喝粥，忽然笑了：“你看着真像某种动物。”

她抬头，一对亮晶晶的大眼睛满是疑惑地看着他。

乔扬说：“像鸵鸟。”

苏玳玳：“……”

后来，还是乔扬送她去的公司，并叮嘱她实在不舒服就要去看医生。

临走前，他还不忘叮嘱她多喝些水，这样才好得快。

苏玳玳后知后觉地发现，他是一个很温柔体贴的男人。

乔扬很想一下班就去找苏玳玳。虽然，他也知道，自己急切了些。可他不想再等了，他第一眼见到她，就喜欢上了她。爱情就是这样，情不知所起，一往而深。就像……就像《牡丹亭》，生者可以死，死可以生。不过是为了那个人神魂颠倒而已。

见自己的上司发怔，同事笑着打趣：“又想起了那五百万大奖？”

乔扬不答反问：“你说说，一见钟情到底是怎么一回事？”一副若有所思的样子，可嘴角却不自觉地扬起。

原来是怀春了！同事依旧毒舌：“哪有那么多的一见钟情？所有的一见钟情都不过是见色起意！怎么样，这次遇见大美女了？”

美吗？乔扬问自己。其实，苏玳玳是美的，只是美得不自知。她的那种美，需要细细品尝，才会发觉。

想起她不舒服的样子，乔扬正想提早些下班，顺便带她去看看医生，可紧急文件到了，他需要马上出差。

于是，再不舍，他也只能将那份急切压了下来。

第二章

/ 人生若只如初见 /

[1]

乔扬倚在窗台上，看着置于窗沿上的那盆玳玳花，不禁扬起了嘴角。他与她三年前有过一段邂逅，只是她不记得了。

三年前，他第一次到苏州游玩。游园林之余，他还去了七里山塘。小桥流水，粉墙黛瓦，小巷深处，是一段一段的景致。移步换景，尽得苏州园林精髓。

街河并行，他走着走着，就走进了姑苏小巷，走进了山塘小街。星罗棋布的小街小巷，所倚的便是水了。当微雨半斜，乔扬不自觉地就有了心事。江南的景，有时也挺忧愁。他被雨一打，站在桥头时，那副心事重重还衰的样子，惹得旁边的姑娘“咯咯”笑。

她的笑声清脆，像银铃，灵动活泼。他一抬眸，就对上了她的一对大杏眼。她坐于绿水桥头，两只脚晃悠晃悠地，身上衣服微湿。她的发丝沾满了雨露，贴在脸上，显得苹果似的脸圆得很可爱。她那对眼睛很亮，但有些红肿，分明是刚哭过了。而且她没打伞，连鞋子也掉了。

乔扬往河上看去，果然看到山塘河上浮着一只小鞋子。鹅黄色的绣花鞋，鞋头尖尖，缀着一朵手绣的翠色牡丹，有种销魂夺魄的味道。

又是一声笑，他听出了她的嘲讽也不恼，上前了一步，说："小朋友，有什么需要帮忙的吗？"见她看似十八九岁，他便故意叫她小朋友。

她咯咯笑。等他反应过来，她是笑他刚才一本正经站桥头的样子，又听见她说："你就是这样搭讪女孩的？"接着她笑得更厉害了。

她的那种笑，没心没肺，笑得天真爽朗，很憨，而且还很美，像《聊斋》里的婴宁。

见她笑得前仰后合的，真怕她摔下河里，乔扬说了句："小心！"

她轻巧一跃，跳到了桥板上。雪白的双足踏在有些泛黄的石板上，被雨水一打，楚楚可怜。

"喂喂！你是不是有恋足癖啊？干吗老盯着人家脚看！"她不高兴了。

乔扬连忙移开视线，从袋子里一阵好找，终于找出了一对人字拖鞋，递给她。见她不接，他尴尬地笑了笑："石板凉，你也不想光着脚走回家吧？"

人字拖被她一把抢过，她穿上，"嗒嗒嗒"地跑了，还不忘回头冲他做了个鬼脸。雨天路滑，鞋子太大，她跑得有些踉跄，他替她担着心，可一想到她调皮的神情，又放松了下来。那样皮的一个姑娘，灵活得很，不用担心她摔跤。

其实，他刚才走到桥头时，就注意到了她。她分明在哭泣，嘴里还念念有词："谁让你气我！谁让你气我！气跑了我，又不来哄我！哼！"

原来是小情侣吵架了。

七里山塘的主街道比较热闹。到了绿水桥这边上，游人少了许多。雨斜游人稀，连景致也添了抹清妩姿态。他站在桥上北顾山塘河景致，拍了许多照片。正要捕捉景物，又听见她转忧为喜的话："算了，算了，原本是我欺负他，还是我哄他算了。"一说完，她又是眉开眼笑的样子了。

乔扬还是第一次见到这么善变的女孩子，一会儿哭一会儿笑的，难得的是，如此没心没肺，笑得很可爱。乐观、开朗、活泼、可爱，是她给他的印象。乐天派的姑娘，就跟个抢不到糖吃的小孩子一样，他是想逗她笑的，但见她又垂下了头，以为她又要哭了，那微侧的脸楚楚可怜，连眉眼也染上了些愁绪。他又烦着工作上的事，那副一本正经的模样后来居然就真的逗笑了她。

她并不傻，觉得那个男人是想上来劝她别哭的，所以领了他的情，又笑嘻嘻的了。

她很皮，早就跑得无影无踪。只有河面上浮着的鞋子，在他眼前晃悠。

他心中一动，走下桥头，俯下身去，费劲捞起了鞋子。

他抚摸着那打捞上来的绣鞋，又想起了她的容貌，圆圆的脸蛋、亮晶晶的眸、甜美的笑容，还有身上那显得有些宽松的碧色针织外衣。对了，她是穿着白底的小碎花连衣裙的。真是个难以理解的姑娘，明明穿着甜美，偏又如此皮。

他抚了抚软缎做的绣鞋，远远地听得一声“哎”。他一急，胡乱地把绣鞋塞进了背包里。

一个影子一闪，她人已经跳到了他面前：“嗨，还你的鞋子。”原来她已在路边买了一双布鞋换上了。

他一笑，接过了那双人字拖。

“外来的，知道这里是什么桥吗？”她身上依旧湿淋淋，可见是个大大咧咧惯了的家伙，没规没距，又自来熟。

乔扬笑着指了指一旁摆字摊上的对联。

对联上写：花事晴暄绿水桥，画楼红袖倚吹箫；春风不管离人恨，依旧青青到柳条。

“呀，你还挺有文化，挺能装的哟！”她眨了眨眼睛，捡起他从背包里掉出来的地图，胡乱地翻开来看。

“想到‘枫泊夜桥’看看吗？离这里也不算远。”她忽悠他。

乔扬清了清嗓子：“是‘枫桥夜泊’。”

“哦。”她摸了摸脑袋瓜子，才发觉刚才说得快了，有了口误。

她脸一下就红了，下意识地对着地图胡乱戳着。她十指尖尖，地图眼看就要被她戳破了，才肯放过，懒懒道："不远就是青山桥。绿水青山，挺有意思，适合你。"

果真是不放过一切机会捉弄自己。乔扬忍俊不禁，又指了指另一副对联，只见上面写着：碧海青天路可通，琼楼玉宇写难工。分明七里山塘月，千里相思邪许同。对联上题的诗本意是留恋绿水桥，不忍离去。但他心里明白，是舍不得眼前这个只有十八九岁的小姑娘。

可她没察觉出他的朦胧心思，仍大大咧咧："绿水桥是好，我也喜欢。不过游人的时间怕是很赶，还是多看看的好。"他刚要答话，却见她跳也似的冲下了桥头，不多会儿又跑了回来，手里还拿着三个卷轴。

"这个给你。"她笑嘻嘻地递上，"当作旅行纪念。"

雨歇风停，此情此景，让乔扬永难忘怀。他双手接过，打开卷轴一看，原来是赞美绿水青山桥的诗句，其中一张上面写着：诗情画景登时集，烟雨垂杨绿水桥。

好一句"烟雨垂杨绿水桥"，她分明就是从烟雨江南里走出来的丁香女孩，与他相遇在绿水桥畔。

"喂喂，这是仿品，仿品！很便宜的，二十块三张。就是个纪念。"见他欢喜的样子，她又想笑了。

突然，不远处跑来一个男生，叫道："苏玳玳，你给我过来！"

"呀！"苏玳玳吐了吐舌头，自言自语，"真糊涂，把他给忘了。"于是回了句，"子衍，我就过来。"

视线一转，她看向乔扬道："嘿嘿，我该走啦！看吧！还是我赢了，我就说嘛，一定是他先来找的我。"说完一溜烟地跑了。

乔扬轻叹了声，笑着看向她投奔而去的身影，在心里说道：小姑娘，祝福你。

"你在和谁说话？"宋子衍带了些不悦，替她仔细拂去头上、脸上的雨水，一把将干净温暖的外套披到她身上，见她喷嚏连连，也就不忍责怪了。

“对不起呀，害你担心。是我错了！欺负你是我不对，我本想先低头认错的，谁料鞋子掉了，也就顾着找鞋子摊了。”说着，她不忘向一旁的乔扬做了个鬼脸。

乔扬颔首回应，一抬眸，对上了那名叫子衍的男生的眼睛。对方样子俊俏，只是一双眸子深沉，见不到半分情绪。乔扬一叹，只觉得他不大适合大大咧咧的苏玳玳。

[2]

“我家玳玳，你在哪儿？”林雯捏着怪里怪气的声调问道。

正襟危坐的苏玳玳脸上一红，低声答了句：“你别这么肉麻，行吗？”

“那你在哪儿啊？给句话不就行了嘛！”林雯不紧不慢地说，听着电话那头的苏玳玳不知是对谁低声说了句“不好意思，你请稍等”。

“哟，出息了啊！听着是爵士乐啊，有品位。在哪儿腐败啊？”林雯听出了苏玳玳正在接待着什么人，难道……

“嘻嘻，”林雯笑了声，“莫不是在相亲？”

“关卿底事（关你什么事）？”苏玳玳柔软的声音传来，接着一叹，“方阿姨安排的。”

林雯是知道方阿姨的，说来也算是亲戚。方阿姨是苏玳玳父亲苏国安的第二任老婆，对苏玳玳倒也不差。方阿姨与苏国安育有一女，名字与苏玳玳一样从花，取名苏茉莉。

每次听到苏玳玳谈及家里，语气里多少带了些惆怅，林雯是懂的。

苏玳玳与父亲住，只是别人的一家，有父有母有女儿，三人刚刚好。苏玳玳总是认为，自己是多出来的，所以言行举止颇为安静谨慎，这与她在其他人面前表现出来的活泼是不同的。

说着说着，林雯脚步一拐，从金陵路转进新康里。

此处遍布着老房子，处处是高大的窗户和逼仄的楼梯，但这里又是有些情调的。油绿油绿的爬山虎缠缠绵绵地攀附在墙上，一砖一瓦皆让它们钟情，都要蔓延过去。如此，它们牵挂了几十年，一点一点地向上攀爬，一层一层地重叠，似要通过墙缝融进屋体一般将房子包围。

而台阶上的深碧苔藓长得是更加肆无忌惮，与从民居里探出来的一两丛五色牵牛花相呼应，活泼可爱。碰到了连绵的下雨天，花园的角落里还会探出几个小小的蘑菇。

这里的一切都是生机勃勃的，也正因此，林雯喜欢来这里喝杯咖啡或茶什么的。

别看这里屋宇紧凑，可零星的别墅、私人公馆伫立，倒也不觉压抑。好几个懂生意的人在此各盘了店面，以小别墅为主题背景，开起了咖啡馆、红茶馆。别说，还真挺小资的。

今日遇雨，她是特来此喝咖啡的。坐在雕花栏杆边上，一边喝咖啡，一边欣赏那被雨淋得碧油油的爬山虎，那才叫享受。于是，她才巴巴地给苏玳玳打了个电话。

可苏玳玳倒好，已经自己先占着地方了。

原来，林雯踏进新康里时，就一眼看见了倚在黑漆雕花栏杆旁接电话的苏玳玳。今日的苏玳玳与往常有些不同，穿着一袭白缎苏绣旗袍，文静淡雅。

微雨沾上了她绒绒的短发，她伸手轻拨了拨，额间别着的珍珠发夹颤了颤，瞧着只觉可怜。苏玳玳是美的，只是她自己从来没有发现。听见林雯猛地吸了一口气，站于二楼的苏玳玳忙问了句：“怎么了？”

“低下头来。”林雯直接叫道。

苏玳玳一怔，忙垂下眸子，就见着林雯风风火火闯进红茶馆的架势。她不禁摸了摸鼻子，自言自语：“我没得罪她吧？”

一杯加了柠檬片的英式红茶轻轻晃荡着，苏玳玳托着腮，注视着手中的杯子。原来，方阿姨替她安排的相亲对象，是个四十岁的离异中年男人，而更绝的是，还带着个十五岁的男孩子。真要是谈成了，她就成了个当后妈的，而且这继子只比她小八岁。一想到这里，她的脸就忍不住地抽搐了下。

那中年男人戴着一副金丝边眼镜，五官清秀，西装革履，气质倒是好的，人也保养得不错，看起来三十五六岁的模样。听说是制药厂的一个小老板，有房有车。为此，苏玳玳知道方阿姨是用了心去物色了。

见苏玳玳不作声，那男人殷勤道："是不是不喜欢？要不，换点别的？"

"这个挺好的，不用麻烦了。"苏玳玳忙笑着作答。

那男人是喜欢苏玳玳的，可她总是一副安安静静的样子，倒让他有些不知该如何是好。于是，他讪笑着道："我家就在黄浦江边上，那里风景很好。小区里有家很不错的咖啡馆，要不下次我们去试试？"

"哟，这么快就想把人往家里拐啊？你当我家玳玳是什么人啊？"林雯风风火火地赶了过来，"要不是在一楼碰见了熟人，早上来讨杯喝的了。"说完，她一把端起苏玳玳的那杯红茶，一口喝尽，"我家玳玳只爱喝花茶。"

见那男人讪讪的，林雯仍不闭嘴："大叔，看你年纪，小孩也应该不小了，嗯？"

苏玳玳脸上一红，忙拉了林雯坐下，赔笑道："黄总不好意思呀，我表姐喝醉了，刚赶完饭局过来的，胡言乱语的，你别在意。"

可林雯不接这个茬，嚷道："我没饭局，更没喝酒啊！这里谁醉了，倒不清楚了。我看啊，有些人，倒是整清爽的嘛！"

彼此一僵，那男人不说话了。

其实黄天佑是老实人，只是暴发户嘛，一开口，动不动就钱啊钱的，自己有这有那的，就怕别人不知道他有钱。现在听出林雯的嘲讽，他本想拂手离开，但出于礼貌，便含笑听了，并不作答。

"好了，好了，黄总你别介意。表姐的意思是该整清爽的，不知方阿姨对你说过吗？我离过婚的。"言下之意，该整清爽的便是苏玳玳自己了。

黄天佑投来赞许的目光，淡淡一笑："阿方有提过。这件事，错不在你，不必为此自卑。"

这一番话倒让林雯一怔，眼睛眯起，瞧了瞧他，心中不觉叫了声“好”，心道：倒像个男人。可黄天佑接下来的一句话，把林雯给呛着了。

“我家文强十五岁了，倒是你别嫌弃才好。”

“噗！”一向注意形象的林雯把茶给喷了，还喷到了苏玳玳身上。

黄天佑愣了。苏玳玳也没反应过来，林雯却是一把拉起了她：“呀！下午玳玳还要上班哟，却把衣服给弄脏了。我们赶时间，就先走了哟。大叔，见谅啊！”说着，俩人已没了影。

等出了新康里，苏玳玳才反应过来，“哈哈哈”地大笑起来，笑得疼了肚子，一手捂肚，一手推了林雯一把，“你也太不要脸了吧！”

“不要脸的是那黄总，还想老牛吃嫩草！”林雯一巴掌拍在她肩膀上，“你还真是个极品，连相亲也撞见极品男。”

“他不错的。”苏玳玳一叹，苦笑道，“之前那个才真叫极品，喝完咖啡，刚从星巴克出来，就跟我说，我喝了两杯咖啡加一块蛋糕，该 AA 的。”

“所以你就想着将就了？”林雯皱起了眉头。

“方阿姨好意，我不好拒绝。见见面，就当交个朋友，也不是什么坏事。”苏玳玳说。

她有她的难处，林雯明白。

[3]

在小区的花园里，那四只流浪小猫已经被乔扬喂得肥肥的，小肚子胀鼓鼓的了。

乔扬给四只小猫分别取名为雪球、狸狸、小斑点和可可，其中雪球是乔扬最喜欢的，它一身雪白，可偏偏两只耳朵却是黄色的，衬着一对绿眼，漂亮极了。抚摸着雪球，乔扬的心里软软的。

“既然喜欢，怎么不带回家养？”对面房的陈姆妈走了过来，手里拿着一盆子煎好的小鱼。

闻得鱼香，四只小猫全从花丛里跳了出来，“喵喵”地叫得人心软。

乔扬礼貌地和陈姆妈打过招呼，才道："家里窄，也养不下四只小淘气啊。亏得小区个个皆是好心人，每天都喂着它们，偶尔逗它们玩玩，也是好的。等它们再大些，我就带它们去做绝育手术了。"

"是该这样的，整清爽了才好。不然这四只小猫再生小猫，老可怜的哟！"陈姆妈摸了摸小斑点，那是只身上有花斑的小猫，"后面楼的玳玳也老有爱心的，每晚都会记着来喂小猫们。真是怪了，好久没见着她先生啦。知道吗，别看她年纪轻轻的，小两口结婚一年多了哟。"

陈姆妈絮絮叨叨地说起话来，没注意到乔扬神色有异，还一个劲地八卦着别人家事，说得是不亦乐乎。见他没有在听她说话，刚想唤起他的注意，却瞧见他的眼神紧紧盯在一个地方，便顺了方向看去，正好看见苏玳玳回来。

只见苏玳玳两手提着两大袋东西，汗水不断地从下巴滴落，眉头蹙起，脚步走得越加地快，想必是东西太重了。

"呀！玳玳也真是的，十斤装的米也不叫先生买。"陈姆妈说着跑了过去帮忙。

乔扬更是快步走了过去，什么也没说，替她接过了那袋米，并对陈姆妈说："我来就好，您也别太累着了。"接着也一并拿过了陈姆妈手中的手提袋。

"呀，这多不好意思！"苏玳玳刚要推拒，乔扬一笑，提着大包小包快步走了。

"哎——"苏玳玳赶紧着跟了过去。陈姆妈也小步跟着，念叨："这后生真不错啊！热心肠哟，又有爱心，要不是我家那泠泠还在上着高中，我就介绍他了哟。"一席话说得苏玳玳忍不住笑了起来，可下一句又说得她白了脸，"对了哟，你家先生呢？也不帮帮你忙，这些东西多重啊！真是的！虽说年纪轻，可也该懂点事了呀，这成了家，可就得多帮衬着家里些呀！"

苏玳玳极小声地说了句："我……我们离婚了。"脸上红一阵白一阵的，此时此刻，她觉得很尴尬。

可陈姆妈仍是大着嗓门叫了句："什么？离了？怎么就离了呢，你们小两口的，也才结的婚，才一年哟！"

前面的乔扬怔了怔，就那样停在了那里。此时，苏玳玳都羞得快要虚脱了，见他举止，更觉得自己丢人，急得扯了扯陈姆妈的衣服。陈姆妈马上明白了过来，闭了嘴。乔扬知道自己失态了，立即装作无事人一般，朝苏玳玳家走去。

陈姆妈是明白人，知道自己闯了祸，脸上有些讪讪的："泠泠也快放学了，我该回家煮饭了。我就不跟过去，叨扰你咯，我晚些时候给你盛汤过来啊！家里煲了一下午了，可好着嘞。你也该补补了，瞧你瘦的。"

"谢谢姆妈。"苏玳玳的声音越发低了。

"记住，你是个好孩子。"陈姆妈握了握她的手，低叹了声，接过乔扬递过来的袋子，就走了。

等及苏玳玳赶到家门口，走得老快的乔扬已等在那儿了。

"麻烦了呀！"苏玳玳赶紧开门，让他进去歇歇，"真是不好意思了。"

"没有，没有。这点小事，怎会麻烦。"说着，乔扬自来熟地踱到了饮水机前，取过纸杯倒了水喝。

他没有多问，这让苏玳玳自在了不少。

"呀，看这盆花的形状，之前开得挺茂盛的吧？虽说现下没几朵花了，可叶子长得好。"乔扬笑着指了指客厅的那盆玳玳花。这是她新近买回来的，乔扬的心松了松，想着，也好，她肯添置新东西，证明她是看得开的。

而苏玳玳则不知他想这许多，只听他如此调侃，她脸上一红，忙开了柜子，取出一小盒茶叶，经过一番忙碌，倒是给他泡了壶香气缭绕的花茶。

等品完了一杯好茶，乔扬赞道："原来这花全入茶了。好手艺啊！"

苏玳玳听了莞尔一笑，道："这剩下的花也快掉花瓣了，我得好好扫起来，入茶。"

乔扬的手颤了颤，指了指放在一旁的扫帚："你拣茶都是用扫的？"

苏玳玳玩笑道："难不成还要我一朵一朵、一片一片地摘呀，我又不是采茶姑娘。"她是故意开玩笑的，以证明自己没事了。

他又喝了杯茶，大叹："好茶！"

这一来，倒真把苏玳玳给逗笑了。

"喝了你的好茶，总不能什么也不干。我给你装米。"说着，乔扬把脚边的米袋提到了窄小的厨房里。

苏玳玳忙跟了过去："这怎么好意思。"可厨房太小，等他一转身，俩人贴得可真是太近了。

她身上淡淡的香味钻进了他鼻子里，他闭上眼，深深一嗅："好香！"

被他一打断，苏玳玳不假思索，脱口而出："我挂了茉莉花做的香囊。"接着扯了扯脖子上挂着的那根细细的红绳。

乔扬一低头，眼睛便落在了她细细的锁骨上，而雪白的肌肤上透出了淡淡的血管，他连忙移开了眼睛，只管着把米倒进米桶里。

他怎么不说话了呢？苏玳玳愣愣的，取出衣服下的粉色小香囊，心道：他肯定在心里笑我是土包子了。都什么年代了，还自己做香囊。

见她神色，乔扬不禁想道：这真是个不解风情的小东西。怕是在她心里，是不会联想到男女之情的。自己对于她来说，就是个能说得上话的朋友。也好，那就一步步来吧！

她的小手在他眼前晃了晃："嗨，你在想什么呢？"她仍是没心没肺的。

"我在想，你再不出去，我就被堵在这儿了！"他一脸好笑地看着她。

"呀！"她跳了起来，"嘿嘿，不好意思啊！"

"你是该不好意思的，除了好茶，你的待客之道不怎么样嘛！"乔扬毒舌起来。

气氛一下缓和了起来，俩人皆觉着没了拘谨。于苏玳玳而言，与他相处很舒服，就像在接待一个好朋友一样，可以有一句无一句地聊着话。

可好景不长，下一秒，苏玳玳就彻底红了脸，羞得恨不得自己钻进地缝才好。

原来乔扬进门时，为了避嫌疑，只是虚掩了门，并没有锁上。因而大大咧咧的林雯一头撞进来后，看见乔扬，她只愣了一秒，就爆发出了极大的声音："好呀！苏玳玳，你也太没良心了吧！难怪方才的相亲也不怎么卖力，原来是有卖相更好的呀！"

看着风风火火的林雯，乔扬愣住了。倒是苏玳玳仍算镇定，厚着脸皮，扯了林雯进来："这是小区里的邻居，乔扬。这是大马虎表姐，林雯。还有啊，人家是五好青年，瞧你说的是什么话。"说着不忘瞄了眼林雯。

林雯翻了个白眼，接了话："嗯嗯，是我有眼不识泰山。五好青年，您好啊！"

乔扬大大方方一笑，已站了起来："林雯，你好。你多陪陪玳玳，我先不打扰了。"说着已出了门，并仔细关好，方才离去。

"哎哎，这家伙不赖！"林雯朝玳玳眨了眨眼，"虽说长得没有宋子衍俊，可人看着倒实诚多了。比宋子衍，还有那带着十五岁孩子的什么总靠谱。"

苏玳玳没好气地瞪了她一眼："是黄总。还有啊，我跟乔扬真没什么。"

"真没什么？"林雯挤眉弄眼，"人家还叫你玳玳呢，这也叫没什么？"

"乔大哥人好，他很热心的，对小区的老人也分外照顾。他不过是觉得我可怜，才帮我一把。"说着，苏玳玳又叹了口气。

这一说，倒让林雯没了声音，许久，她才拍了拍苏玳玳肩膀，道："你别妄自菲薄。离了婚也不代表什么。"

离了婚，真不代表什么吗？苏玳玳叹了叹，离了就等于一切都要重新来过。而重新来过，说着容易，做起来往往是最难。像妈妈，当初离婚时三十岁还不到，可再也遇不到好的人，一直单身，直至年华逝去。想想，不是不可怜的。

拍了拍脸蛋，苏玳玳对着镜子里的自己道："你会这样想，证明你还抱有希望对不对？即使离婚了，想有好的生活，这没有错！苏玳玳，你没有错！”

乔扬早离去了，来找自己去方阿姨家吃饭的林雯也被赶走了，这家里，只剩自己一人了。看着空空的房子，苏玳玳抬起了头，看着那盏温暖明亮的贝壳灯，心里很不是滋味。

第三章

/ 岁月长长 /

[1]

林雯的大嗓门是出了名的，要不是被她嚷嚷得慌，苏玳玳倒真是不情愿去方阿姨家的。

“你用了‘去’字,而不是‘回’。”苏玳玳看着镜中的自己,浮肿的眼睛,暗沉的脸，哪还有一丁点二十几岁女孩子的活力。

方阿姨家其实就是玳玳爸的家，也是玳玳的家。可苏玳玳一直把自己当外人看，报高中时，读的就是全寄宿的学校，十五岁起就不跟爸爸，也不跟妈妈住了。所以她从没有回家的感觉，因为她无家可回。

坐在地铁上，看着或坐或站的人，走了又来了，苏玳玳忽地陷入了一股莫名的恐慌中。又一个站到了，车速减缓，一张浓墨重彩、青春靓丽的脸映入眼帘，那是一张张贴在地铁通道里的巨幅海报《牡丹亭》。杜丽娘的样子多美啊!

忽地，苏玳玳就想到了那句唱词：则为你如花美眷，似水流年。

如花美眷，似水流年……

这繁华的大都会，何处不是浓墨重彩，何处不是春光流离？就如这地铁站台，人来人往，热闹里充斥着的却是空虚和浮躁。再美的容颜也敌不过似水流年啊！就如回到了十八九岁时的少女那般，苏玳玳靠着座椅，将腿也放到了座位上，双手抱脚，有些忧伤地看着车窗外。

难得地，今天坐这站地铁的人不多。

长椅很长，又很空。

或许，再没有那么一个人，微笑着朝她走来，然后说："你不该把脚放到座位上。"明明是责怪，但他的声音是温柔的。

"这里的位置多的是，你不会坐别处啊？非要坐人脚边！"苏玳玳恼了。

他满脸笑意地看着她："可把脚放这儿是不对的。下一个坐这里的人，会弄脏衣裤的。"

他的执着让苏玳玳哭笑不得。可那一天，她的心情实在是差，因为妈妈不在上海，而爸爸却要送妹妹去学钢琴，无人记得她，也无人记得她的生日。于是，她朝他发了火："我讨厌你！"

可他坚持要那一个位置，她脚搁着的位置。因为是雨天，她鞋子上的泥水皆蹭到了位置上了。一个大背包轻巧地搁到了她脚边，她很无奈地移开了脚，而他用自己的背包把那个位置给擦干净了。

她脸上又是一红，垂下了眸子。她终于察觉到，自己方才那样做是不对的。

"你刚放学？"他指了指她的书包。

恰恰相反，她是逃课了。高三，任谁都是紧张的吧，偏她是百无聊赖，不知人生何为。她想回苏州，那里有妈妈，妈妈会替她弄一大盘的冬至团吃。冬至那天，便是她的生日，她一向过旧历生日的。

苏玳玳没有理会他。下了雨，天气有些冷，她缩了缩肩膀。

"给你！"他从大背包里取出了一件衣服。见她一动不动的，他便主动替她披上，叹了句，"嗯，好香！"

他的一句话，便让她脸红了。她紧紧地攥着衣服，只怕心跳声被他听见了。

“我叫宋子衍，孔子的子，衍生的衍。可不是‘敷衍你’的衍！”他伸出了手。

她手轻轻地抬起，有些疑虑，刚想缩回去，便被他握住了。

“你好。”他说。

苏玳玳方才注意到他的容貌,倒是挺俊俏的。他有一颗突出的小虎牙，一笑时，眼睛弯弯的，就如一汪弯月，倒映在她的心间。

“苏玳玳。”她淡淡地说。

这一站是从机场开出的，没几个乘客。再看宋子衍的模样，像是个大学生，可怎么会选冬至这一天回学校呢？如果是本地人，更该是回家过的啊！如果是从家里过来学校的，怎么也说不过去吧？这一思考，苏玳玳的眉头蹙得老紧老紧的，就差没把眉蹙成问号了。

宋子衍微微一笑：“不用猜了。我是刚从枫泾回的学校。”

“那还不如在家过了再回来呢！”苏玳玳脱口而出。

宋子衍听了，脸色变得有些苍白，一副欲说还休的模样。

“怎么了？不对吗？在家陪家人过冬至，多好！”苏玳玳摸了摸翘起的小鼻头。

“我没有家人，在哪儿都一样。”宋子衍叹了声。

“不、不好意思啊！”苏玳玳倒是急了。

“没什么，真的。”尽管他的脸上挂着微笑，但眼底的那抹忧伤没有逃过苏玳玳的眼睛。不知为何，她只觉自己满心满脑的，只是想开解他，想怜惜他。而那种说不出的感觉，是心动。

“说说你吧，小姑娘。”宋子衍一笑，眼睛陷得更深了。

这一眼，倒是把苏玳玳的魂儿也给勾走了。她一开口，竟结巴了：“我……我也没什么好说的呀！”

听了她的话，他仔细地瞧着她眼睛，温柔地说道:“你怎么红了眼睛？冬至是合家欢乐的日子，一家人该围在一起吃饭的。”

“我也没有家人。”苏玳玳茫然地看着窗外，眼睛里雾蒙蒙的。

其实，宋子衍从来没有说过他为何爱她，她也就不知道，从第一次遇见，见了她那双雾蒙蒙的眼睛，他便爱上了她。

后来，他俩恋爱了。宋子衍比苏玳玳大两三岁，大二在校生。而苏玳玳正值升学的紧张时刻，可俩人就那样不管不顾地爱上了。

自然地，宋子衍知道了她家的一些情况。她不是没有家人，只是她把自己分离了出来，她觉得自己是多余的人。而他，在很小的时候，父母在一次交通意外中，双双身亡了。他由舅舅一家领养，舅舅一向很疼他，但舅妈却不喜欢他。

后来，在他上大二那年，连舅舅也去世了，他也就从舅舅家搬了出来。当初他上大学时，舅舅一次性打了四万块到他账户上用作四年的学费，怕他不舍得花钱，舅舅还常塞些零用钱给他。

可大二时，舅舅一走，舅妈便以要办丧事为由，要宋子衍把账户上那三万多还回来。宋子衍是有骨气的人，二话不说，把那三万多全取了出来，但要亲自操办舅舅的丧事。这样一来，他和舅妈的关系彻底地闹僵了。

他第一次遇见苏玳玳，刚好是他操办完舅舅的丧事，赶回学校的那一天。舅舅后事，他请了舅舅生前的亲戚朋友和同事，办了白酒，定了墓穴，定棺下葬，一切皆做得无可挑剔。而那一笔钱是远远不够的，他还把这几年来，打零工与做软件设计赚的五万多块补了进去。这一切，他没多说，因为他觉着，这是应该的，毕竟舅舅抚养了他十多年。

若不是他在学校接的对外设计项目赶着要，他是不舍得坐飞机赶回来的。自此，他等于是没有亲人了，成了真正的孤儿。而他在这个时候遇到苏玳玳，俩人自是同病相怜的。

报站的声音传来，到站了。

车门缓缓打开，仿佛对她发出邀请。对的，这是一场全新的开始，过去就让它留在门后吧！苏玳玳收起了回忆，走下车门。

南京西路到了。

[2]

南京西路是一片繁华商区，高档写字楼遍布，里面的公司大多是世界五百强企业，故而南京西路的房价寸土寸金。

而方阿姨与玳玳爸的家就在南京西路边上。苏国安是个事业型的男人，自然也是赚得到一些钱的。原本在大企业里做高管，拼搏到了今天，也成了股东之一，且自己还另开了一家小小的公司，做起了老板。

当初，苏国安为什么要和林秀离婚，苏玳玳一直不清楚，问妈妈，妈妈不愿说，爸爸自然也从不提及。那时两人还是很顾着苏玳玳的，就连吵架，也没让苏玳玳撞见过一次。后来两人的突然离婚，让苏玳玳很难接受，可当苏玳玳见到方阿姨的那一刻，她就明白了。

方程程很美，是热情洋溢的美，与林秀不同。

方程程总是烫最时髦的发型，涂最红的口红。她身材高挑丰腴，四季穿裙子，那种独特的妩媚姿态，总是让人过目难忘。

林秀消瘦单薄，发绾起，总是拿一支式样简单的碧玉簪簪住。她从不施粉黛，也不用任何香水，因为她是在茶馆唱评弹的，所以散发出的是茶香。她寡言少语，是开在小城水乡的一抹淡淡景致，是无法融入上海这样的繁华之地的，因而夫妇俩的心越走越远，直到苏国安遇到了方程程，两个人的夫妻之情算是走到了尽头。

后来，苏玳玳跟了苏国安，不久后，方程程有了与苏国安的孩子。苏玳玳终于成了外人。

玳玳的妹妹茉莉长得像方程程，也是那种热情洋溢的美。从小到大，所有的亲朋好友都宠着这个美丽骄傲的小公主，而苏玳玳只是一抹浅淡的影子，无人在意。

因此，苏玳玳从小就将全部的心思放在了学习上。苏玳玳的成绩一向很好，无须人操心，自然地，也无人会替她操心。十五岁那年，她迷上了化学、生物，她的理工科十分不错，一直想往那方面努力。由于她的成绩好，得到了一个游学机会，到德国作为期一年的化工科学习交换生。可这需要一笔钱。当她期期艾艾地向苏国安提出时，苏国安沉默了一下，正要答应，却听方阿姨说，茉莉也报了游学团，到欧洲十国去学习，要五万多块钱。那一刻，苏玳玳笑着说，她不去德国了，原本她也对化工没什么兴趣，她说喜欢文学。于是，苏茉莉骄傲地笑了，扬起了她高傲的头，进房里练她的芭蕾去了。

苏茉莉学习成绩再不好，可她注定是公主，而苏玳玳只是一棵草。

正想着，门开了。

原来是苏茉莉看到了她进小区，替她开了门。

“嗨！”苏茉莉朝她打了声招呼。

苏玳玳笑了笑，打起精神道：“不用等我的，你饿了就先吃。”

对于这个美丽的妹妹，苏玳玳一点不嫉妒。其实真说起来，苏茉莉也不难相处，只是有些公主病罢了。对于苏玳玳，她也算上心，每每买新衣服裙子、化妆品，都会算上苏玳玳一份。就连喜欢上学校哪个帅哥这样的小秘密也会偶尔跟苏玳玳说说。

“就等着你呢！快来，饭菜都快凉了。”方阿姨也招呼苏玳玳。

看着方阿姨的架势，想起方阿姨帮她介绍的相亲对象，苏玳玳就不由得头皮发麻——敢情这一餐是鸿门宴呢！

果然，还没坐稳，方阿姨的话就来了，无非是黄总是个“好盘”啊，要抓住啊云云。对此，林雯不住地使眼色，一副看好戏的神情，还低声说了句：“还说楼盘不成？”

方阿姨是个直性子，一听就不乐意了：“好男人不等同于好楼盘吗？只怕错过了这个村，就没这个店了！人家有房有车的，有什么不好？你看那宋子衍，长得帅能当饭吃？”

苏玳玳忙低下了头，只顾着吃饭。可泼辣的林雯也不好惹，顶了句：

“这么好的‘盘’，怎么不见你介绍给茉莉？我估摸着，她与那便宜儿子，也差不了几岁，绝对有话聊。”

一席话，把方阿姨气得拍起了桌面，一对柳眉倒竖起来，声音不禁提高了两分：“真是好心没好报啊，茉莉不是还小着嘛！玳玳的情况又不同。甭管你爱不爱听，好多三十岁的离婚女人只能嫁五六十岁的，你还得服侍人家。你不愿嫁五六十岁或死老婆的，成啊，多少女人就这样熬着，熬到老了，连个贴心的人也没有。还想着找三十出头的？哪个三十出头的不想找十八九岁的？就连四十岁的，眼睛也总是盯着二十出头的！黄总除了儿子大点，条件是顶好的了！”

苏国安见妻子发火了，瞪了林雯一眼，忙打圆场：“好了好了，吃饭吃饭，这事迟些再说！反正咱们玳玳还小，当初，我就不舍得那么早放她出去。若不是她非要嫁人，我还想留家里再养几年的。程程啊，你也别太操心，儿女自有儿女福。你看你，急成什么样了？过两天，干脆就和你那闺蜜去新加坡玩段时间好了，散散心！”

方阿姨睨了他一眼，再说话，语气就缓了下来：“反正我是把话放这儿了，我见黄总对玳玳还是有些意思的，约下周一起吃个饭。玳玳，你自己看着办！阿姨也是为你好！”

一直噤若寒蝉的苏玳玳连忙点头：“好的，好的，我一定去。阿姨你消消气！”

林雯的手从一旁伸了过来，在她的腰上狠狠地掐了一把，怪她是个不争气的。痛得她“呀”的一声叫了起来，见大家忽然都盯着她看，苏玳玳十分尴尬，连忙拉起林雯，道：“大家慢慢吃！我还有些事，就先走了。”

临出门，还听到方阿姨在后头喊：“哎哎，下周记得去啊！”

林雯忍不住调侃：“你这阿姨到底收了人家黄总多少钱啊？看来卖女还不错嘛，还有钱收呀！”

苏玳玳老实，看不得她如此刻薄，连忙说：“不要这样讲方阿姨，她也是好心！”

“把你说得一分不值，这也叫好心？难道天底下就她女儿是宝贝，是心头肉，是公主，就该嫁高富帅，嫁王子吗？”林雯把方程程的虚伪拆穿，说到底，她是替林秀不值。

苏玳玳一声叹息，再没有别的话。

“你啊，就是个死脑袋！”林雯恨铁不成钢地戳她脑门。

[3]

苏玳玳皮肤白皙，身形娇小玲珑，再兼有一张讨喜的苹果圆脸，所以白团团的，倒像棉花糖一般柔软。这让初次和她打交道的人，总以为这是个柔弱的女孩子。这一点上，与泼辣的林雯不同。

林雯在职的公司创办了一档高端的时尚杂志，是业界的翘楚，在时尚圈的知名度很高。因此，林雯的穿着打扮也是时尚潮流的。用林雯的话说，在她们办公室里，往时装编辑部一看，全是最潮的打扮。

林雯长得好，脸小下巴尖，而一对凤眼更是妩媚生姿，配上蜜糖色的肌肤，活脱脱一个干练的都市女郎，加上她外向热辣的性格，一向是男士们追捧爱慕的对象。

苏玳玳不爱化妆，对打扮也不上心，每每跟林雯走在一起，就成了小丫鬟。林雯听不得她的怨妇口吻，总掐她柔软白皙的脸蛋，一副恨铁不成钢的样子说：“你若肯学一下穿衣打扮，也绝对是美女一个。”然后指着自己的眼睛，“你瞧着好看，知不知道这种眼睛多难打理，稍不留神就长眼纹了，老得快，变形得也快啊！你多好，圆圆的大眼睛，一笑起来弯弯的，我就爱你这一款的！”

想着表姐恨铁不成钢的样子，苏玳玳忍不住笑了，连总监助理走到了她身边也没在意。想来“祸不单行，福无双至”这句老话也真是有它的道理。这不，策划部黄总让她去办公室呢。

总监助理陈芬向她投来一个“你好自为之”的同情眼神，拍了拍她的肩膀，让她快点去黄总办公室。

苏玳玳人看起来柔弱，可工作起来也是个拼命三郎。她所在的公司，是一家跨国的护肤品企业，名称叫“时光”。时光集团这两年计划拓展海外市场，所以需要在国际参展会上得到一个好的位置。

而 R&R 公司恰恰是承办国际会展最成熟、远景最好的一个跨国公司，他们提供国内企业在海外参与会展的专业渠道，是这一行里的翘楚。但 R&R 在甄选参与展会的公司时，一向是以严谨、挑剔著称的。可以说，如能得到该公司的一个展位，对本公司成功开拓海外市场绝对有利，故而争抢的公司尤其多，也争抢得尤为厉害。

当初苏玳玳能在实习期就顺利入职“时光”，成为正式员工，完全是得益于她对花草的深度认知与绝佳的化学天赋。一入职，她就被调派到了香薰部，成为由法国聘来的让 · 保罗调香大师的助手，配合完成了一款以“尼罗河”为题目的定制香薰的任务。让 · 保罗早年曾游历埃及，对这个神秘国度深深向往，每每忆起漫步在尼罗河沿岸森林时的神秘、惬意、恬淡的心情时，都是充满了渴望。“尼罗河”香水灵感由此而来，却在调香的时候，出了意外，怎样也调配不出那种森林闷热、潮湿却又带着海域与尼罗河的风所纠缠在一起的那种充斥着苔藓、海风般的潮意。就在这时，苏玳玳加入了某种香料，使得香味起了美妙的变化，远远闻着，就能感觉到海风扑面，既潮湿，又闷热，像仲夏的一个梦。

于是，顺理成章地，苏玳玳留在了公司大本营，发展前景十分看好。再加上她天生勤奋，不怕吃苦，公司里许多项目，已逐渐交由她负责。

因为离婚的事，苏玳玳心里已是火烧火燎，嘴边都起了好大一个泡，连遮瑕膏也挡不住。而手里三个项目压在一起，让她连伤春悲秋的时间都没有，已经连续加班了四五天，眼看着就要坚持不住了，连下班走下大堂楼梯时，也险些晕倒过去，若不是身边刚好有人经过，扶住了她，真叫一个惨了。

现下，她是连叫几个惨也没用了。刚进到黄总办公室，她连抗议的话都还没说出来，黄总就一连串地说个不停，还边说边把一堆资料夹整理出来，全推到了她面前。

“黄总，我手头已跟着三个项目了。这个我做不来。”因为离婚，心情差到极点的苏玳玳再顾不得那么多，低声拒绝。

这让一直埋首的黄总不得不抬起头，看了她一眼。也难怪，这苏玳玳一向是任劳任怨，像头牛一样，从不抱怨，只管低头做事。虽然耐得辛劳，人却真像一团棉花糖，没有脾气，任人揉搓，所以她抱怨起来，也可知她心情有多恶劣。

黄总倒是打起了太极，笑眯眯道：“这个会展对公司有多重要，你明白的，不然也不会在你实习轮转完各个部门后，把你从销售部转到策划部来。之前的李莉跑 R&R 一直不顺，从销售部要的数据也分析不到位，做出来的企划让 R&R 很不满意，再加她的小性子你也不是没见识过，已经得罪了那边的公司了。我们也只能换人。你手头的项目已跟到尾了，把它交给李莉就是了，你全力搞好这个项目，需要什么，公司会全力配合。再兼你一直搞海外销售的，处理分析数据难不倒你，加几个班就能交出来了。完成了这单项目，我会向上面推荐你的，你们部门的总监助理不是怀孕了吗，你顶上不成问题！”

如此的威逼利诱，她一个弱女子还能说什么？

李莉是“高管子女”，由海外空降过来，读的还是个艺术类的名校，金牌“海龟”，人又长得漂亮，许多大客一向由她接办。可谁都知道，她根本做不来实际工作，只会陪着客人吃喝玩乐，玩赏名画，出入派对，倒像个公关女郎，只是苦了她的助理，所有的接洽工作其实是由助理完成的。

苏玳玳想，自己比不得含着金钥匙的人，只能硬着头皮上了。

[4]

接下来的日子，真叫生不如死。

原来那李莉搞出来的企划，真的是连个边都摸不着，一点实际性内容也没有。苏玳玳不得不重新做过一遍，公司与分公司的数据，她得收集整理，还得与别的公司作对比。为此，她只能求助林雯。

林雯的时尚杂志做得很高端，还会有许多高档护肤品牌的分析、测评等资料。也幸得林雯的帮助,她才能掌握到第一手资料。林雯很够义气，帮她把每个品牌的优缺点用很中肯的评价总结出来。不枉她跑了这几趟。临走时，林雯还将一大堆试用装塞给她，让她好好体会体会感受感受。

“你瞧，黑眼圈都出来了，难道你们公司的玫瑰花精粹眼霜不顶事？来来来，试试这个瑞士的牌子，保证你黑眼圈都消失了。”

“拜托！你试试十天不睡觉，去微整、打破尿酸与肉毒菌都搞不定那黑眼圈！”苏玳玳叫苦连天。

宁波的分公司电脑数据库出了问题，所以该地区的资料无法网上传送，外加没有及时更新，能传也没用。苏玳玳顾不得疲倦，又马上赶去了宁波，协助当地的销售部门理清了数据，再赶回来，连夜做企划报告。

关于成本的控制，与 R&R 公司对质量的严格控制，使得她头痛不堪。幸而，苏玳玳一向人缘不错。总是跑 R&R 公司，跟对方的秘书也混熟了，知道了一些内部标准。而时光的竞争对手在成本控制上比她们公司要优渥，整体实力仍是竞争对手更强一些。这需要时光能出奇制胜，在企划书里必须有实在的利益点能让人眼前一亮。

为此，她又跑了好几个地方，参展会场都跑了好几遍，把行情都摸了个遍，大致了解每家与会公司的产品研发情况，于是好不容易说服了自家公司，将新研发的产品提前上市，并在展会上展出，抛出一个美肤新概念。虽在成本上提高了花费，但能在质量上远超其他公司。

可一个新产品要发布，得经过市场的验证，为此还是靠了林雯，将时光的样板发送给《时尚红门》杂志社的女员工，于是，宣传那方面是到位了。再兼初步的市场反馈也回来了，效果十分出色，用过的人赞不绝口。

苏玳玳在付出了跑破几双鞋的代价后，终于完成了那份报告。

可最恐怖的事情出现了，由于连日来的电脑工作，与不断地对比报告，往电脑里塞资料，手提电脑罢工了！

由于赶工所致，苏玳玳连备份都没有。她人已到了 R&R 公司了，对方经理将会在四点准时到达会议室，可现在已经快三点半了。

她不是神，不可能像八点档电视剧里的女主角那样，将内容全数背出来。

她慌得六神无主，脸白得像张纸，而唇色是青紫色的，比鬼还惨，只晓得双手死死抱着手提与文件夹，站在人来人往的大堂中间，感觉到整个大堂都在旋转。

肩膀被什么托住了，她才不至于摔下去。她回头一看，对方的脸是模糊的。来人只是礼貌地伸手扶住了她的肩膀，一触及便松开了手。

“苏玳玳，你还好吧？”

苏玳玳怎么也想象不到，这个从天而降救她的人，竟然是乔扬！她每次遇到他，都是在自己最糟糕的时刻。两次，她都是险些晕倒，而他施以缓手。

此刻的乔扬与往常见到的不同，他眼神锐利，行事雷厉风行，一两句话就问到了点上。就扶她的一会儿时间，他已经看到了她已用红标签标出加急字样的文件内容。

“是与 R&R 公司谈会展的事吧！可瑞士那方已有人过来接洽，商量承办展会的事宜了。”他的言下之意是时光集团没什么戏了。

其实，R&R 并非没有给时光集团机会，只是时光集团派来的人做事太糟糕了，而苏玳玳不过是来收拾烂摊子的。

但是不管怎么样，苏玳玳也想要试一试。于是，她恳求他，能不能替她看看电脑，她最重要的资料都在里面了。

她也是急病乱投医，不管眼前的男人懂不懂电脑，就只晓得巴巴地看着他。她两只眼睛那么圆，他被她瞧得不好意思了。他一句话不说，接过了她的手提电脑，在一旁的沙发上坐下，开始修理电脑。

检查之后，他简单地说了句，是病毒与系统冲突了。眼下来不及整理系统了，等她完成了任务，再替她重新整理。然后，他手指不停，眼睛一直没有离开过电脑屏幕。

一瞬间，苏玳玳只觉得自己的一颗心又回到了实处。没有缘由地，她就觉得可以完全地信任他，他会替她处理好一切。

果不其然，只用了四十分钟，他便替她修好了电脑，而她连道谢也来不及说，飞一般地往楼上冲。因为她迟到了！刚才对方秘书给她发了短信，告诉她，她超过了时间，老总马上要飞去香港出差了。

乔扬看着她毛茸茸的短发在风中轻扬，忍不住笑了。他拿起了电话打给吴总，说还有些细节上的事方才忘了说，让他给自己十五分钟时间，心下却道：傻丫头，我只能替你争取十五分钟时间，成不成功，就看你自己造化了。

第四章

/ 你应该是一阵风 /

[1]

苏玳玳只觉得，自己的似水年华，就是在家庭破碎、婚姻失败与工作举步维艰的三重压力夹击下，悄然逝去。

她没有恃宠而骄的命，只能像牛一般卖力前行。这次工作上的事，她是侥幸逃过了一劫。当时她到会议室见到吴总，人家已站起身要走了，她本能地认为不能放弃，厚脸皮打开电脑文件，滔滔不绝地说了下去。那一会儿，真叫是鸦雀无声。会议室里，R&R 的人目瞪口呆，她就那样不管不顾地说了下去，也不在意吴总要走的态度。

十五分钟到，一直沉默的吴总只说了一句“小姑娘，我佩服你的勇气”，然后就走了。

她一个人怔在了那里。后来，还是吴总的秘书让她留下企划书，再等通知。

原以为没戏了的，却在两天后得到了答复。吴总决定与时光集团合作，推掉了瑞士抛来的橄榄枝。

护肤品行业就是如此，纵使瑞士美容机构再大牌，但若涉及护肤界里程碑式的一个新概念，其他公司一样是可以赢得机会的。再者，“时光”

也是一个国际大品牌，只是几年前转型时遇到了阻滞，可名牌效应还是在的。只要产品好，靠实力说话，时光集团不会比别的公司逊色。当初，只是李莉的企划案做得太差而已。

由于吴总钦点让苏玳玳全程跟进这个项目，所以时光总部顺理成章地提升了她的职位，成了总监助理。而薪水也由原来的两万多一个月涨到了接近五万一个月，年薪跨进了五十万元“大关”。

不过，这也是外人看着风光，实则自己内心灰暗不已。苏玳玳一向很省，为了在这个大都市拥有一套属于自己的房子，她从一开始工作就很拼，她签约得早，大一的时候就出来实习了，那会儿一边在时光工作，一边读书，又累且工资又低。后来结了婚，她就更拼了，总想着趁着年轻多挣点，通宵加班、出差是常事，工资还不舍得用，总是存起来，到最后，却只换来丈夫的一句：不解风情，毫无情趣。

更为了工作，赔上了婚姻。现在的她，除了工作，什么也没剩下了。

林雯知道她升职加薪的事，一定要她请吃饭，她只能在电话里诉苦，连睡觉的时间都没有，哪还有时间吃饭。原来 R&R 公司要求高，许多细节一改再改，她为了跟进项目，常常是下了班，还在家里修改文件，一直到凌晨。

林雯听了，笑她：“你目前可算是小富了呀！原本就存了七八万，再加宋子衍给你的十多万和中彩票的四十万。啧啧，你有六十来万了呀！还不计算涨了的工资，嗯哼！”

“我想买一套小点的房子，把妈妈接过来。她一个人在苏州太孤单了。”苏玳玳说。

一时之间，俩人也不知道再说什么。母女俩的苦，林雯是懂得的，玩笑的话也不好再出口。

“接过来也挺好的，她也可以多陪陪你。瞧你瘦得只剩一把骨头了，我看着心疼。”林雯安抚道。

“谢谢。”对于林雯的体贴，苏玳玳十分感激，一说话，便哽咽了。

只有林雯，懂得她心里的苦。

后来，忙于工作，苏玳玳连欠了乔扬的人情也没有时间还。不过，这期间她还是被逼着牺牲休息的时间，去应付了方阿姨交代下来的任务——和黄总继续相亲。

黄天佑对苏玳玳是真的满意，但苏玳玳对他的态度到是恭敬过了头，他也明白俩人之间的岁数差距，所以也不着急，打算用耐心与诚意来打动她。

于是，俩人的约会，是一拖再拖，最后定在了星期六。

那天晚上的晚餐就安排在外滩三号里，漂亮的餐厅，美丽的江边美景，一切都很好。

黄天佑比预定时间提前到了十分钟，可苏玳玳为赶工作进度，加班加点加得是要死不活的，等到赶过来时，已是迟了二十分钟。苏玳玳挺狼狈的，脸上满是汗珠，头发也散了，人比第一次见时瘦了整整一圈，越发显得脸小眼大。

原先，黄天佑喜欢的那一张苹果圆脸少去了原有的饱满。他微笑着替她拉开椅子，说了一句："工作很辛苦吧！"

一切都很好，他的温和实在，苏玳玳不是不感动的，也就低低地应了句："嗯……"

"如果实在是太辛苦，你太可不必……"黄天佑顿了顿，说，"我可以养你的。"

这一句话把苏玳玳给彻底吓住了，她一哆嗦，连话都不会说了，成了个木头人，再然后，整晚都不在状态。最后，她以赶工作为由，推掉了之后的看电影约会。

她想，才认识多久，就要养她。她想想都觉得可怕，不禁打了个寒战，回到小区。她手里提着新买的猫粮，打算去喂小猫。

可一到那儿，却扑了个空，猫窝、猫碗连同小猫都不见了。她急得跟什么似的，就怕那些小猫有事，刚要去物业那边问问，就碰上了上夜班回来的乔扬。

“嗨！”他远远地就跟她打了个招呼，走近了，才看清她含在眼底的泪花。乔扬马上明白过来，安慰道，“别担心，小猫我都带回家了，养一段时间好带去做绝育。”见她马上眉开眼笑了，那对大眼睛那样明亮，竟叫他错不开眼睛，于是便说了下去，“你想念它们了，可以过来我这边坐坐的。”

本不是很熟的人，可苏玳玳觉得，她与他好像认识许久了。他总是能让她安心、信任。于是，她就乖乖地随了他回家。

她也是第一次到他家做客，一进门才发现，屋里十分整齐干净，灰与白的装修格局也可以看出是一个单身男人的家。

唯一柔和的点缀，可以说是摆在客厅四周的玳玳花了。她竟不知道，他种了那么多的玳玳花！

她的脸，唰地就红了。

乔扬没有想那么多，见她看着那些花，便道："平常工作压力大，也没什么玩心。每次回到家，就喜欢安静地侍弄一下花草，倒也算是偷得浮生半日闲了。来，喝茶。”递过来的是一杯茉莉花茶，很香。

她接过，深深地吸了一口气，果真是清香入鼻。茶味比花味稍浓，她精神为之一振："好茶。”眼睛弯成了一对月亮。

小猫见是苏玳玳，一股脑地奔了过来，可爱极了。苏玳玳每只都要抱一下，亲一下，自己也像只小猫似的，让他也忍不住笑了。

乔扬似是想起了什么，然后说："对了，你好像还欠我一个人情吧。我刚加班回来，连饭都没吃。要不，你请我吃饭？”他打开冰箱，指着里面齐全的菜肉。

他神色大方，说什么做什么都是最自然不过的事，倒让苏玳玳不好拒绝。她看了看冰箱里的菜，再偷偷地看了眼时间，说："要不我做个黑椒牛柳吧！”

“好。”乔扬微笑点头。

那一顿饭，吃得很轻松。乔扬幽默风趣，且见多识广，说出来的话，总能引得她笑。

可她低头的时候，乔扬瞧见了她眼底的一抹哀愁。他只觉自己的一颗心也软了，只想她多笑笑。

苏玳玳爱笑，也常常对着所有的人展露微笑。可内心里的苦，只有在旁人看不见的时候，她才会展露出来。

她再抬头时，果然是笑着的，说起了工作上的事，还多谢了他的“救命之恩”。

乔扬爽朗一笑，道：“你晓得我懂电脑？”

一句话，让她红了脸，只能承认自己当时是急的，逮到谁就是谁了。

“哦，原来是死马当活马医啊！”乔扬含着笑看向她，揶揄她。

后来，苏玳玳才知道，乔扬果真是个 IT 男。他是项目经理，负责 R&R 会展的网络安全与相关事宜。本来，R&R 公司完全可以用自己的班底，但由于涉及了许多的跨国大公司参展，会场里的一切展列都属于高度商业机密，所以需要严谨的网络安全。因此，才会外聘了乔扬他们所在的 IT 公司。

再往下说，乔扬依旧是诙谐的语气：“我们也不容易啊！对电脑的时间比对人还多，见到姑娘就不会说话了。所以才会有‘张江男’这一名词啊！张江男都难找老婆！”

苏玳玳本在喝茶，被他一说，差点把茶直接喷他身上。

那一晚，俩人聊得很开心。

[2]

R&R 公司发了通告给时光集团，将会在一个星期后做第一次的展会项目检测评估。苏玳玳忙得不分昼夜。她把一系列的活动行程做好计划，分发了下去。

通告发下来的第二天，苏玳玳就赶到了展会现场。本公司的橱窗设计艺术总监黄小鹂正在布置橱窗，产品总监在做展品展示的讲解彩排……一切皆按照苏玳玳的安排有条不紊地进行着。

橱窗设计要搭配产品的主题，按主题橱窗背景划分为四季，春夏秋冬，而作为时光的新产品“神秘”系列，更是与施华洛世奇合作，打造了如艺术品一般的限量版精华与面霜。将精华瓶子和面霜瓶子与水晶宝石相结合，设计成圣杯的造型，按四季镶嵌“青春”绿橄榄石、“活力”樱红宝石、“神秘”深紫水晶和“纯净”月光白宝石。

单是这瓶身，就是价值不菲的艺术珠宝。

看着那紫晶的色泽如同海水中蕴藏的火光，一点一点地渗出，空灵而神圣，既代表了秋季的深邃与收获，又突显了“神秘”的护肤主题。那样的瓶子，真是让人爱不释手的，拥有它的人，真是非富即贵了。

“就如同一件件珠宝，对吗？”熟悉的声音响起。

苏玳玳猛地回头，竟是乔扬。乔扬对她笑了笑，而后将目光投向橱窗里展示的展品：“能和我讲解一下吗？”

如同领导巡场一般，苏玳玳被乔扬的气场给镇住了，如被按下了播放键，竟是一丝不苟地介绍起来：“这款是时光的新产品，用绿橄榄石圣杯作装饰的精华，代表的是‘青春’主题，绿色纯净澄澈，是赋予人类生命的大地之母，此一神圣宝石是法老王所钟爱的珍宝，其翠绿象征生命、繁盛和更新。这一系列产品走的是高端植物护肤路线，体现了大自然‘神秘’的再生能量。”她接过小助手递来的接待客人用的水杯，递给了乔扬。

她还要再说下去，乔扬倒是笑了：“好了，我又不是你领导！”

他一笑，如初雪消融，果真是霁月清风啊！

“扑哧”一声笑，苏玳玳大眼睛灵活地转动起来，原来，自己真是被他的气势给吓着了。工作中的乔扬有股不怒自威的威严，也很严谨，连面容都是沉静内敛的。

“你在这里上班？”她环视了一下四周，又调皮地将他从上往下打量了一遍。

藏青色的修身西服，还是纯手工的，白衬衣搭配暗绿色条纹的领带，将他修饰得十分出众挺拔，如沉俊的松柏。由此装扮可以看出，他的职位不低。

苏玳玳仍是一脸笑意地看着他，表情调皮，如同发现了新大陆般。

乔扬是再也装不下去了，轻咳了一声，大笑起来："看来是唬不住你了。我们公司负责 R&R 的网络安全，今天是过来维护安全网的。要在这个重要的点设置好监控。时光的橱窗是其中一个维护点。果然啊，这里的产品展览与珠宝展览的规格一样高了。"

苏玳玳有些不好意思，也明白了他的揶揄，只能替集团辩护起来："时光的产品也走高质量的平民路线的。你瞧这边，"她主动带着他往一边的橱柜走去，"这里也是时光的新产品，属于中高端，实则一般的大众白领也可消费得起，引进的是新的护肤概念，该品牌技术已经获得了专利。"

乔扬竟忍不住伸出了手摸了摸她的头："好了，好孩子，我对你的讲解很满意。"

她一怔，抬头看他。一时离他近了，她脸红了红，忙不动声色地退了一步，可那双美丽的大眼睛仍在看着他。只一瞬，乔扬就觉得自己似燃烧了起来，失了平常的镇静。他也退后了一步，道："这里有些热。"

一句话，更是让苏玳玳红透了脸面。然后，她借口有事，躲进了后台。

可苏玳玳躲得急了，竟是忘记了拿走手提电脑。等她走进了帘子后的办公室，乔扬才怔怔地收回了目光。看见她放于桌面的手提电脑，他沉默了许久，最后放下了水杯，手不经意地碰了碰杯子，水打湿了电脑。

由于碰到乔扬，苏玳玳一整天都心不在焉、神思不属，连手提电脑发生了故障也不知道。等上了地铁，打开电脑时，才发现电脑再次死机了！

苏玳玳满头黑线，想死的心都有了。虽然她这次学乖了，重要资料都备了份，可还是有好几份文件是需要晚上完成的，而公司早就关门了，明天她还得向总监做文件汇总报告，这次她是死定了！

垂头丧气地下了车，往小区走去，她在要不要找乔扬帮忙的问题上难住了，真是有够纠结的。她都急得揪头发了，心想：还是算了，明天好好地向总监赔不是好了。

“嗨！”倒是乔扬远远走了过来，向她问好。

苏玳玳有些不可置信地看着他，只见他一身运动装，肩膀上挂着一块毛巾，额间已经有了些汗意。原来，他并非特意等自己的，只是跑步时碰巧遇见她罢了。

“嗨！”苏玳玳与他打招呼，脸色却不怎么好看。

“有什么难题吗？或许，我可以帮你。”乔扬笑了笑。

苏玳玳有些窘迫，期期艾艾道：“我的电脑又坏了，不知道打不打扰你？”

他什么也没说，主动拿过了她的电脑，坐于一边的花坛上修了起来。忽然，他打了个喷嚏。苏玳玳更是不好意思，犹豫了一下，便道：“这里风大，你又刚运动完，容易着凉。不如上我那儿去修吧！”

“那我就不客气了，顺便讨杯茶喝。”他看了她一眼，抬腿便大步往前走去。他个子高，腿长，自然走得飞快，苏玳玳竟要小跑着才能跟上他。

瞧见她气喘吁吁的样子，乔扬心底窃喜，心道：若不是自己要些小手段，只怕她会像鸵鸟一般，以后也避着自己了。

已经九点多了，四处十分安静。苏玳玳觉得有些局促，便把电视打开了。电视声在小屋子里回荡，可俩人却没有说话，气氛有些尴尬。

苏玳玳给他泡的是新买的茉莉香片，他工作得久了，许是渴了，伸手便去够杯子，可心思全在电脑上，险些打翻了茶杯。

苏玳玳慌忙去稳住茶杯，指尖却不小心碰到了他的手。他没有任何反应，眼睛只顾盯着屏幕看，手却展开，说：“茶。”

苏玳玳连忙将茶杯递给了他，他这次倒是稳稳接住了，一口喝尽。

他工作的时候十分专注，可不知为什么，反倒是解了她的尴尬。

她在一旁烧水，眼睛看着电视里的喜剧片，看到了一个搞笑桥段倒是笑了。

她看得入迷，并没有注意到乔扬。乔扬的眼神越过茶杯，落在了她明朗的笑容上。

烧水壶发出了水沸腾的声音，她回眸，便对上了他的眼睛。也就是在这一秒，他的唇动了动，轻声道："水好了。"

苏玳玳"哎"了一声，开始泡茶，然后将杯子放于他手边："小心烫。"

乔扬微微一笑，举杯抿了一口："茶很好。好了，电脑没问题了。"说着把电脑往她手边推了推，并顺势放下了杯子。

茶香缭绕，他的笑容温润，隔着水汽看他，有些不真实，一切都安静美好，反倒生出了一种岁月静好的恬静感来。

苏玳玳脸一红，忙错开了视线，低垂着眼帘，声音很低："是我要谢谢你。"

"好了，时间也不早了，我先回去了。有什么事，可以给我电话。"顿了顿，他又说，"你想小猫了，也可以过来我家的。"

"好。"不知为何，苏玳玳只觉心跳得太快。她一动不动，只怕心跳声会被他听见。

等他走到了大门门口，她才反应过来，刚要起身却听得他说："好了，不用送了。有个好梦。"

门轻轻地关上了，她却觉得自己的一颗心不知何时，乱了……

[3]

方推开门，小猫们就一并缠了上来，乔扬摸了摸它们，最调皮的可可已经沿着他的裤脚，一点一点地爬了上来。别看它们那么小一团，可动作却十分利索。见可可爬到主人身上了，其他小猫也一并往乔扬身上爬。

只有雪球乖巧地坐于地上，那毛茸茸的头往他脚上蹭，真是惹人怜爱。

雪球是最温柔的一只小猫，白白的，睁着一对无辜、清澈的大眼睛看着他，似会说话。它就如玳玳一般，都是白白的、软软的一团。

乔扬看着雪球，脑海里浮现的，却是苏玳玳甜美乖巧的笑靥。

乔扬蹲了下来，将雪球抱起，连着其他三只小猫一并抱了个满怀。四只小猫“喵喵”地叫，声音软软的、糯糯的，十分甜腻。

“你们想苏玳玳了，对吗？”乔扬苦笑了笑，开始喂小猫们晚餐了，“苏玳玳会给你们吃猫果冻，还有小鱼干，所以你们都想念她。”

雪球的吃相最好，又慢又优雅，它只吃了一点，就扬起头，注视着乔扬，听到他提及苏玳玳，就“喵”了一声。

“我给你们找她来当这个家的女主人好吗？”乔扬笑眯眯的，可话一出口，连自己都吓了一跳。

他沉默了起来，原来在不知不觉中，他已爱上了她，再也忘不掉她。她结过婚，他并不在意，甚至在听见她离婚时，他心中是窃喜的。只有这样，他才会有机会。三年前，第一次见她，他就对她动了心。他从未想过能再遇见，所以，这次他绝不能再错过了！

“好，雪球，我给你把她找回来。”乔扬的心中已经有了决定。

很晚了，看着窗外，万籁俱静，只有柔柔的月光抚慰着世人，不知道她是否依旧那么忙碌。没有一丝犹豫，他拨了她的电话。

“喂……”她的声音柔柔地响起，在寂静的夜里听着，不知为何，十分舒服，连心头的疲惫也似被抚平了。

“别只顾着工作，要注意身体的。早点休息吧！”他的话十分淳朴，甚至连暧昧也没有，就像一个兄长，又似一个多年未见的老朋友，说着体贴的话语。

苏玳玳怔了怔，乖巧地答了：“好的，我就去睡了，”顿了顿，又说，“今天还得谢谢你。”

“不用谢。好了，快去睡吧！”乔扬安静地等了一会儿后，先挂了电话。他知道，她一直在退缩、逃避。既然如此，就慢慢来吧！

苏玳玳放下电话，依旧有些怔怔的，看了眼时间，已经十二点了。她想起了乔扬的话，居然乖乖地放下了电脑，准备睡觉了。有多久没人这样关心她了呢？她早记不清了，可这一秒，她只觉得安心。

一夜无梦，这是许久以来，她睡得最好的一天，没有在梦中哭醒，没有在梦里再次见到宋子衍背对她，渐行渐远。

苏玳玳叹了一声气，起床准备去上班了。

一天的工作效率都很不错，她的汇报，总监很满意。真是睡得早，精神也好了。中午休息时，在茶水间里她泡了一壶花茶，看着手机，有些走神。她忽然记起，乔扬说过，爱喝她煮的花茶。她的手无意识地滑动着手机，想到他时，指尖已经触到了他的名字，电话就这样拨打了过去。

“嘟嘟”几声，等她回过神来时，已经迟了，乔扬已经接起了电话。哪怕茶水间里只有她一人，她也知道，自己的脸红得不像样了。

“喂，”她只能主动说些什么，“我在喝花茶，想起你说过的，也喜欢喝茉莉花茶。”

乔扬顿了顿，便道：“是。我喜欢茉莉花茶。”

苏玳玳等了等，他却没有别的话了。忆起寻常，他总是幽默风趣的，绝不会冷了场，今天却如此沉默……

“我是不是打扰你工作了？”苏玳玳变得小心翼翼。

“没有，我没在忙。昨晚睡得还好吗？”乔扬笑了笑，“能有心情品尝好茶，想必是不错的。”

他又恢复了寻常，会打趣她了。苏玳玳也不恼，一开口便又是一句谢谢。

“你已经谢了我许多次啦！”乔扬打趣她，“好了，有时间多休息。再聊。”然后先挂了电话。

苏玳玳握着手机，只觉心中温暖。他依旧待她如小妹妹，没有芥蒂，似乎也没有多余的想法。

不知为何，心中有些失落，随即她又恢复了平静，这样才是最好的。能与他做个朋友，已经是很好的事了，其他的，她不会再去想。

第五章

/ 你和我相逢在夜晚的海上 /

[1]

周末的时候，苏玳玳起得倒是挺早的。之前一直绷着，可这几天，她已渐渐放松了下来，纵使事情再多，她也坚持晚上十二点前睡下。她变得精神了许多，就连之前搞得焦头烂额的工作也理清了不少。

她正打算出去散散步，就接到了乔扬的电话。

一接起，他的声音十分着急，原来是雪球不见了。

“你别急！雪球是怎么不见的？”苏玳玳自己也是急的，可也只能先安抚他。

“我方才开门去丢垃圾，可一转身，雪球就冲了出去，我拦也拦不住。”乔扬的声音终于镇定了些。

苏玳玳说：“它是小区流浪惯的猫，可能是跑出去玩了，估计也不会走远的，就在小区里。我现在过来，与你一起去找找。”说着就开门出去了，却“呀”的一声。

“怎么了？你没事吧？”乔扬好不容易镇定下来的，现在又急切起来，担心她出事。

苏玳玳吐了吐舌头，再说话时，十分欢快："我找到雪球了，它就在我家门口！"

等到乔扬赶过来时，只说了一句"真神奇"，然后含笑看着她。

是啊，真神奇，一只小猫居然会找到她的家！

她抱起雪球，不断地亲吻它可爱的小脑袋和尖尖的小耳朵："不要再离家出走了，乔扬会担心你的！"

当听见她轻轻叫唤他的名字时，他的心如被什么轻轻地撞了一下，又轻又柔。他的笑容越发温柔，只安静地看着她。

苏玳玳抬头，与他眼神相触，可彼此又快速地错开了眼神。

"你还没有吃早餐吧？"似是询问，最后他还是把话说了下去，"不如我们一起去吃早茶？"

他的话总是无比熨帖，也很懂得照顾她的感受。苏玳玳并不是忸怩作态的人，便点了点头："好的。不能辜负了难得的好周末。"

乔扬选的茶餐厅就在江边上。

开阔的露台上，江风徐徐，风景十分好。天际蔚蓝，白云朵朵，像一只一只堆堆挤挤的绵羊。

"我的一位远房表哥，住在澳大利亚。他有一个牧场，养着一群白云一样的绵羊。我放假了就会过去那边小住一段时间，一个人开车，越过无际的青草地，连绵不断，全是一群一群的绵羊。偶尔，还会被羊群堵在路上，可心情总是无端的愉悦。"

"因为那样的生活很美好。"苏玳玳笑了，"没有职场的钩心斗角，也没有凡尘俗事。每天喂了牧场里的动物，放放羊，真是想想都是美好的。"聊着聊着，她又说起了自己的老本行，"说起澳大利亚，我可以说出两个很有名的品牌，一个是走在尖端美容行业的赫莲娜夫人与她的HR品牌，另一个也是全球著名的护肤品牌茱莉蔻。茱莉蔻在澳大利亚有一个天然大农场，里面种植了无数的鲜花，而这些鲜花是全世界最纯净的。"

"看得出来，你很喜欢你的工作。"乔扬抿了一口茶。

“能为女性带来美！多好的工作啊！嗯，澳大利亚，真好！”苏玳玳笑了，没头没脑地冒出了后面那句话。

可乔扬读懂了她，他看着她，一字一句道：“那以后，我们可以结伴去澳大利亚。”

他说得平静，用的却是笃定的陈述语气，而不是问句，但半分暧昧也没有。他给她的感觉，一向是霁月清风、举止磊落的。

她只是笑了笑，没有接过他的话。

乔扬只能在心中不断地告诫自己，一定得沉住气，不能吓坏了她。想起今早，若不是他故意把雪球放在她家门前，再装作它走丢的样子，真是没有理由来约她的。

苏玳玳再次见到乔扬，是在 R&R 公司的展会会场上。

那一天，可谓是她平生最倒霉的一天了。本就是周一，忙得不可开交，偏生第一次的展会项目检测评估就在当天。

时光集团的高层与 R&R 公司的高层都来了，要进行一次核对，产品总监要做第一次汇报，有国际平台的法国护肤集团高层来参观展品，还有产品使用的环节。为了随机抽取样品，产品得发一整个批次过来，供对方检测。

本来这一次的活动，苏玳玳都在上个周五提前办好了。可当助手一打开箱子时，却发现发错了货，是原来撤下的样品。而现场，就只有摆在橱窗里的那几套新产品是可供检测的。这一来，连苏玳玳都慌了，马上打了电话，让公司把货品马上发过来，却又遇上了大堵车！

苏玳玳急得如热锅上的蚂蚁，在后台走来走去，却也无计可施。

眼看着时间一点点过去，仍不见她出来。乔扬走进了后台问她情况。

她急得一股脑地把困难都倒了出来，说到最后，眸中泪光闪闪，显然是快要哭了。

“现在不是追究谁的责任的时候了。”乔扬安慰她。

职场的明争暗斗历来如此，苏玳玳把一切都安排好，又岂会出如此差错，只怕是有人故意为之。他拍了拍她的肩膀："你们公司的货什么时候能到？"

"那条路发生了车祸，遇上大堵车，最快也要四十分钟。已经有同事把货物搬到了推车上，推过来了。"苏玳玳虽急，却并没有乱了阵脚，方才已经命令相关人员换了推车与摩托车，尽快赶过来。

"好的。"乔扬也不多说，马上开了手提电脑，迅速地输入指令，突然，"啪"的一声响，然后整个会场陷入了黑暗。

"别怕。"乔扬轻轻扣住了苏玳玳的肩膀。苏玳玳本是十分担心，又突遇此情况，犹如紧绷的弦，吓得跳了起来。可乔扬手上的暖意通过她的肩膀一点一点传遍了全身，她忽然就放松了下来。

乔扬用极低的声音对她说："我把网络系统调整了一下，将会停电半个小时左右。你出去做一下准备吧！"然后走了出去。

等苏玳玳转出后台，便听得乔扬在与 R&R 公司的高层解释情况，说是网络有点小故障，不会打扰太久的时间，他很快就可以把网络漏洞修复。乔扬身旁的 R&R 公司的吴广天笑着点了点头，显然是与乔扬有些交情的。

而这位吴总，就是当初给自己十五分钟时间的那位。如今一想，那位吴总本是要赶飞机的，却突然给了她十五分钟，想必是因为乔扬的帮忙了。可乔扬却对此只字不提……苏玳玳的心一下子就乱了，连话也忘了说。

乔扬心细，轻咳了声，便对吴广天说道："吴总，您可以先听一下时光这方面的简单介绍。早些天，我过来时，刚好遇到这位苏小姐在做推介，连我这个美妆界的门外汉也听得明白。"

其实这本该是产品总监的任务，R&R 公司与法国的一家美妆集团的高层过来展会，就是要检验一众护肤品公司的产品质量与听详细报告评估的。但鉴于停电了，PPT 也没有办法在此刻投放了，展品的信息量是十分庞大的，从成分到效用再到市场评估、市场投放、运营企划等等都是要面面俱到的。苏玳玳本是准备得十分充分，如今得了乔扬提醒，便简单地作了推介，具体的详细报告，待会儿来电了，会由产品总监来准备。

苏玳玳的声音十分好听，温润、柔和，说起自家美肤产品来，头头是道，引经据典，业内术语也尽量用最简洁易懂的词汇说明，连乔扬这个外行也能完全领悟其中精髓。甚至是一旁的产品总监，都听得频频点头。间或，吴总与法国来的伊夫先生聊起美妆界的一些趣闻，苏玳玳也能及时穿插小插曲，提及彼此都感兴趣的话题。

“科西嘉岛的天然蜡菊是世界最好的，还有摩洛哥的藏红花、瑞士的冰晶海藻、土耳其的大马士革玫瑰等等。”苏玳玳微笑着说道。

一直极少说话的伊夫先生说道：“没想到苏小姐对美肤品有如此认识。”

“我之前是跟全球大采购这一块的，所以对每个地方的原材料都熟悉。”苏玳玳回答得十分谦逊，转而又道，“倒是吴总才是真的厉害，如此懂得美妆品。”

吴广天把玩着手中的绿橄榄宝石做装饰的面霜瓶子，闲闲道来：“因为我的女儿对美妆品有兴趣，一直想创立自己的美妆品牌，所以一直有留意这方面的事情。”

苏玳玳莞尔一笑：“吴小姐真是有福气，有这样一位好父亲。”

一时间，众人相谈甚欢。而自己展馆后面多出了几个人影，苏玳玳早看见是搬产品过来的员工了。于是，她暗中打了个手势，让他们把货品静悄悄地搬了进去。

乔扬本就是心思玲珑的人，一见此情况，便把那个网络漏洞补好了，一瞬间，光亮大盛，所有的灯饰全亮了起来，整个会场如置身于光亮的琉璃世界之中，美得不可思议。灯光映衬着柜台里晶莹剔透的瓶瓶罐罐，璀璨如一朵朵烟花，在苏玳玳的眼前绽放。

她被这璀璨的世界迷住了，瞪大了眼睛，不可置信地看着乔扬，眼睛闪烁着动人的光芒。隔着许多人，她只能朝他做了个“谢谢”的口型。

而他只是一笑，便告辞了。

[2]

这次的事，算是过关了。苏玳玳本是憋了一肚子气的，可回到公司后看到黄总那饶有深意的目光后，便什么也说不出来了。她又变回了一头勤勤恳恳的牛，坐到自己办公桌后埋头苦干去了。

“办公室政治”苏玳玳不是没遇到过，可像这一次这样的事，也还是头一遭。她知道一切都是李莉搞的鬼，她的通告上周四就发下去了，跟物流部的伍秘书，也是提前打了招呼，自己更是看着货品装箱了的。可这周一，却发错了货，而伍秘书此刻承认了是自己把货发乱了。李莉倒是将一切推得干干净净。

所以，黄总看她的眼神才会如此怪异。按黄总的意思，绝对是要大事化小小事化了的，更何况此次的事也过关了。因此，在这件事上，她忍气吞声是对的，她如何不懂得上司的意思。只是一想到，万一此事搞砸了，只怕自己是要做那只替罪羊了。思及此，她不禁不寒而栗。

这份工作得来不易，付出了多少的心血只有自己知道。所以，她是绝不能放弃这份工作的。她已失婚，再失业，那就实在是可怕了！

等收到通知，要陪同黄总一起去与一个客户吃饭时，苏玳玳倒是意外地见到了 R&R 公司的吴广天。

黄总和吴总打了招呼，碰巧那位客户与吴总也认识，于是，大家坐到了一桌上。席间，吴总点名表扬了苏玳玳，提及她在处理事情时十分圆通周到。

话一说完，吴总对着苏玳玳笑了笑，那目光，那笑容，分明表示当时的情况他是知道的。

苏玳玳不是没有眼色的人，连忙站起，倒了一杯酒，敬了吴总一杯。

“年轻人有前途，我很喜欢你那股不服输的劲。”吴广天笑眯眯地再补了一句，“而且你的危机公关处理得很不错。”

这一说，倒是把苏玳玳说得脸红了。她何其有幸，此次能顺利过关不过是靠了乔扬而已。

回到公司，黄总倒是对她另眼相看了。能让吴总赞好的人，不多。

于是，许多项目，黄总放手让苏玳玳去干了。

夕阳西坠，忙了一天，等苏玳玳回过神来，时钟指针已经指向六点。宽大的落地窗外，车水马龙川流不息。

时光集团的总部在都市最繁华地带，楼层高，从六十层往下看，可见不远处金黄色的黄浦江。她想了想，拨通了乔扬的电话。

“喂，你有空吗？晚上，我请你吃饭吧！”她鼓起了勇气，把话说了出来。

电话的那一头，乔扬想了想，答：“好。”

刚挂了电话，林雯的电话也到了：“妞，你在哪儿？一起去嗨吧！”

林雯的声音很大，苏玳玳只能隔远了听。林雯喜欢泡吧，苏玳玳只是偶尔作陪，毕竟，她不喜热闹，更对喝酒没什么兴趣，于是连忙摇头拒绝：“我才不要陪你疯，今晚约了人了！”

林雯倒是嘻嘻笑了：“嘿嘿，就是上次在你家见的那位帅哥哥？”

苏玳玳不愿她想歪，声音有些急：“不是你想的那样，他帮了我好几次，我只是请他吃饭，谢谢他。”

正说着，苏玳玳已经到了公司楼下。乔扬说了，二十分钟到的，估计这会儿也快到了。她站在路边等着，刚挂了电话，却见一个小女孩在路边蹦跳着，吃着棒棒糖，完全没有注意到身后拐过来的轿车。

说时迟那时快，苏玳玳一个箭步向前，抱住了孩子就往后退。车堪堪擦肩而过，逼得抱住孩子的苏玳玳倒退了好几步，眼看着就要摔下去，她的后背却撞进了一个厚实的怀抱里。

“小心！”乔扬大呼了一声，幸而已经稳稳地搂住了苏玳玳与孩子。

这一变故发生得很快，小女孩忽然瘪了瘪嘴，“哇”的一声，吓得哭了起来。苏玳玳只得不停地安慰她，可她还是哭，把苏玳玳也整急了，只晓得一个劲地说：“乖，不哭，不哭啊！”

最后，居然是乔扬哄停了小女孩的哭泣。

“不哭了啊！再哭就不漂亮了啊！”

乔扬这一句话，果然抓住了小女孩的心理，她瘪了瘪嘴，就真的不哭了。小女孩异常美丽，似乎跟乔扬也很投缘，忽然就抱住了乔扬，奶声奶气地嚷嚷：“海伦要骑马马，骑马马！”

乔扬怔了怔，便将她高高举起，惹得她一阵咯咯大笑。这样的画面，居然异常和谐，仿如父与女般，苏玳玳看得都入迷了，走了两步就被自己的脚给绊了，一只厚实的手伸了过来，挽住了她，等她站稳了，改为握住了她的手。

他就这样牵着她的手，带着小女孩走到了安全的人行道上，她迷迷糊糊地跟着，没有松开他的手。被他那厚实、温暖的大手握着，她只觉安定。

“小姑娘，你妈妈呢？”乔扬柔声问道。

“妈妈走丢了！我不是小姑娘，我是世界上最漂亮的 Lady（女士），请叫我海伦！”小女孩认真地纠正。

苏玳玳笑了，这小海伦还真可爱！

这时，一声呼唤传了过来，带了十二万分的急切。

“海伦！”一个年轻女人跑了过来，她戴着白色口罩，显然是身体有些不适，虽见不到脸，可那双眼睛十分美。

乔扬肩膀上的海伦见了，大声叫了一句：“妈妈！”

苏玳玳抓稳了她，与乔扬一道，将她扶了下来，交给了她妈妈。

“妈妈，是好心的叔叔和姐姐救了我，方才有车车，车车！”小海伦的表达能力并不是很好，可大致意思那女子是明白的，连忙说了谢谢。

她的声音有些熟悉，可苏玳玳没有留意，笑着说：“应该的。”

乔扬很喜欢小女孩，逗了逗她：“以后可要乖乖的，不许随意乱跑了，会急坏你妈妈的！还有啊，怎么叫她姐姐，却叫我叔叔啊？来，叫哥哥。”

“你像爸爸，所以是叔叔。”小海伦眨了眨天真的大眼睛。

那年轻女人一窘，忙道：“她是觉得你像父亲一样成熟稳重。她还是小孩，不懂得表达。”

乔扬一笑，挥了挥手，便和苏玳玳一同与那对母女告别了。

等走远了，苏玳玳才微笑着说：“真想不到，你喜欢孩子！”

“你不觉得小孩子很可爱吗？尤其是小女孩，我喜欢女孩！”乔扬说话时满脸宠溺，仿若一个丈夫在与妻子讨论，该要一个男孩还是女孩。他是自然而然，有感而发，可苏玳玳不知为何红了脸。

她连忙垂下了眸子，以作掩饰。乔扬倒是毫不在意，道：“车子就在前面，我带你去一个地方，那里的私房菜很好。”

[3]

时光与 R&R 公司的项目进行得很顺利，尽管依旧忙碌，但已没有了前期的繁忙和没完没了。只是在公司里，苏玳玳受到了李莉的打压。毕竟，对于从没受过任何气的李莉来说，心里始终认定了是苏玳玳抢了她的功劳。因此，在公事上，处处挤对她。

纵使黄总看重苏玳玳，可毕竟不会为了她而得罪李莉。于是，只要不是影响到公司的运营，黄总皆是睁一只眼闭一只眼。因此，苏玳玳被李莉整得有些惨。

这时，时光集团分公司出了意外，需要苏玳玳立刻赶往苏州。于是，苏玳玳连夜赶到了苏州。只是她受了许多许多的委屈，很想很想见到妈妈，所以，没有第一时间去分公司。按照安排，她只需要明天下午到分公司即可，因此也并不着急。

门开的那一刻，林秀没想到女儿会突然回来，她不多说，忙让苏玳玳进屋里坐，转身进了厨房，没多久，就给苏玳玳热了一碗甜汤团子出来。

翠色、粉色的团子浮在蜜糖色的汤上，汤面还有几瓣玫瑰花，色泽鲜艳，香浓诱人，苏玳玳咬了一口，糯糯的、香香的，很好吃，是妈妈的味道。苏玳玳想说些什么，可一开口，泪水就涌了上来。

母女二人，只能沉默。

那一晚，母女俩挤在一张床上，聊了许多。

林秀是个朴实的女人，话不多，可是真的心疼女儿。对于女儿的事，已从林雯那儿知道了个大概，她叹一口气，说:“孩子，你觉得黄总怎样？”带着点试探的小心翼翼。

“我不知道……”苏玳玳感到无助与无奈。

“听妈妈的，你还年轻，日子还长，别急着把自己‘打发’出去。你方阿姨是好心，可总比不过你自己的心意实在。”林秀眼睛睁着，无奈地看着黑暗里的房间，总也找不到出路。

“可妈妈,我怕我再也不会幸福了。”苏玳玳的一腔委屈全数倒了出来。

林秀怔了怔，答：“傻孩子，你值得拥有幸福。别人的想法，总不能代替了你的，你按自己心意行事就行。”

最后，苏玳玳也没有把打算买房的事告诉妈妈，她不想妈妈担心，只觉得应当把一切落实好了，再告诉妈妈。

第二天，苏玳玳就忙着工作了。作为销售部的总监助理，她得协调苏州门店里发生的一个紧急情况。

事情是这样的，一名孕妇在时光集团苏州最大的护肤品门店买了产品,她用了“露珠花水”润肤水与“时间之钥”面霜之后发生了严重过敏，险些流产。从而，引起了纠纷。本来这是危机公关该做的事，但苏玳玳还是连夜赶了过来。

苏玳玳也明白，只要危机公关处理得好，这件事反而能转害为利。当初，作为一名实习生小学徒，她是有幸参加了“露珠花水”产品的全部生产过程的，因而知道自己的品牌不会存在问题。

赶至店面，果然已经有人在闹了。孕妇的家属坚称是时光的产品有问题，要时光付出巨额赔偿与登报道歉。

这件事，关乎时光声誉，且国际展会的事迫在眉睫，如果这事闹大了，那总部的会展就会被撤掉。再看那群闹事的人，个个是有备而来，店长被他们泼了水。他们说话与恐吓无异，不过一会儿工夫，又有一批人来，都说用了时光的产品发生了过敏。

这根本就是恶意捣乱！

苏玳玳逼自己沉住气，一边让人去叫保安，一边让一个身材高大的男员工挡住了那群人。她大声说道："我先为大家做一个皮肤测试，很快的。看看大家伤情如何，再商量赔偿事宜。"

然后，她麻利地动起手来，与一帮女营业员为大家做皮肤测试。

那些闹事的人一时摸不准苏玳玳要什么花样，且保安也到场了，镇住了他们，他们也只好先看清楚情况再说。

将取下的个人皮肤表面的护肤样品放在不同的袋子里，苏玳玳马上进行了显微镜观察与生化测试，列出详细报告后，危机公关的两位人员也到了。两位危机公关的口才很好，把这件事情说了个清楚，并指出在场的人，并非使用了时光的产品才出事的，她们的皮肤里还含有其他化学物品，里面有高浓度的、不合使用标准的水杨酸成分，与其他激素类成分产生了化学反应，从而造成了皮肤过敏。而时光的产品都是温和的，纯植物高科技提取，孕妇也能放心使用，且根本不含水杨酸与激素。

苏玳玳马上出示了相关机构颁发的验证证书，里面标得清楚明白，时光的产品是通过了孕妇测试的。

"时光集团非但不会赔偿你们任何一分钱，相反还可以告你们恶意竞争与诽谤。如果还要闹事，就别怪我们不客气了。"苏玳玳还是第一次面对如此场合。尽管胸有成竹，可不免有些气势不足，所以只得逼自己做出一副大义凛然的样子来。

其实，这一切，铁定是时光的竞争对手在背后搞的小动作了。

想通了这一点，苏玳玳当然不能让对手得逞。

她站得直直的，甚至有些僵硬，使得站在不远处看的乔扬笑了起来。

乔扬想，俩人还真是有缘分。昨日，他就过来苏州了，也是要商谈合作项目的事。有许多紧急会议要开，而这合作公司正好就在这座大厦楼上。不然，他也不会碰上她了。

这是我和你在苏州的第二次见面了。乔扬在心里念道。

这里，也是他俩初遇的地方啊！

第六章

/琴挑/

[1]

乔扬往前走了上去，本想等事了了，和她打个招呼，却见一个闹事的人在包里掏什么东西。他见不妙，急忙往她身边挤去。

说时迟那时快，那人果真从袋里拿出了一个玻璃瓶子。

“小心！”乔扬急了，一把推开苏玳玳，玻璃瓶里的液体全数泼到了他身上。

苏玳玳尖叫了一声，吓得跌坐地上。

场面一时乱作了一团，保安负责抓人和清场。所有的人都围着乔扬，但谁也不敢触碰他。

苏玳玳连忙爬到他身边，“乔扬，乔扬”地叫他。她的双手搭在他的肩上，身体止不住地发抖，只怕他是遭硫酸泼。

乔扬本以为自己中招了，却发现泼来的并不是硫酸。他抬起头，神色镇定，让全场的人都松了一口气。

乔扬摸了摸苏玳玳的头，微笑地回答：“我没事。”

在眼前晃动的那张小圆脸煞白煞白的，让乔扬不忍心捉弄。他扶她起来，突然，她脚一软，就倒在了他怀里。

一股液体突然自身下涌出，她一低头，就看见鲜血沿着裤子流了下来，而小腹剧痛。

乔扬压下心惊，一把抱起她，冲出人群，直往医院赶去。

得知检查结果的刹那，苏玳玳与乔扬都怔住了。

医生直摇头："真是不懂事！有了一个多月身孕，自己都不知道吗？你也是的，为人丈夫，要多体贴妻子呀！"说完还不忘瞅了乔扬一眼。

苏玳玳完全吓愣了，呆呆地坐在那儿，早已灵魂出窍。

乔扬担心她有事，握住了她的手，答："我以后会小心的。"

医生以为苏玳玳还小，还没做好为人父母的准备，也就把该注意的都和乔扬说了。

"都当妈了，还害羞什么啊！今晚留院观察，幸亏送来得及时，只是先兆流产，现在没事了。多养养，你太瘦了，严重营养不良。怀了孕就别怕发胖了啊，小孩最重要！"那医生说完，看了眼脸色苍白的苏玳玳，就让他们去办住院手续了。

办理住院手续、拿药、打饭等一系列事情都是乔扬操办的，事无巨细，怕她凉了，替她盖被子；担心点滴流得太快了，替她调慢……

他什么也不说，只是安静地坐在沙发上陪着她。突然，见被子在抖，他连忙走了过去，在她身边坐下，握着她的手，担心她冷了。

原来，她是在哭。她哭得一点声音都没有，大概是怕被人看见，他正要起身离开，手却被她牵住了。他哄她："我去替你拿湿毛巾来，擦擦脸。"

她一动不动地看着他，怕他走了。医院里永远是苍白的，又孤单又寒冷，她害怕一个人。只是，乔扬的笑容那样温暖，让她觉得，自己是安全的。

"你先睡会儿，我马上回来。"他抚了抚她的发。见她乖乖地闭上眼睛，他才放心离去。

他拿了热毛巾来，替她擦拭脸庞。水温不烫，他轻柔地、仔细地替她擦拭着。她想起了妈妈,小时候,她生病了,妈妈也是如此温柔地照顾她。

她再也忍不住，哭出声来：“妈妈，妈妈！”

乔扬一怔，哄着她说：“等你明天出院了，我陪你去看伯母。乖，先睡一会儿。”

梦中，那些往事纠缠着她。

宋子衍走后，她每晚失眠，以泪洗面。所以，她宁愿不管白天黑夜地工作，公司里的活儿都揽上身，那段时间，公司里的同事都鄙视她，说：“你什么都抢着做，我们都要失业啦！”

后来，她总算是熬了过来。只是这期间，宋子衍没有一个电话，一句安慰。自签了离婚协议，他便潇潇洒洒地离开了。也对，他说过的，那个女人，有了他的孩子。那自己呢？她的孩子，又该怎么办？

她的手不自觉地捂住了肚子，那么紧，那么用力。

一旁的乔扬以为她肚子痛，急得连忙叫醒她，扶她坐起来：“是肚子痛吗？我马上叫医生。”

“不！不要叫医生！”她一激动，拼命地搂住了他，仿佛他是她唯一的救命稻草。

其实，乔扬对她有好感，她是知道的，否则也不会遇到难题时，第一个想到他。她对他也有过幻想，可现在……她什么也不能想了，毕竟她怀了前夫的孩子。

乔扬静静地让她搂着，手一下一下地抚着她的背。他很想说，让他来照顾她，可又怕吓跑了她。他知道，只能慢慢来。

不知道过了多久，她在他怀里睡了过去，睡得很安稳。

[2]

晚上，乔扬的电话没断过，他是真的忙。每次他都是到病房外接电话，且把声音压得极低，怕打扰了她。

之后，他便是通宵工作。幽幽的电脑屏幕光线照着他，他累极了，也只是稍稍合一下眼。

苏玳玳偶尔醒来，便瞧见他坐在沙发上，一动不动地盯着电脑屏幕工作。他是来出差的吧，却因自己把工作丢下了，这样会不会见罪客户、得罪老板？

半夜，护士巡房，替她换药水，她睡得迷迷糊糊，只听见乔扬低沉的声音："轻些，她睡得不稳。"

小护士悄悄说苏玳玳好福气，有个如此体贴、如此温柔细心的丈夫。

那一刻，苏玳玳只能装睡。

看着苏玳玳睫毛颤动，知道她是醒了，乔扬叹了口气。

出院后，苏玳玳没有再去见妈妈，她不想妈妈担心。

乔扬执意要送她回上海，她推辞，不过他说他的工作忙完了，如果不亲自送她回去，他不放心。最后，他开了车送她回去。

一路上，风景秀丽。杨柳低垂，湖水粼粼，一叶叶小舟游弋而过，江南景色十分美好。

"果真是上有天堂，下有苏杭！"乔扬忍不住赞叹。

见苏玳玳倦倦的，他打开音响，放的是昆曲《琴挑》。

乔扬怕她闷了，便说："我哥哥是昆曲名伶，从小跟着他咿咿呀呀地哼惯了,也觉得挺有意思的。昆曲里有句行话:女学《游园》,男学《琴挑》。那《琴挑》说的是《玉簪记》里落第书生潘必正和美貌道姑陈妙常的情事。琴挑、琴挑，关键还是在个'挑'上，还得有个女旦搭配，才有意思，我往往拉上姐姐一起唱。后来，我就说，这'琴挑''琴挑'的，不就是调情吗？"

苏玳玳被他逗笑了。

见她眉黛轻蹙，笑意虽还是淡的，但好歹是笑了。他淡淡地说："再难的，也过去了，笑比哭好。”

苏玳玳点了点头。

乔扬一边开车，一边轻轻哼唱：“步虚声度许飞琼，乍听还疑别院风。凄凄楚楚那声中。谁家夜月琴三弄，细数离情曲未终。此是陈姑娘琴，不免到他堂中，细听一番。”

乔扬是昆曲世家出身，外婆、外公与哥哥都是昆曲名旦，故而他从小听到大，那“水磨腔”声调委婉，韵味悠长，是得了真传的，就连苏玳玳也听得入了神，就连那一颗疲惫的心也似轻了许多。她想，或许这就是妈妈常说的，戏剧的魅力吧！

受了鼓动，她也就脱口而出：“朱弦声杳恨溶溶，长叹空随几阵风。”两句慢悠悠地唱完，好似又回到了幼时，跟着妈妈唱戏的时候。

乔扬接道：“仙姑弹得好琴！”

这是一句搭讪话，说白了，就是调情。想到乔扬先前说的琴挑，就是调情，苏玳玳“扑哧”一声，笑了出来。

“没想到你唱得还不错。”乔扬也笑了。

苏玳玳头一歪，想了想，答：“我妈妈本是昆曲院的，但因生我时难产，喊坏了嗓子，所以后来就改到茶馆里唱评弹小调了。我一直跟着她学，所以会一点。”

“苏州人的一大爱好就是‘孵茶馆’，用的是‘孵’字，而不是‘去’字，多形象！”

苏玳玳说：“是的。俚语谓之‘早上皮包水，下午水包皮’，就是‘孵’这个道理。”

“赏茶，品评弹。真真正正的生活啊！”乔扬无限向往。

可这样的生活，却不是爸爸向往的，所以他才会离开了妈妈。想到这里，苏玳玳又沉默了。

高速公路四通八达，行程也短。不一会儿，就进入上海市区了。乔扬想了想道：“希望经过了这一次，你不要躲着我才好。我们还是朋友，对吗？”

一句话，把苏玳玳说得红了脸，她勉强应了："不会。"

得了她的回答，他才放下心来。

小区到了，他停好车，替她开了车门，不忘嘱咐她，多休息。

等到乔扬的车离去，苏玳玳仍站在原地，看着他离开的方向，出神。

[3]

苏玳玳不知道的是，送了她回去后，乔扬马上又开车赶回了苏州。

后来虽说出差的事情顺利解决了，但乔扬还是受了公司老板的批评，还出了批评通告，扣一个月工资。

好在，这不过是老板做一下样子而已。乔扬是技术性的骨干人才，为公司服务了整整十年，他设计的软件，开发维护得非常好，再过不了多久，是可以升为公司高层的，谁又会真的怪罪他呢！

乔扬的家境不错，虽非大富大贵，却也是比上不足，比下有余。他是"海龟"，作风比较洋派，姐姐嫁了一个澳大利亚人，还生了一对双胞胎，乔妈高兴得跟什么似的，辞去了公司高管的工作，与乔爸一起去澳大利亚帮忙带孩子了。

虽说他是家里最小的孩子，但也到了被催婚的年纪。

每次和乔妈打越洋电话，乔妈不是说"原来小区的小李，还记得吗？他的小孩都会打酱油了"，就是说"我说啊，隔壁家的黄姆妈都抱大胖孙子了，我什么时候才可以抱啊"……

轮番攻击下来，乔扬只能硬着头皮答："姐姐的孩子，你现在不是抱着嘛。再说了，哥哥的闹闹也是你带大的，现在都拿小提琴比赛冠军了，马上要去维也纳深造，你瞧，妈，你多有本事啊！再说了，澳大利亚离维也纳不远，你以后可以多去看看闹闹。"

乔妈生气了："你别岔开话题！澳大利亚在大洋洲，和维也纳能近吗？再说了，我要带亲孙，你快给我加油！都三十了，还想不想讨老婆了！

咱家条件又不差，你原先说要先立业，这业也立了好几年了吧！房子也有了，你还等什么啊？从小到大，就不见你身边有个女的，难不成你还想学外国的那些什么背背山？我警告你啊……”

乔扬开始求饶，以一句“在相亲了”结束了通话。想老妈一直是公司高管，性格外向，惯于发号施令，如今出了国后，说话也是越发生猛了，连背背山都敢说了。

几年前，乔扬就在金桥买了房子。那时房价便宜，他手头上的几个项目完成了，得了一大笔奖金，那时他一来不谈恋爱，二来不买车，所以有些存款，就把房子给买了。

只是最近的几个项目，除了 R&R 公司之外，还有两家公司也都在市中心，虽说从金桥坐地铁到市中心也快，但始终不方便，所以他才会在漕宝路这边的小区租了一个房子暂住，但没想到，刚入住这里没多久，就遇到了苏玳玳。

虽说三年前，自苏州一别，他就没有忘记过苏玳玳，但他也知道那仅仅是一次没有后来的邂逅而已。日子总要过的，他又不是背背山，自然也交往过女朋友。

一次是相亲认识的，俩人谈得好好的，结果，一问起住房问题，他说，他不跟父母住，那一刻，女孩是高兴的，但他一说，住在金桥，女孩就翻了白眼了。女孩说，金桥在哪里？郊区！我不住郊区的，那里人都没有几个。然后，就没了下文。

经过了这一次，对于相亲，他也就淡了。后来，公司新调来一个女同事，对他很好，嘘寒问暖的，两人在一起也很温馨。每次约会完，无论多晚，他都会送她回家，她家住市区，是每天早起，搭地铁来金桥上班的。

那女孩子人年轻，长得也漂亮，同事们个个都赞他好福气。最难得的就是，女孩子还很能吃苦。而且她也并不介意，他住金桥，还担心他来回送她辛苦，就搬来和他同居了。两人共同生活与工作，一切都很好。他也考虑过结婚的事，但她工作勤奋，又会好几门外语，后来得到了美国培训的机会。他没有理由不让她去，她便走了。一开始，俩人还经常通电话，只是渐渐地，电话少了。

有一次，是她生日，他打了电话过去。很久没人接听，当他想放弃时，一个外国男人接了电话。那时，他看了看时间，那边的时间已经是凌晨了。后来，她打了电话过来。她语声吞吐，似要哭了的样子，抱歉地说："对不起，其实你……"

"其实我很好，我知道。"他说。

他声音温和，当即就说了，他们还是朋友。她却沉默了，很久之后，她才说："其实你没有你想的，那么爱我。对不起！"

那女孩后来留在了美国，并和那个外国男人结了婚。乔扬寄了一份礼物过去，由衷地祝福她。

他确实没有太过伤心。他这时才明白，在内心深处，他忘不了那个一会儿哭一会儿笑的女孩。

如今，他与她真的相遇了。他不想再错过。他也不介意她的过去，都是成年人，谁没有过去。所以，他从不问什么，可她仍是想逃。

他该怎么办？

[4]

离婚后，发现怀了前夫的孩子，这对苏玳玳来说简直就是晴天霹雳。她好不容易才熬过最艰难的日子，她好不容易才等来升职的好消息，可现在一切都乱了。

像时光那样的大集团，人事竞争非常激烈，否则前总监助理也不会因为怀孕就退下来了。若不是前总监助理怀孕，她又如何有机会，可现下她也有了身孕，那这个职位……

苏玳玳很烦恼，唯一可诉说的对象也只有林雯。

她连想都不敢想让方阿姨知道这件事，因为方阿姨一定会说："打掉！一定得打掉！带这个拖油瓶，你还指望再嫁出去？"

其实，林雯也是同样的想法，只是她说得更委婉些。

两个好姐妹坐在酒吧里，林雯要了一杯长岛冰酒，给苏玳玳点了一杯蜂蜜柚子茶。

“你自己都还像个小孩，怎么再养一个？”林雯担忧地看着苏玳玳，“做单亲妈妈很难的，而且对孩子也不公平。且不说以后嫁不嫁人的事，就说当下你的工作吧？你看起来柔软，其实对事业是有那么一点野心的，而且你刚升职，难道就要退下来吗？各种利弊，你总得考虑清楚。养育一个孩子，作为一个妈妈是要有成熟稳定的心智的，要经得住风浪，并非那么容易的事情！”

苏玳玳想了许久，开口：“那是一条生命，我怎么忍心扼杀掉？”

“那你准备怎么办？”林雯的担忧更深重了。

像是狠下了决心，苏玳玳咬一咬牙，道：“我不怕！我要这个孩子！”

林雯一声哼笑，将满满的一杯冰酒喝了个干净，再出口，语气就不怎么好了：“不要跟我说，你还忘不了宋子衍！”

见苏玳玳不作声，林雯真是怒了：“真是一点出息都没有！”

苏玳玳咬着嘴唇，是，她被林雯说中了，可这又能怎么办？她爱宋子衍，一直爱着，在这场长达六年的感情里，她始终是付出最多的那一个，一直忘不掉他，还爱着他，这能怎么办？

“我不能那么自私、那么残忍！在这场失败的婚姻里，虽是宋子衍犯了错，可是我也有错，是我太幼稚，太不懂得体贴了。但有了这个孩子后，我不会再像从前那样任性、那样幼稚了。”

这个小表妹，一向是外柔内刚的，与林秀是一样的性情。林雯摇了摇头，道：“那你的工作呢？”

“瞒着吧！我个子娇小，又瘦，不到七个月，也看不出什么来的。等不能再瞒了，就听天由命吧！希望我的工作能再出色些，让他们觉得，我还有深度利用的价值！”

苏玳玳又做噩梦了。

她梦见了宋子衍对她说离婚的那一天……

“我们离婚吧！”宋子衍平淡地开了口，语气平静、从容，好像他只是在说一句无关痛痒的话。

她正专心地“哧溜哧溜”地吃着面，并没有听清他说的话。她眼睛亮晶晶的，笑嘻嘻地问他：“啊？你说什么？”

她心满意足的样子，不知为何，竟让他觉得那些话无从出口。

甜甜的笑靥、红彤彤的脸蛋，她无疑是可爱甜美的，可他也没有办法了，只能硬起心肠来，重复一遍：“我们离婚吧！”

她没心没肺地大笑，丢下面碗，跑到他身边捶了他一下：“哈哈！你又搞什么幺蛾子？”

“我不是开玩笑！”宋子衍一把拨开了她的手。

看着他眼中流露出的厌恶，她一下子就蒙了，嘴里念叨着：“这玩笑一点也不好笑！”

他有些痛苦地看了她一眼，答：“是不好笑。”他故意说出那段最最恶毒的话，“你看看你自己的样子，如此平庸，还成天穿着印满了卡通公仔的睡衣在家里晃荡，毫无风情可言，每天不是吃就是笑，真的是让我烦透了！”

看到她惊呆的表情，他只能装作无情的样子。他已经做错了，回不了头了，他没有选择。

他的脑海里，有一把酒红色的长发拂过，如一波一波的浪，纠缠着他的心……他不经意地笑起来，眼神飘出老远……

他的这一变化，没有逃过她的眼睛。她即使再没心没肺，可是并不傻，问：“她是谁？”

“什么？”

“那女人是谁？”她静静地看着他。

没有哭喊，没有抓狂，没有口出恶言，这样安静的她倒是让他慌了神，这不是他熟知的玳玳。他原以为，她会扑到他怀里哭泣，求他回心转意的。

她也是不明白，自己与子衍一直是很要好的，每天虽是小吵小闹的，可这小花腔耍得也是十分有滋味。俩人还一直憧憬着，再拼搏几年，就可以在上海这个繁华的天地里买下一套属于自己的房子了。可为何，他说变就变了呢？

“她是谁无关紧要。”宋子衍仍是淡淡的语气。

“那就是说，是我的错、我的问题了？”她终于怒了，连声音也变得尖锐。明明是他变心了，明明是他错了，他却仍旧一副事不关己的样子。

椅子被不轻不重地推开，宋子衍站了起来，一把拉住她的手臂，淡淡地道：“你觉得这里像个家吗？”手臂被扯得痛了，可她甩不开他。

她急了，嚷了起来：“放开我！”她就像一只被逼急了的红眼睛小白兔，踢他、咬他，“这怎么就不像家了，这怎么就不像了？”

她环顾四周，这是套一室一厅、只有五十八平方米的小家。

房子是租的，楼龄也有二十年了。可是，这个家是她亲自布置的。她挑选的墙漆，淡粉红色，温馨暖和。她还在墙上挂了几个镜框当装饰，镜框里面是画，虽不是名画，可也搭配得不赖。家具虽少，可沙发、床铺、衣柜，该有的也不缺，这些都是俩人跑了许多条街淘到的。

她和宋子衍大学一毕业就结了婚，自然是裸婚，无房也无车，可她满心光明。

宋子衍很聪明，也有才干；而她是做销售的，颇得上司器重，工资不低，且也稳定。俩人在结婚时就计划好了，等赚够了钱，就买下这套五十八平方米的小房子。因此，她十分节俭。

她买了最便宜的姜花来装点客厅，两块钱一大把，既好看，又有情致。在花鸟市场里闲逛的时候，又发现了一盆奄奄一息的玳玳花，便宜极了，她想也没想，就买下了它，还说：“我是个贤妻良母，一定能养活它。”

宋子衍听了只是宠溺地摇头一笑。

那盆玳玳花被她养得很好，就放在窗台上，白色的花，素美轻柔，并无半点俗艳。旁边还有一盆花，是茉莉，也是她用爱心和坚韧去浇灌而养活的。她常说，用心去经营花草，经营小家。那时的她是幸福的，唇畔是深深的酒窝，甜甜的笑。她还会用茉莉花来制茶，做成茉莉花茶，那他们家就连茶钱也省了。

如今想来，难道自己做得还不够好吗？她不禁迷惑了。

她的手被松开了，宋子衍也陷入了沉思里。他知道，玳玳是聪明的。她不问他与那女人发展到了何种地步，有没有发生关系，只是用这种温柔的方式来挽回他的心，可一切已经太迟了。

“你太小孩子气了,这让我……”宋子衍顿了顿,叹道,“让我很累。”

她哽咽着，像只受伤了的小兽：“我不懂……”连话也说不下去了。

“你……”他有了些怒气,“你就是这样,什么也不懂！”再叹了一口气，接着说，“你太单纯了，而这个社会是复杂的，我每一天都像走在钢丝上，谨慎又谨慎。稍有差错，就会被人挤掉，被人踩压。我的压力很大，我很累……而你每天缠着我，没完没了地说话、大笑，可你说的那些事一点也不好笑！”

“我只想逗你开心……”她的声音更弱了。

“你根本就不明白！”宋子衍越来越不耐烦，“我的苦处没法向你说，说了你也不懂！你明不明白！”看着她伸出手，他厌烦地推开，“我真是蠢,跟你说这些有什么用！你根本就不明白！不准哭！”他推了推她,“不是抱一下我，就能分担了我的压力的！我是厌极了像个傻瓜一样拥抱！我根本不想买房，不想！这下你满意了吧！”

她再也忍不住，任泪水扑簌簌地掉了下来：“我以为你会想拥有属于自己的房子，然后生一窝的孩子。我们不是一早就计划好了吗？”

“我是想要一个家，一个能给我温暖的家！而不是一套房子，一套住着个整天只会喋喋不休的、烦透了的女主人的房子！”

“对不起，我从来不知道你的想法。我以为自己已经做得够好了。我不晓得自己是那么幼稚可笑，不仅帮不到你，还让你难受。我以后会改的！真的！”她只想抓紧他，抱着他，永不分开。

可是，他推开了她，甚至还笑了笑：“看！我最烦像傻子一样抱在一起了。你不了解我。”

“我可以从现在开始去了解你呀！”她犹不放弃。俩人的婚姻，俩人曾有过的甜蜜生活，美好的回忆，这些她都不要放弃。

宋子衍的一番话，让玳玳陷入了沉思。

其实，她并非没有半分错处的。虽说 IT 这一行，一个软件设计项目完成得好，奖金有十多二十万。可如今的社会竞争如此大，宋子衍的压力是很大的，而作为妻子的自己竟然没有察觉。

有一次，宋子衍得了一笔奖金可高兴了，嚷嚷着要带她去趟马尔代夫，还不忘附在她耳边说：“住水屋上可浪漫了，一对人儿占一座水屋，与别的游人隔着，互相之间谁也见不着谁……就连做爱，也能对着大海。”听到此，玳玳的脸红透了，推开了他，不许他再说。而那笔钱，她自然是不许动的，要存起来留作房子的首付。马尔代夫自然去不成，她舍不得去。而宋子衍虽没表露出不高兴，却笑着说了句，“真是个没情趣的小东西。”

如今想来，她与他之间，是早存了嫌隙的。

宋子衍像摸着小狗狗般抚着她柔顺的发，又似沉浸到了回忆里，笑着说：“你知道吗？她是那么完美，我想什么她都能感应到。每当遇到难题，她就会温柔地替我分析，抚慰我，帮我走出困境。一切的困难，皆不成困难，她就是有这样的魔力。她的妩媚、她的风情，只要瞧上一眼，就再也忘不掉了。”他闭上眼睛，可脑海里除了玳玳，再也没有别的人了。他说了谎，他爱的只是玳玳，可是，他已经错过了。

“我会改，我会努力！”玳玳完全慌了神，到了这一步，她已经输了，输得一败涂地。

她的唇，被他轻轻捂住。他说：“你太天真了，这样的风情你学不来，也不适合你。而且……”

“而且什么？”玳玳清亮的眸暗了下去。

“已经来不及了，”他叹了口气，“她有了我的孩子。”

就这样，他搬离了他俩曾经的家，投到了另一个女人的怀抱里，永远不会回来了。

抬起头，看着房顶，玳玳努力不让泪滑下。而那盏经玳玳千挑万选才选出来的大贝壳吊灯闪着暖暖的黄光，笼着她，似要给她温暖。她笑了笑：“你如此好看，可他第一次看见你时，就说我挑选得太童话了，那时的他分明就是嫌我幼稚了。”

“可他连改的机会都不给我，就这样走了……”玳玳始终还是落泪了。即使她万般不好，他也可以说出来呀，她可以改啊，为什么会走到今天这一步呢？

[5]

噩梦总有醒来的一天。

玳玳的梦醒了。不过是半夜时分。

莫名地，她又想起了那笔钱，那笔宋子衍做项目得的钱，本计划带她去马尔代夫，给她一个甜蜜之旅。结果，甜蜜没得到，俩人却为此吵了架。而那笔钱，即使是离婚了，宋子衍也是不要的，他说，这是她应得的。就如同，她应该承受今天这个苦果一般，是她应得的。

心里存了事，她是怎么也无法睡着了。

早上，苏玳玳起得很早，她在宋子衍公司楼下的中心广场等着。她的内心很彷徨。她有想过，这个孩子，就是她一个人的事，与他再无关系。可又觉得，这对孩子不公平。

是林雯怂恿她过来的。林雯那样风风火火、作风洋派的人，最后也说：“为了孩子，总得将就。你也不希望，孩子一出生就没有爸爸吧！那女人有了，又怎样？你如今也有了，怎样都得向他说个清楚明白。而且，你们的感情也是摆在那儿的。”

果然，爱情是刚性的，而婚姻、孩子、家庭是软性的。换了以前，她一定不会相信，林雯会说出这番话来。

林雯长得漂亮，且经济独立，之前也谈过恋爱。她公派新加坡培训时，与公司海外总部的 CEO 有过一段浪漫甜蜜的恋情。那时俩人好得如胶似漆，连玳玳都觉得，只有他才能绑得住表姐的一颗心。

玳玳看过那个 CEO 的照片。

在林雯与他的社交网络圈子里，俩人的合照那么多且那么甜蜜。俩人同居了一段日子，那时林雯那么开心。就连玳玳都以为，林雯不会再回国了，肯定就会嫁到新加坡去。可后来，林雯突然就回国了。旁人问起，林雯也只说是培训结束就回来了。

后来，在一次醉酒后，林雯才吐了实情。她说，是她不要他的。他再好，她也不要！她不要一个背叛过自己的男人。

原来，那位年轻俊秀而多金的 CEO 泡吧时，与一位火辣热妹对上了眼，发生了一夜情。他一时喝多了，放纵了一次。事后，他求过林雯无数次。他找她，她就躲着他。避无可避，终于让他找到了她，他单膝跪下，诉说自己多么后悔、多么爱她，他甚至向她求了婚，可她只说了一个字：不！

那么刚性的林雯，在一个孩子面前，都被打败了，说出了那样一番话。那宋子衍呢？他们之间有那么多年的感情了，看在孩子的分上，他会回心转意吗？

从小区出来的路上，她一直反反复复想的就是这些。她很害怕见到宋子衍，又盼望见到他。那种纠结的心情将她搅拌、挤压得都要碎掉了。她很想哭，可又告诉自己，要坚强。

直至她在康弘科技大楼前站了许久，都没有发现，跟在身后的乔扬。

乔扬不是个多事的人。他知道，靠近她的唯一方法就是慢慢来，给她时间，不让她有一丁点的压力。只是，他出门慢跑时，看见了一脸茫然失措的她，他连向她打招呼，她都没听见。

他担心她出事，才会跟着她。

看见她上了地铁，他只能跟着。她穿得单薄，一条素白的连衣裙，虽已是三月底了，可早晚还是凉的，她却连个外套也不披一件。

等跟着她到了这里，他原以为她是公事，可又觉得不对，便候在一旁，远远地看着她。

这时，苏玳玳却突然躲了起来，躲在了一棵大树后。她人娇小，果真是一躲，被大树一挡，就没了。可她的一双大眼睛紧紧地盯着一个地方，那双眼里有渴望，有哀伤与深深的惶恐。

顺着她的视线看去，一对青年男女从不远处走来。远远瞧着，倒真是一对璧人，男的俊，女的俏。那女人，很美丽，大波浪的酒红色秀发，被风吹起无限风情，一对丹凤眼更衬得她风流带俏。但那是一个世故的女子，乔扬并不喜欢。而那男人，过于英俊，乔扬见过他一次。正是在苏州初遇玳玳时，见过的那个男人，玳玳的前夫。

乔扬叹息一声，不是冤家不聚头啊！

那对男女并没有发现苏玳玳，但苏玳玳的眼睛一刻也没有离开过他俩。她看到了，她一直想看的东西。每次，她都会对着镜子，在想象中比对，那个女人一定很美吧！比我美很多吧！

现在终于见到了，她果真长得很美，与英俊的宋子衍走在一起，再匹配不过了。

那女人还没有显怀，估计也就两个多月吧！见他那样小心仔细地一手扶着她的腰，一手护在她肚子上，那么小心、那么仔细。

何必再自取其辱呢？苏玳玳目送俩人进入办公大楼，直至消失不见，才转身离去。

乔扬没有马上出现，如此狼狈的时刻，她不会愿意被自己瞧见。

可是，在下一个路口，苏玳玳晕倒了！

等苏玳玳再醒来，已是在医院里，不过陪在身旁的已不只是乔扬一个人了，还有林雯与妈妈林秀。

原来，乔扬实在是放心不下，于是从她的手机里，找到了林雯的电话，把前因后果都说了，还说明了玳玳有先兆流产，最好能有亲人在身旁照顾。

林雯不是傻子，自然明白乔扬对玳玳的与众不同，更是第一时间打了电话，并开车到苏州，把林秀接了过来。

第七章

/ 拂面的春风里，你来了 /

[1]

母女相见，并没有抱头痛哭的八点档肥皂剧剧情。

又不是天真的要塌下来，更何况，她所失去的只不过是一个不爱自己的人，得到的却是一个珍贵的孩子。

苏玳玳甚至还对妈妈笑了笑，然后才一头投进妈妈温暖的怀抱。她没有哭，只是声音闷闷地说：“妈妈，你怎么来了？”

“傻孩子，这么大的事情，也不和我说。”林秀疼爱地为女儿拨开刘海，见玳玳情绪还好，才略微放下心来。

“是妈妈不好，害你受苦了。”

“这是哪的话？”玳玳依旧抱着妈妈。

林雯退到门外去了，不想打扰母女俩。

“若不是妈妈，你也不用变成单亲家庭出来的孩子了。旁人对单亲家庭的孩子总是指指点点的。而且，你寄人篱下……”林秀说不下去了。

苏玳玳终于抬起了头，一双眼睛那么明亮，让林秀不好再劝下去。她为妈妈拭去眼泪，才道：“我终于明白了，做妈妈的伟大。总是要事事替儿女考虑在先的。可我终于是长大了，我不会放弃这个孩子，妈妈希望你能明白。”

“可你要吃很多的苦。”林秀怔了怔，没想到女儿的心意如此坚定。

“我不怕吃苦。”苏玳玳答。

林秀想了想，笑了：“不愧是妈妈的孩子！其实，乔扬那孩子都和妈妈说了，你见过宋子衍了，可你还是没有跟他说。我就明白，我们家的孩子是最有骨气的！”想了想，她又道，“玳玳，妈妈是过来人，看得出乔扬对你是真的不错……”

话还没说完，就被苏玳玳打断了：“妈妈，我现在不想别的了，只想好好养大这个孩子。但无论再不再嫁，都不会是乔扬，他太好，我配不上。”

玳玳的刚烈，林秀也是第一次发现，简直就是活脱脱自己当年的样子。她心头一沉，觉得不妙，可也只能任其自然发展了，到了嘴边也只有那句：“一切随缘吧！”

另一头，乔扬刚买粥回来，就被林雯给截下了。

那架势，真有种女土匪的感觉。不过，乔扬喜欢林雯的爽朗与英气。他大大方方，毫不避嫌地一笑，道：“不知道林小姐有何指教？”

“你对我家玳玳是认真的？”林雯逼问。

乔扬无奈地摇了摇头，直说：“林小姐，你真像女土匪！是的，我对玳玳是认真的。”

简简单单的一句话，说得肯定、真诚，丝毫不躲闪。这是个有大将之风的男人，成熟、稳重，且固执得可怕。说话一板一眼，虽说不古板，但看得出，严谨是他的作风，不经过深思熟虑，他是不会做出决定的。

“不错，比宋子衍那小子强！”林雯肯定道。

“那我过你这一关了吗？”乔扬笑道。

她一巴掌拍在他肩头，道：“好说，好说！”

果真是个强悍的女汉子。

乔扬敲了敲病房的门，然后走进去。他将温热的粥取出，嘱咐她趁热吃了。等看着她吃完，他才礼貌地告辞。

他知道，这一路走下去，不会轻松。方才，玳玳对他的态度有些冷淡，她是存心要避开他。

对于她的顾虑，他自然清楚明白。可他有林雯这个互通有无的眼线，他不担心，目前也只能慢慢来吧！

有妈妈照顾，苏玳玳自然好转得快，而且事情一旦想通了，也就活得更自在了。林秀的菜烧得好，自然是把玳玳养得红红润润的。

玳玳本来肤白，自从怀孕后，皮肤非但没有变差，反而越养越美，妈妈笑着说："这胎一定是个女娃！女娃娃养妈妈！"

玳玳一手一把糕点，吃得那叫香，一个劲地点头："女孩好啊！以后我可以给她扎辫子，扮靓靓，多美的事啊！再大点，还要和她一起分享护肤心得，还要教她化妆，把她打扮得美美的，像个真正的公主！"

林秀一时高兴，话脱口而出："她爸爸长得俊，她一定也是俊极了的。"

一时之间，玳玳沉默下来。其实，她也希望孩子像宋子衍，有他一般的眉目。她始终是忘不了，放不下。

怕妈妈担心，她笑了笑："我很差吗？像我才美呢！白白的、软软的，像大白棉花糖！"

"是是是！"林秀以笑作掩饰，松了一口气。

苏玳玳清楚职场法则，所以为了不被人看出她怀孕了，再好吃的东西，她也不敢贪吃。少吃多餐，肉类减半，多吃营养极高的蔬菜水果。好在有林雯这个走在时尚最尖端的人，给她弄来了一大堆明星怀孕期间饮食营养餐单给她。总之就是，吃得少而精，且营养。

她怀孕三个多月了，可腰身一点变化都没，还脸色红润好看，人也精神。公司里没有任何人看出来她怀孕了。

连林雯都夸："你瞧人家那些超模，就是走维多利亚的秘密秀的那几个，哪怕她们怀孕八个月了，看起来都跟人家三四个月一样。你看看你也是这样，一点都看不出怀孕的样子。这就是科学，而且肚子里的孩子都健康着呢！”

玳玳笑着说：“你不是拿我做实验吧？等你以后嫁了，你的婆家看见你的肚子这样长，不得把你喂得跟猪一样强壮！”

林雯给气得恨不得隔着电话掐她一下。

林雯不仅给了玳玳一份明星怀孕期间的营养餐单，还买了许多营养素给她，说明星超模怀孕的时候就是靠吃营养素，补充胎儿的综合营养，在补宝宝的同时，不胖妈！

苏玳玳按说明来吃，每次产检，宝宝都很好，她也开心，在工作上也越发得心应手。后来，她们公司也推出一系列可以吃的美颜产品，其中也有一个美孕妈系列的，她才知道，这些营养素有多贵。

十个月吃下来，那可是要贵死人的！而林雯却一次就给她弄了七个月的量，还说这次货都扫空了，等下次再补够十个月。

苏玳玳怪自己傻，以为营养素不会太贵，虽说林雯是编辑总监，薪水颇高，但也不能这样大手大脚地给她买东西啊。

于是，她约了林雯出来，想着要怎么样说服林雯，收下她的钱。

想着想着，她就头痛起来，林雯是个火药桶，跟林雯说钱的事，林雯一定会爆炸不可。不过上次她中了大奖，有了存款，不是无收入人士，应该好说服林雯的。

想定了说辞，她就开始补妆，准备晚上的约会了。

[2]

乔扬的妈妈是个行动派，立志要搞定小儿子的终身大事，就开始行动起来。虽说在带小外孙，一时走不开，但她姐姐要回上海探亲戚，于是就托了姐姐过去介绍女孩子给乔扬。

乔扬的姨妈一口答应下来，且一下飞机，马上就把电话打到了乔扬那儿。

姨妈出国已多年了，不知道乔扬早在金桥买了房，以为他还住市中心父母的小公寓里。可约他出来时，一听他住在金桥，她隔着电话就教训他了："侬住那儿，远开八只脚（上海俚语，意思距离非常远）的地方，哪有姑娘家家愿意嫁哟！"

那嗓门老大的，乔扬一个办公室的人都听到了。

大家都笑了起来。

小李对乔扬挤眉弄眼，意思是：我说了吧，一听是我们这帮"张江男"，谁还愿意嫁啊！

"张江男"，果然是"张江难"！难什么？难找老婆呗！

"姨妈，我们还在忙。我晚上晚一点过来看你。"说完，乔扬赶快把电话给挂了。

小李是江西过来的，上海知青的孩子，好不容易转回上海户口，才发现，这上海本地姑娘难伺候得很。上海姑娘不但时髦会打扮，人也是娇滴滴的，说着吴侬软语，连骂人都听着受用舒服。一开始，他不是没有追求过上海姑娘，可她们都嫌他住员工宿舍，没有房子。于是，他就趁着金桥房价低时，跟着他们的经理乔扬一样贷款买了房。可处对象时，哪怕到了谈婚论嫁这一步，女方一听说他的房子在金桥，立马就要求分手。从那以后，小李发誓，再也不找上海本地姑娘了。

大家就此聊了起来。

其实像小李与乔扬这样的，还是好的，毕竟他们工作得早，也早早买了房子，管它是在金桥还是市中心，房子就是房子。

小李长相俊秀，能说会道，其实还是很有女人缘的。前段时间，交往了一个外地来上海工作的漂亮女孩，小两口相处得挺甜蜜的，女孩子不"作"，人也实在，俩人也快谈婚论嫁了。

乔扬高大挺拔，浓眉大眼，人成熟稳重，说话风趣幽默，是那种越看越耐看的男人。

所以小李和乔扬一向是全组人最羡慕的对象。

"张江男"之所以难，就是由于这都是一群对电脑多过对人的技术宅男，他们只懂得编程，不会说话。一个两个不是见了女性说话打结，就是木讷寡言，换了你是女孩子，也不会喜欢这群宅男，所以，房子倒成了次要的事。

黄组长总结陈词：“你俩还是拔尖的呀！尤其是经理你，业务拔尖，技术又好，人又帅，什么都能搞定的！不像我，一见了女孩，说话就结巴！”

一番话说出来，惹得大家哄堂大笑。

乔扬无奈地摇了摇头，心想，这帅不帅的，跟业务和工作有什么关系？说到帅的男人，他不过是长得端正而已，宋子衍才是真的帅。想到这里，又不禁想到了玳玳。他有些烦躁，看着手下一连串的代码，不觉叹了一口气。

遇到过那么好看的男人，别的男人怕是只是路边的一只青蛙吧！

晚上赴约之前，乔扬已经想到了对付姨妈的方法。

他做义工为社会残障人士服务时，认识了一个二十出头的女孩陈晓，她长相清秀，自己开了一家咖啡店，还在社区教手语。虽然她是哑巴，可她性格开朗，一向不自卑，与乔扬也聊得来，于是成了朋友。

一听了乔扬的求助，陈晓马上点头答应下来，十分爽快。原来，她是假扮他的女友，来打发他姨妈的。

吃饭的地点，约在绿波廊。乔扬的姨妈家住小弄堂里的格子间，所以招待亲朋一向是出去吃的。本地人都爱面子，房子小，是断然不会在家宴请宾客的。

乔扬知道她的喜好，早早在绿波廊里订了位置。

乔扬先到，与姨妈聊起澳大利亚那边的情况。

等闲聊完了，姨妈话锋一转，问道：“噫，你不是说要带位女朋友过来吗？怎么还不到呀？”

乔扬微微一笑：“她还在社区里教小朋友手语。”于是简单地介绍了一下他的“女朋友”，无非是对方是一个热心肠的好女孩，自己开了一家咖啡店，是家中独女，上海本地人……

听到这里，姨妈倒也满意："这挺好的，这样的女孩不娇气。原本我还想替你做媒的，姨妈隔壁家的小玉还记得吗？二十九岁了，模样长得是越发标致，现在在大企业做中层管理。虽说年纪大了些，不过很能干呢！"

小玉，乔扬是记得的，嘴边有粒红色小痣，是挺娇俏的女孩，就是脾气大。乔扬摊了下手："当然记得，小时候我每次过来玩，她都要欺负我，其实是我不想与她争，让着她些罢了。"

一句话，便明白地告诉了姨妈，他对她没兴趣了。

正说着，陈晓就到了。

刚见面时，陈晓微微笑着，一迎上来就双手握住姨妈的手。姨妈初见之下，也很满意，慢慢地就不对了，她从不说话。一问之下，居然是个哑巴！姨妈再也坐不住了，找了个借口，便去厕所打电话给妹妹去了。

姨妈刚离开，陈晓调皮地眨了眨眼，比了个手势。这一来，绝对是惊着他姨妈了。

乔扬也笑："待会儿你家那位不要来修理我才好！借你做挡箭牌！"

陈晓连忙比手势："不会，不会！"笑得是一脸甜蜜。

饭后，当姨妈一告辞，乔妈妈的电话就杀到了，一开口就是："找个哑巴做媳妇，我绝对不同意！"

乔扬沉默了一会儿，才说："我与她只是朋友。妈妈，我的事，你就别操心了，我心中有数。"

挂了电话后，乔妈妈心里是七上八下的，总觉得不对。虽然儿子说了，那位只是朋友，可他向来有主见，怎么会随随便便带一个外人去见亲戚。再说了，小玉的条件十分不错的，虽说泼辣了点，但知根知底。可他一句话就拒绝了，连考虑一下都不乐意。若非有了心上人，再怎样，他都会敷衍一下的。越想越不对，她心里做好了盘算，等再过两个月，外孙上幼儿园了，她要马上打道回府才行！

可怜乔扬一个晚上喷嚏不断，又怎会想到，自己的老妈，马上要杀回来了！

[3]

另一边，下了班后，苏玳玳就去赴林雯的约了。

林雯喜欢约在酒吧见面，也不管苏玳玳根本不能喝酒。

等到她进了酒吧，就看见小小的舞台上，林雯在跳舞。林雯随着节拍扭动，还真的是一个妖精。

苏玳玳翻了翻白眼，心道：你就“作”吧！

正想上去打招呼，一位男士也上台与林雯贴身舞动起来。

苏玳玳一声低叫：“天啊，要不要搞得这么火辣啊！”

不管了，苏玳玳走到舞台下，仰起头，叉着腰，对着舞台上的林雯喊：“哎，你别带坏良家妇女好不好！”

由于人不多，乐声也不大，舞台上的人显然是听见了。林雯“嗤”的一声笑了，跳了下来，拉了她到一旁坐下说话。奇怪的是，那男人也跟了上来，落落大方地坐下，搞得苏玳玳是一愣一愣的，指着那男人“你你你”个不停。

“得了，别你了！”林雯指着男人介绍，“这是我的远房表弟司徒风，其实严格说来，没血缘关系了。今年二十八岁，是个‘海怪’！你叫他阿风就行了！”

司徒风满脸黑线，纠正道：“是‘海龟’，不是‘海怪’！”

“一样的，一样的！”林雯不耐烦地摆手。

这一下轮到苏玳玳满脑子黑线了：“林雯，你搞什么？”她把林雯拉近了，才低说声，“你不是叫我来相亲的吧？”

林雯还未说话，司徒风就笑了：“我长得很抱歉、很失礼吗，这么不待见我！”话语里带些委屈。

这样一来，苏玳玳反倒不知说什么好了，脸红透了，还是“你你你”

了个半天。

司徒风一脸笑意地看着她，心想，这女孩挺有意思的。

“你别理他。他就是个厚脸皮，刚从美国回来，我妈让我负责接待，我也是没办法。这样的人，我是不会介绍给你的，放心吧！”说完，林雯还不忘朝他翻个白眼。

林雯不大喜欢这个表弟，苏玳玳是察觉到了。

头上的灯橘黄橘黄的，打在司徒风脸上，衬得他五官柔和。

出于礼貌，苏玳玳与他打了声招呼：“你好，我叫苏玳玳。”一抬眼，对上他的笑眼时，才认真看清楚他的容貌。

司徒风长相俊朗，双眼带笑，与宋子衍倒是有几分相像。她一怔，才晓得林雯为什么看着他就讨厌。

司徒风是洋人做派，为人十分热情，见她发怵，在她眼前挥了挥手：“喂，怎么了，我头上长角了？”

听得林雯“哎”的一声，苏玳玳才知道，自己失礼了。

“不好意思，我刚才走神了。别见怪！”她笑得有些勉强，这让司徒风看了一怔，只觉得她有些哀伤。

司徒风刚从美国回来，身旁的女孩子个个都是活泼热情的，还没有遇见过像玳玳那么多愁善感的，一时，也乱了手脚，连忙道：“没事，没事。你脸色有些白，要不要喝点温水？”说完，连忙让侍者来杯温开水，还交代水里放些糖。

林雯有些刮目相看，没想到这挂名表弟，倒是挺细心的一个人。

“她没什么，只是怀孕了。”林雯不傻，看得出司徒风对苏玳玳有兴趣。想司徒风那么能玩的一个人，又长得像宋某人，对玳玳来说，简直就是另一场灾难，不如将事情点明了好。

听林雯说起，苏玳玳想起正事，马上把自己升职了，也涨了薪水，要把买营养素的钱还给林雯。

林雯本来就心不在焉，听了后，马上脱口说道：“不用还我了，那营养素是乔扬送过来的。”

苏玳玳正从袋子里找钱包，一听就定住了。

林雯也知道自己说漏了嘴，脸色变了变，最后说话时，却是平静的。

“乔扬很喜欢你，你自己心里也清楚，何不给个机会？毕竟，过了这个村，就没这个店了。”

苏玳玳一直不说话，头垂得低低的。

司徒风也不说话，玩味地看着两个女孩，只见玳玳脸色苍白，小小的耳垂却是通红的，可以想象，她的内心是在做剧烈挣扎。她的耳朵上，戴着一对珍珠耳环。珍珠并不大，却是浑圆的一颗，而且从色泽上看，应该是一件老物了。灯光柔柔地打在珍珠耳环上，她耳垂的轮廓也随着光线的流动，一点一点清晰。她的耳朵很美，肌肤也美，而她的眉眼……他想，倒不是那种惊艳的美，却很柔和，瞧着很舒服。

“很美。”他道。

见俩人看他，他笑了笑说：“你戴珍珠耳环，很美。看得出，是一对有年份的珍珠了。”

他本想赞她美，但想着会有些轻佻，于是改了口。这里不是美国，她与美国女孩不同，直白的赞美，会吓着她的。

“谢谢。这是我外婆和妈妈的陪嫁，一直传下来的，是清朝的物件了。珍珠的光晕是很美。”苏玳玳终于回过神来。

冷场就这样化解了，林雯都觉得自己要感谢他了。

乔扬？司徒风微微一笑，看来自己得会会他了！

[4]

自己不讨林雯的眼缘，司徒风是知道的，只是不知道原因而已，为此还纳闷了许久。

由于是亲戚的缘故，林雯就只能敷衍他，凡事也拉不下面子拒绝。他说，想在这里长住，看看有什么发展，但太久没回来了，关于租房子的事，有些不了解。

林雯问明他将来入职的方向，看看适合哪一个区，就在哪一区附近转转看。司徒风家境好，司徒家在国外有自己的家族企业，自然，那企业是由他的父亲与哥哥打理。他也就是俗称的二世祖，可他决定要在外面历练，所以打算来中国转转。

这一切，林雯的妈妈都跟她说清楚了。其实，林妈妈的私心，林雯是知道的。这个表弟比她小一岁半，也没有真正意义上的血缘关系，正所谓肥水不流外人田，林妈妈也是急于把奔三的她给打发出去的。

林雯一副生人勿近的样子，可对这小表弟的要求，倒是记在心上的。所以她是筛选过了一遍，才带司徒风去看的房。

这一点让司徒风刮目相看，只觉得这小表姐还真是做事的料。每件事皆安排得妥妥当当，根本无须你操心。

第一套房，是在金桥那边的一个高级白领小区。环境好得不得了，根本就是一个大公园，人也不多，还居住了很多外国友人，与他的美派作风很贴近。刚进到小区，他就和一个火辣的法国妞聊得热火朝天了，再走几步，就跟一个美国帅小伙称兄道弟了。林雯翻白眼，他也只当没看见，心道：这里的确是一个好地方。

因为他好动，闲暇时热爱运动，所以林雯替他选的是低楼层的公寓，房子在五楼，是复式的，没有电梯，是单独的一栋栋的公寓楼，五层封顶。

“你平常可以绕湖慢跑，这个绿水湖颇大，两旁植有翠柳，湖水湿润，空气清新，很适合慢跑。至于你这样好动的年轻人，也不需要什么电梯房了。有兴趣的话，还可以在楼顶种种花草，养一只狗。”林雯站在三米宽的阳台上，指着下面的湖。

住在这里，确实心旷神怡。而林雯的嘲讽之意，他也听得明白。他一笑，道：“果真好啊！我可以把家里面的那只老虎狗空运过来了。它陪了我好几年了，真舍不得把它丢给老妈。”

他的一番话，把林雯呛了个不行。花那么多钱，就为空运一只宠物，果真是个二世祖！

林雯清了清嗓子，说：“你连空运都想好了，不错啊！这里的房租每个月一万，你是有钱的主，一次交够三年好了，还可以打个八折。”说完，再翻了翻白眼。

“我想再看看。不是说了嘛，金桥是郊区，还是市中心好啊！你们老上海不是有句土话来着，‘宁要市中心的一个亭子间，也不要住到鸟不拉屎的郊区去，住郊区的都是乡下人’。”

林雯不动声色地鄙视他。

司徒风说过，他这次过来，已和一家公司商谈好了，工作地点就在金桥。所以林雯才会来这边物色房子。她想，反正这有钱的主开的是保时捷 CarreraGT 的黑色跑车，从浦西开来浦东也不就是眨眼的事儿，她管他住哪儿呢！

她戴上墨镜，朝他的车走去。他绅士地替她拉开车门，一身墨绿色裹身连衣裙的她伸出长腿，弯腰，优雅地坐了进去。替她关好门，他回到车上，不忘幽默了一句：“怎么，今天是阴天也要戴墨镜？白白浪费了一双美目！”

她笑：“我怕被你的车，还有别人羡慕的眼神给亮花了眼。”

他耸一耸肩，知趣地闭嘴了。

发动引擎，车子绝尘而去。黑色的流线型车身，猛捷优雅得如一匹黑豹，果然，一旁路人的艳羡眼神，闪闪发光地盯着自己，亮花了他的眼睛。

林雯在心里骂他是暴发户。

其实，在上海这种人流密集的地方，再好的跑车，也是跑不起来的。

车子进入市区后，处处遇堵，连连熄火，果真是没趣得紧。等赶至林雯预约好的小区时，已经是日暮时分了。

优雅的林雯也忍不住爆粗口：“你这小瘪三，浪费了我美好的一天。”

司徒风听了，忍不住哈哈大笑。

她无趣地睨了他一眼，司徒风不得不叹，上海姑娘果然是最有风情的，连骂人都是含娇带俏的，听着就是受用。更何况是如林雯这样的美人呢！

等他替她开了车门，她款款而出。豪车美人，还真是一道赏心悦目的风景线。过往的人，纷纷朝林雯投来目光。

林雯扶了扶墨镜，袅袅娜娜地进了酒店式公寓大楼。而司徒风匆忙把钥匙交给侍者，让其代为泊车，自己则屁颠屁颠地跟上林雯，简直就是“奴颜婢膝”地跟在她身后了。

酒店式公寓一切都好，他也很喜欢，但他坚持还要再看，让好姐姐再帮帮忙。其实，他就是存了心要捉弄她，看看她会不会发脾气。

林雯也不恼，取下墨镜，眼睛似笑非笑的，倒害得他连心跳都快了半拍。

她说：“我考了驾照，好久没开车了。还有个地方，反正也不远，不如我开车带你去吧！”

他只能举手说好。

林雯开车还真不错，车速飞快，让他好不过瘾。

林雯将车子驶过隧道，转上浦东宽阔的大道，两边灯火璀璨，美得不可思议。人就像浮在海上一般，月亮也是那般皎洁，与灯火相辉映，如跌进了琼楼玉宇，一排一排的灯火，如同一粒一粒串成串的珍珠，发出皎皎的光。

他叹：“张爱玲说过，现在的月亮，总不如从前的大和亮了。我想也是，灯火如此璀璨，月亮也为之黯然，魔都果然不负这个称号。海上盛景，真是极美的。”

谁料林雯听了，却是“扑哧”一笑，她没好气地道：“娘娘说的是极好的。”她嘲讽他，“没想到，你还看张爱玲啊！”

“你不也看《甄嬛传》吗！”他答。

俩人哈哈笑作一团。

林雯觉得，他也没有那么讨厌了。这是个没有架子的人，她想。

从浦东大道又转入安静街区后，一栋公寓楼终于出现在眼前。这是沿江公寓，小区安静，无人走动，身处的却是这海上十丈红尘里，最最繁华处。

林雯带他搭电梯直接上了顶层。开阔的复式，露台宽广，俯视便是璀璨红尘。

“土豪，此处如何？”林雯笑问。

最后，他马上拍板，就要这里，连价钱也懒得问。他取出支票本，签好名字，再撕下支票，数目那里是空的，任她填。

她知道他富贵，只是没想到，他富贵若此。之前，带他来这里，完全是忽悠他。这个地方，是她替亚太区新上任的总裁找的公寓，只是那位总裁还未到埠，所以她还未领那总裁来此处参观过。

林雯叹了一声气，没再说什么。

第八章

/变故/

[1]

自从知道了乔扬的心意后，苏玳玳一直能避则避。在小区里，如果是远远撞上了，她也是掉头疾走。

刚开始，乔扬没在意，次数多了，才发现，她根本是故意避着他。这让他十分苦恼，想来想去，还是得找小猫们做借口。

于是，趁着周末，乔扬登门拜访。

苏玳玳一开门，就怔住了。可不打笑脸人的道理，她懂。

他笑嘻嘻地问：“不让我进去吗？”

她只能侧身，让他进来。

妈妈去菜市场买菜了，家里就他们两人。她感到局促不安，可也总不能老不说话啊！于是，她结结巴巴地开口：“那些营养素的钱，我还你吧！”说着，赶忙跑去翻箱倒柜找钱包。

见她慌张若此，他也不好再进一步，也就收下了钱，并道：“怎么搞得我好像追债的似的。其实，你不用太在意。我有同学在国外是搞医药科研的，他们员工价拿，还真的不贵。当初我姐怀孕，也是吃这个，人不胖，苗条又美丽，连生出来的双胞胎宝宝都跟小天使一般，所以我才给你带了些，都怪林雯这大嘴巴！”

单凭他最后那句话，她就知道，自己被林雯给出卖了。他们俩已经混熟了，就合着来算计自己。

乔扬见她不说话，于是把来意说了：“小猫们养壮实了，可以送去‘咔嚓’了！”见她还是不笑，他也无可奈何，只能硬着头皮说下去，“我这段时间要出差，挺忙的，它们的手术是事前预约好了的，只能按预约的时间去，上午一齐送去绝育了，待会儿就可以接回来，可有人照顾着我才放心。你能和我一起去把它们接回来吗？我见雪球也挺想你的，老对着你家的方向喵喵叫。”

其实哪是雪球想她，根本就是他想她了。

她回答的声音很小：“好的。”

手术过程本来不长，但一起带来的是四只小猫，所以需要久一些。苏玳玳一直很担心，在那儿走来走去的。

最好笑的是，因为是手术，所以必须得签合同，还一签四份。这让苏玳玳有些六神无主。乔扬知道她在职场上很拼，可小女人始终是小女人，一遇到这种关乎生命的“大事”，就显得慌乱了。

最后，还是乔扬签的字。

在大城市，宠物医院的手术收费挺贵的。虽然听了是帮助流浪猫后，给了个七折，可四只下来，一下子就去了两千八百块，加上后续的止痛针、消炎针，前前后后得三千多块。

苏玳玳从小寄人篱下，是真的没有养过宠物，一听就蒙了，她出来得急，没有带够钱，银行卡也没有带，全身上下就一千块钱。

乔扬见她摸钱包时，脸有难色，便道：“你别急，我付过钱了。这样吧，做绝育是我提议的，我喜欢宠物，以前也养过猫狗，这些事情我比较熟悉，还是我做主吧！”

苏玳玳听了，咬了咬唇，点了点头，然后马上补充道：“那我给它们弄好吃的！”

乔扬笑着答应下来。

手术很成功，等回到苏玳玳家，也快晚上八点了。苏妈妈一见是乔扬，十分高兴，留了他吃饭。他也不客气，洗了把手就去搭手做菜了。这让苏玳玳也不好说什么，只得叹了一口气。

乔扬会做菜，而且手艺还很不错。饭桌上聊起，他说起在外国留学，西餐太难吃，所以他总是从唐人街买菜回来自己煮，煮的次数多了，也就好吃了。

他的话，不带暧昧，说什么、做什么都是光明正大的，就连给苏玳玳夹菜，都自然得很，仿佛俩人原本就该如此亲密。知道林秀和玳玳都是没养过宠物的，他就说：“仔细注意就好了，今晚给它们喝些羊奶，别喂猫粮了。它们都戴着伊丽莎白帽，倒不需要整天守着。我明天出差，大概也就一个星期左右吧！等我回来，就给它们找新家。我有几个朋友，都提起想养猫的。”

最后，他想起什么似的，连忙说道：“我早前带它们检查过了，全部没有携带弓形虫的，不用担心。玳玳只要不碰它们的粪便即可。它们在我家养了一段时间，都是很干净健康的。”

他总是那么细心，面面俱到。苏玳玳与他相处，很舒服，要把他推开，也并非那么好受的事情。可他终究是不属于自己的。想通了那一切，她没有多说什么，只顾低头吃饭。

晚饭后，他洗完碗，才离开。

等他走后，林秀一声叹。林秀想劝苏玳玳些什么，可话到了嘴边，也只能咽下去。

也不怪乔扬走得急，其实，他们那一组人，今天早上就飞过去了。他是想念玳玳，才会推迟了行程。等他一回到房间里，提起旅行袋就走了，赶最晚一班飞机。

他们在香港那边的合作项目出了问题。在小猫做手术的过程中，他已把有问题的数据清理了一遍，找出了根本原因，但觉得与香港方当面谈比较合适，所以才没有打会议电话，只是把他修改好的程序发给黄组长，让黄组长先过去处理第一部分的问题。

之前，大家一直在传，部门总监的位置该由他出任。他做项目经理也有好几年了，成功地完成了许多项任务。再者，他人缘好，与手下的关系好，合作无间，带了一支最得力的团队；而他与上司的关系，也算融洽，所以，部门总监的位置，一致认为非他莫属。

可是，前天，老总开了一个会。进入会议室时，乔扬见众人看他的眼光有些怪异。黄组长看着他，欲言又止，可也只是拍了拍他肩膀。等他坐下了，才知道，老总开会的目的，是要欢迎新总监的到来。部门技术总监这个职位，是由从美国总部空降过来的海外人员担任的。他根本没戏。

一直坐在正中位置的男人，听到介绍自己了，才抬起头来。他一脸的微笑，与大家打招呼，是地道的美国作风。然后自我介绍，叫司徒风。

会议室的灯光刚好打在司徒风身上，他的脸融在亮白的灯光中，闪耀而明亮。若非他自报了姓名，乔扬以为，他就是宋子衍了。可认真看了，却发现原是两个人。司徒风为人爽朗，是带着加州的阳光过来的，走到哪里，都是众人的焦点。而且，他爱笑，待人谦逊有礼，处事却是雷厉风行的。而宋子衍却是有些忧郁与阴鸷的。

司徒风一上任，就发现了公司的众多问题，他通宵达旦工作，把好几年的年度报表全数看了一遍，圈出了好几处数据上的漏洞，要求追究旗下公司的责任。其中最大的一处问题就是与香港合作公司的一个项目问题。这是今年签的，最新的一单项目。由乔扬那一组人研发的软件，存在一个很危险的漏洞。当初，大家都验证过这个问题，碍于成本原因，且只要按乔扬制订的程序操作，是不会出问题的，所以便将该软件投入了香港的高康端电子公司使用。至于维护与操作终端，则由位于珠海的子公司人员负责。

那个漏洞问题，由司徒风、乔扬和黄组长一起，通宵达旦地赶进程，终于是填补好了。可上头因为成本的问题，对司徒风有了意见，可他二话不说，将全部研发金额自己填上。他做事高效率，且不抢风头，但就是在人际关系上有些我行我素。乔扬与他合作很愉快，并不觉得他做部门总监是抢了自己位置。

刚开始那一会儿，他心里是有些不舒服，可相处下来，才短短两天，他就很佩服这个新上任的上司。只是见他行事有些乖张，乔扬便私下对他说：“别怪我多嘴，我觉得斯蒂芬还是在美国工作更实在。”

斯蒂芬是司徒风的英文名，同样的，司徒风称呼乔扬，就叫 JOE（乔），还开玩笑般叫他“乔乔”。此时，司徒风听了乔扬的话，想了想，道：“乔，你是想说，我处理不好与上司的人际关系吗？”

乔扬也只是好意提醒，不想得罪了谁，只答：“在中国，人际关系总是过于复杂，有时我们还是得照顾到方方面面。”

司徒风想了想，答：“好的。谢谢你。”

[2]

那个漏洞填补程序一定要在软件没出任何错误时，嵌入才有效。

可偏偏就在关键时刻，珠海那边的子公司传来消息，说总公司研发的软件导致了高康端的所有电子设备发生了短路故障，公司总部的电脑主机主板都烧了。这是非常严重的问题，高康端公司已经发出了最严厉的警告。如果不能在三天之内，解决问题，将要把乔扬所属的蓝图集团告上法庭。而作为软件项目主要管理人员的乔扬也将背负法律责任。

在和苏玳玳见面的前一个晚上，他一直在通宵工作，查究问题。而作为上司的司徒风带队，先奔赴香港。之前，司徒风填补的那个漏洞再无任何价值，可以说是他刚上任就碰到的最倒霉的事。可他丝毫不在乎，把责任都扛了，只吩咐下去，大家安心做事。

整组人都吃了一颗定心丸，而且这个团队变得更团结。有这样的上司，乔扬觉得自己是幸运的。只是当问题无法顺利解决时，他很烦躁。一个晚上的努力都白费了，而他的团队还在等着他。

烦极时，他站在窗口看楼下景色，远远就见到了苏玳玳。她穿着一条绿色的裙子，正在散步。

那抹绿，那样轻盈，如甘露，抹去了他的浮躁、他的相思，还带来了新的灵感。他马上跑回电脑前，专注地输入数据，并给它输入了一个特定的查找一切排斥程序符号的代码，代码的英文命令就是“绿”。

他输入指令后，一直盯着屏幕，看屏幕一行一行地出程序，最后，终于停止在了一个点上——他终于找到了问题症结所在。那一刻，他只想将这个喜悦与玳玳分享。

于是，他趁着玳玳出去了，给林秀打了个电话，说有事情要来拜访玳玳，大概上午十点过来，让林秀留住玳玳。

定下心来，他就开始研究出错的渠道。原来是珠海的子公司没有按照他所发放的标准，私自替客户安装了一个方便操作的程序插件，使得插件与主程序发生了严重的排斥，导致崩盘。

这种程序插件，蓝图旗下所有公司也一直在使用，所以与本公司程序是存在一定程度的兼容性的，这才使得子公司那么大胆，没有知会总公司，就做了。可此次的软件是应高康端公司的要求而研发的，不具备那种兼容性，且是新试水的最新型软件产品，故而才导致如此严重的故障问题发生。

现在找到了问题症结所在，只要卸下那个程序，重新编入恢复程式就可以了。只是这个恢复程式的编程，需要三天时间，现在已经过去了半天。他把清除插件的程序发给黄组长，再把恢复程式的编程问题一并发给黄组长与司徒风，三台电脑远程控制，一起操作，争取两天内赶出来。

两天一夜没合眼，乔扬本已是困极了。等编程有了眉目，建立了模型，已快十点了。他连忙收拾好旅行袋，再简单洗漱完毕后，就带着电脑去了苏玳玳家。

等一切忙完了，他又是赶死赶活地飞到香港。

把问题说清楚，其实并不关总公司的事了，相应的追究与赔偿由子公司承担。而子公司的大半股份其实是掌握在高康端公司的，因而，此事只要解决了，也就一并不了了之了。

他们那个团队也不负众望，花了两天半时间处理好了问题，协调了与合作方的关系。虽不是自己的责任，也一并把善后的事处理完毕。

等回到上海，也是一个星期后的事情了。

乔扬出差前，曾把家中钥匙交给苏玳玳保管，并嘱咐她替他家中的花草浇水，还要给鱼投喂饲料。

他就这样，一点一点地、不容迟疑地闯进了她的生命里，带着那股倔强的固执念头，迫使她也要面对有他的生活。苏玳玳抗拒过，她本想把钥匙还给他，可他背着行李包跑远了。他种的那些玳玳花，她都见过，长得那样好。他还会亲自挑拣开得好的花，插在翠绿色的花瓶里，白花绿瓷，好看得紧。还有那一缸鱼，五颜六色的，十分艳丽，如一朵朵开在水里的花。

如是想着，苏玳玳推开了乔扬家的门。

屋子里很安静，水族箱里，是淡淡的荧光，照得一缸鱼，那样美丽。水循环系统一直开着，水草摇曳生姿，水很干净。苏玳玳连忙投喂了鱼饲料。一群小鱼猛地冲到她的面前来争食，有趣极了。她笑了笑，想不到乔扬倒是个懂得生活的人。

与她上一次来不同，水墨画般的灰色墙壁上，做了一个照片墙，新贴上了许多照片。有他在各地旅游的,也有他拍的风景画,还有雪球、狸狸、可可和小斑点四只小猫的。看到一张照片时，她忍不住笑了起来，原来是淘气的雪球想偷吃鱼，结果摔进了鱼缸里的逗趣照片。一张是它刚入水的囧照，一张是把它捞出来后，它变成“缩水瘦猫”的丑照，真是让人忍俊不禁。

突然，一张照片跃入了她眼帘。那个背影好熟悉，她仔细看了看，背影是纤细的，是个套着宽松的、碧色针织大衣的女孩。女孩所站的背景是绿水桥畔，那张照片没有拍到女孩的正面，只是一个奔向其他地方的背影。

那分明就是自己！她当时要奔向的，是宋子衍。那时的她，与子衍正在热恋中。那一天，他们约好了去苏州玩，她穿的是最喜欢的那套碧色衣衫，对了，她还丢了一双鞋。那是一双鹅黄色的绣花鞋，鞋头尖尖，缀着一朵手绣的翠色牡丹。

原来，他俩曾经相遇过。

她坐在那儿，很努力地回想。可已是三年前的事了，她的记忆早模糊了。她知道，自己是个没心没肺的，所以现在什么也记不起。她所能记得的，那是她与宋子衍最美好的时光。那时的宋子衍，那么爱她、宠她、疼她、呵护她，绝不让她受一丁点的委屈，也绝不让她感到寂寞与不安。

泪水一点一点地模糊了视线，她知道，自己本不该想他。他再也不属于她了。她坚强地擦去泪水，为所有的花草浇水，干完了这些，又觉得不找些事做下去她会崩溃的。屋子积灰了，该清扫清扫了，于是，她找来抹布擦拭家具，再找来吸尘器吸尘，然后拖地。等打扫完客厅与书房，只剩一间主卧了，她也没多想，推着吸尘器进了房间，吸尘、拖地，最后擦一擦衣橱。可当她抬起头来时，她看到了挂在墙上的，那三幅熟悉到极点的字。

一幅云：两情如水水如环，柳外春桡数往还。招手渡头人不见，二分新月近青山。

一幅云：斟酌青山绿水湄，忽看虹影半天垂。

一幅云：诗情画景登时集，烟雨垂杨绿水桥。

任她再如何没心没肺，她自然不会忘记绿水桥上邂逅的男子。

许多人说过，有了桥，便有了许多故事。那桥，就如伞，许仙手中拿的伞，有了伞，就有了故事。道理是一样的，无论是桥，是伞，还是共渡的一叶扁舟，都是承载情人间的一段故事。

初次听到这番话时，她还小，觉得美妙极了，如此浪漫。当她与宋子衍初见，只恨不是在桥上，只恨他手里没有一把伞，而天刚好下雨。

如今想起旧事，只觉无限唏嘘。原来，乔扬早认出她来了！

不过是一面之缘，难道他就一直记着她了？

她又发现，在衣橱对面还有一个博古架，上面放有许多从各处搜来的小玩意。一点颤动的鹅黄引起了她的注意，她走近了看，原来是一双绣花鞋。

鹅黄色绣花鞋的鞋头尖尖处，缀着一朵手绣的翠色牡丹。

她取过那双鞋，鞋面那样干净，软缎的鞋面攥在手心，凉凉的、腻腻的，又软又滑，细腻若此，是经常有人把玩的。

自己的那双绣花鞋，竟然是他捡去了。她以为，早已随流水漂远了，漂走了，再也不会出现在自己的视线里了。

这鞋，是宋子衍送给她的十九岁生日礼物。其实，他想送她一双高跟鞋，裸色的，穿在她细腻洁白的脚上，露出细细白白的肌肤，十分性感诱人。而高跟鞋的款式又摩登，是真的好看。可太贵了，一双鞋，竟要上千元。她无论如何不肯收。最后，她带他去了一家手工艺鞋店，指了这双鞋。他虽是买了送她，可到底是有些不高兴，结果，不懂事的俩人当即就闹了别扭。

当时，自己为什么跑开了？她想了许久，终于记起，原来是宋子衍为她穿上鞋后，说了一句："真是不解风情！"她一气，也不管钱也没付，就跑了，然后就遇上了绿水桥畔的乔扬。

就那样匆匆一面，乔扬竟爱上了自己？一直念念不忘？苏玳玳觉得不可思议，她并非不感动，可她再不愿走出这一步。走出这一步，付出的便是自己的一颗心，而这颗心，已经支离破碎了，只剩了最后一点没有裂开，维持着那颗心的模型，她已经没有勇气了。

其实这双鞋子，也并不算便宜，五百多块。因为是全手工刺绣的，面料又好，是真正的苏绣。最难得的是，鞋头那对翠色牡丹的花蕊处，缀有一对圆润饱满的深海珍珠。这双鞋，她看了无数遍，可都不舍得买。她不会花爸爸的钱，也不舍得要妈妈的钱，她有多喜欢这双鞋，宋子衍是看不到的。

宋子衍从来没有试着去了解过她。原来，他们彼此，都没有走进过彼此的心里。

她把鞋子放下，轻轻地退出了乔扬的家。

[3]

剩下的几天里，苏玳玳依旧会去喂鱼与给花草浇水，可再也没有进入他的卧室。

她试着向林秀倾诉，林秀却劝她，不妨考虑考虑。考虑什么呢？真的要接受他吗？可自己并不爱他，这样对他不公平？

早上，当她茫然地走过一处广场时，一个大妈忽然拉住了她，吓了她一跳。原来，这里就是传说中的相亲大广场，她竟无意中走到了此处。她想推托，那大妈竟把举起的牌子推了推前，让她看。

她只觉晕倒，竟然还有把自己孩子的相片举出来摆的父母。

“小姑娘，看你挺年轻的啊！呀！这小圆脸好，圆脸旺夫啊！来来来，看看我们家天天，可帅气啦！在大公司做经理的呀！你多少岁呀？看起来刚二十吧！年轻好，好生养啊！我们家天天虽然三十八岁了，可年龄大些，会疼老婆啊！”

那大妈的一番奇葩话，把苏玳玳吓得不轻。

她结结巴巴地说：“我、我……我二十三岁了。”正想说下去，那奇葩大妈说：“好啊！年轻点好！这是我们家天天的电话，你电话多少，我马上记下来。”说完，就举起了本子与笔，看着她，等号码。

苏玳玳吞了吞口水，说：“我怀孕了！”

“什么？”那大妈似没听清楚般。

“我怀孕了！”苏玳玳再说了一次。

那大妈一甩手，就走了，临走前，还说了一句：“现在的年轻人真不自爱啊！”

苏玳玳哭笑不得。

她这才看清，来这里的多是大妈、大伯，他们的手中都拿着一份份如投职简历一般的文件夹，把自家孩儿的照片、职位、年龄等都列了出来，遇到符合条件的，就与对方家长聚在一起，交换信息，然后再帮彼此的孩子约定时间相亲见面。

这真的是把苏玳玳看呆了。

说来也怪，苏玳玳就站那儿看的短短半个小时，就有几位大妈来为自己的儿子说对象，都被她以怀孕为由，打发了。惹来了不少白眼，竟还有位大妈一边走一边跟自己老伴说：“看这小姑娘年轻着，想不到如此不知廉耻的。”真的是没把苏玳玳气死。

苏玳玳也不看戏了，连忙过马路，闪人大吉。想来，自己是那种讨老人喜欢的娃娃脸了，看起来很乖。那也不错哇，证明她可爱，人缘倍儿棒！

今天是约好的，到爸爸家吃饭的日子。她赶忙上了地铁，往爸爸与方阿姨家去。

这年头，单亲妈妈，怕是难找对象的吧。不然，那些大妈也不会一听她说怀孕了，扭头就走。难道，乔扬就真的不介意吗？不介意她怀的是别人的孩子？她很矛盾，想靠近乔扬，也怕乔扬。他总是那么热情，要融化人一般。好几次，她拿起手机，想打电话给乔扬，和他说清楚，可又无从开口。

等茉莉替她开了门，向她使眼色时，苏玳玳还不知道发生了什么事。

她一进方阿姨家门，方阿姨就把她一推，关在了茉莉房间。

“茉……茉莉，发生了什么事？”苏玳玳完全蒙了。

苏茉莉嘿嘿一笑，道：“老妈还不是请了黄总过来吃饭。她呀，就是想撮合你们俩人！”然后就把她按坐在梳妆台前，“老妈说你太朴素啦，要我给你化个美美的妆！”

“呀，不要了吧！”苏玳玳惨叫。

苏茉莉虽骄纵，但本性天真，对人没有坏念头，更何况这是她亲姐姐，于是收敛了满脸“奸笑”，想了想道：“你真的不喜欢黄总吗？黄总对你是真的有意思，否则一个事业有成的人，何必巴巴地老来约你，受你的气呢？我见他是真的对你好，才愿意答应老妈的。”

“你不懂！”苏玳玳叹气。

苏茉莉心直口快：“不喜欢就算了，不用应酬我妈的。而且你那么年轻、美丽，还愁嫁不出去吗？别说黄总，再好的也能遇上。否则，子衍哥也不会那么爱你了。”

“他并不爱我。他若爱，就不会离弃我了。”苏玳玳说。

“那是因为你不懂打扮，不解风情罢了。子衍哥一向喜欢美艳出众的女人，却偏偏爱上了你，一直放不下你。若不是爱你，他当初又何必与你结婚呢？你真的了解过他吗？”苏茉莉说道。

苏茉莉对宋子衍的那点小心思，苏玳玳如何不知道。宋子衍俊俏，女孩子见过他，多是念念不忘的。当初他们结婚摆酒时，他的女同事就在底下窃窃私语，说她配不上他。她都是知道的。

苏玳玳一声叹息：“你还小，许多事不懂得。如果真的是喜欢一个人，是绝对不会要她或他做出改变的。我本来就是相貌普通的女孩，做不来妩媚动人。他真的爱我，不应该要求我改变，也不会那么轻易地放手。”

“可子衍哥还经常和我通话呀，每次都是问起你。他找我，不过是为了你。”苏茉莉一边说，一边替她化妆。

苏玳玳觉得眼泪又要出来了，赶紧闭上了眼。他从不与她联系，却从旁人那里打听自己，过得好不好、快不快乐。可没有了他，她又如何好呢！

“茉莉，我怕你妈妈要白操劳了，我怀孕了。”苏玳玳苍凉地说道。

话音刚落，方阿姨就推门进来了。

苏茉莉的化妆品之多，令人咂舌。苏玳玳一向是淡淡的，喜欢将自己淹没于人群里，苏茉莉根据她的基本气质帮她做了造型，只用了睫毛膏与裸色的唇彩，但是又深懂一个人身上只需要有一处亮点即可，替她选了一副带着淡淡蔚蓝的美瞳。而苏玳玳的头发，由于久未打理，居然及肩长了，且她头发又多又密，像海藻一般。苏茉莉灵感一闪，先替她将一头海藻般的半长发全部梳直了，然后在脸的两旁各编了数条小辫子，用金色的发饰，一捆一捆地束好，而额发密密地梳顺，盖在光洁的额头前，是那种类似玉婆所演的《埃及艳后》里的发型。

苏玳玳看起来，很有些异域风情，尤其是她眼里的一片蔚蓝，再兼她本身穿的就是一条白色飘逸的亚麻裙子，更像从海上踏浪而来的仙子。连方阿姨都忍不住上下左右地打量她，啧啧有声地称赞：“想不到，侬打扮起来还蛮好看的嘛！”

方阿姨很满意，掩上门等黄总去了。

苏茉莉顽皮一笑，道：“其实这妆很淡，你若真不想搭理黄总，我可以帮你吓跑他！”

一听之下，苏玳玳如获新生，连忙拼命地点头。

原来，苏茉莉替她就着睫毛膏，画了一条不算浓艳的眼线，但因勾勒得略长与斜斜挑起，竟有了几分妩媚与艳色。这样的打扮，苏玳玳还真未有过，一时之间有些扭捏，在镜子前左看右看，十分不习惯。但苏茉莉的一句“这样不像良家妇女，一定会吓跑黄总”的话，让她放下心来。

等苏茉莉自个儿玩弄起化妆游戏时，苏玳玳想了想，终还是鼓起了勇气去找方阿姨说话。

方程程是个聪明人，见苏玳玳一脸焦急又无奈地出现在客厅，她就知道苏玳玳有话要跟自己说，于是领了她进书房单独说话。

苏玳玳没有再考虑下去，直接说出了自己已怀孕的事实。

方程程一怔，沉默了许久，才道:“其实方阿姨也是为你好，你还年轻，难道打算生下这个孩子，守着宋子衍的影子过一辈子吗？”

言下之意，这个孩子不该要。

苏玳玳不作声。

“苏国安跟你妈通电话聊的事，我多少知道些。是不是还有一个男的在追你？听说条件挺好的，也还没有结过婚。可你想到的也只是现在，你觉得你与他的感情很好，甚至还有恋爱的感觉。他追你，是因为他还没有得到，还没有想到过、考虑过婚姻里的各种琐碎事与麻烦事。婚姻不简单，是两个家庭的结合。以他一个没结过婚的大好男青年，你觉得他的父母愿意要一个离过婚的儿媳？而且还带着个拖油瓶？一旦你们的感情在他父母那里触了礁，那男的自然就会开始觉得烦，然后是厌，一厌烦了，这段感情就很难走下去了。”方程程推心置腹般地说道。

苏玳玳没有反驳，点了点头，说：“好的，我懂了。”

方程程见她终于想通了，拍了拍她的肩膀，道：“快准备准备，打起精神来。黄总马上就到了。”

果然，门铃响了。

苏玳玳手扶着旋转梯的把手，慢慢下楼来。方阿姨与苏茉莉跟在她的身后，也缓缓下楼。

黄天佑抬首，只看了一眼，便再也挪不开目光。他没想过，化了妆的苏玳玳会如此明艳动人。与以往给人的清淡温婉感觉是不同的。这真的是一块未经雕磨的美玉啊！他不得不叹。黄天佑是实在人，且做生意的人在商言商，没有利益的事情是不会做的。他喜欢苏玳玳，自然是她年轻貌美，又难得的乖巧懂事，没有那些大小姐脾气。他既然认定了是她，也就全力出击了。他说过，会养她，不必让她再出去仰人鼻息地卖命工作，他会为她遮风挡雨，这些也是他的真心话。所以，他觉得还是把一切都坦然地说出来的好。因此，他今天来，还带着他的儿子一起来的，让大家都了解清楚他的底细，也让人看到他的诚意。

坐下吃饭时，苏茉莉就坐在姐姐旁边，附在她耳边说：“我还以为会见到一个秃顶、大肚腩的臃肿老男人，可现在看，黄总也不差啊！人耐看，也挺有味道的。”

苏玳玳不好表现得不礼貌得体，也就含笑点了点头。

这一切，看在黄天佑眼里，都觉得不可思议。她那样明艳的装扮，却是轻颦浅笑，这样反而有一种含蓄的诱惑。他与大家说了一些话，互敬了酒，也顺势替苏玳玳夹了一些菜。苏玳玳没有推辞，含笑谢了他。

方阿姨很高兴，觉得有戏了。

可黄天佑的儿子不这样想。席间，他也偶尔参与谈话，可说的无非是含沙射影之类的话。例如，苏玳玳小得可以做他小姐姐了，也讽刺她年轻，不会安守本分。幸得伶牙俐齿的苏茉莉在那儿插科打诨，没有让场面变得尴尬。

饭后喝茶时，趁着苏玳玳去取茶叶的间隙，苏茉莉追了上去，说：“你不是说了不喜欢黄总吗？”

苏玳玳认真地答了她的话：“他只是要一段婚姻，维持好一个家，里面并没有涉及爱情。他不见得多爱我，而我也不爱他，这样反而能长远。而且，只是交往试试，或许真能走下去也说不定。”

“我不懂，没有爱情的婚姻还能算婚姻吗？”苏茉莉还是一派天真。

“你还小，以后你会懂的。”苏玳玳答。

“那你是打算不要这个孩子了吗，那多可怜啊！”苏茉莉还没有沾染成年人的圆滑世故，说话天真。

“这个我有主意了。”苏玳玳答完话，走向书房。

[4]

原来苏玳玳所说的有了主意，就是开诚布公地把事情说清楚。

书房里，对着黄天佑，她把事情说了。

她先是替黄天佑添上一杯茶，然后淡淡地说出自己已怀孕的事，并且打算要这个孩子。她的一切决定皆以孩子为先。

黄天佑听了，沉默地看了她许久。眼前的女孩才二十出头，却早已是一副波澜不惊的样子，她坚韧、淡然，他多想看到她的活力，可她把一切藏得很好。她的成熟敏慧，早超出了她的年龄。

他不可能拥有到真实的她，那个愿嗔、愿喜的年轻女孩。这不是一单划算的生意。她并没有拒绝他的意思，只是让他考虑，能不能接受这个孩子。能接受，她也愿意答应这一桩婚事。

黄天佑毕竟不是二十出头的幼稚男人了，早明白了婚姻里不一定真要有爱情，有感情也就够了。更何况，他是喜欢她的。

他笑了笑，答："我喜欢你，你是个安静的淑女。方阿姨还说了，你会煮一手好菜，相信你一定能在婚姻里胜任女主人的那个角色。而且我是找老婆，并非保姆，家务活你也无须操心，有阿姨操持。你若喜欢工作，就一切照常，我喜欢你年轻女孩身上的活力。自然，你的孩子，我也养得起。"

苏玳玳听了，微微含笑，点头。

她笃定，他喜欢的不过是自己青春的皮相而已。她呢？则需要一个安定稳固的家庭，无须再担惊受怕。俩人都明确地开出了自己的条件，这样就够了。爱情，得到了又能怎样？最后还不是留不住。

略思考了一下，她正想回答黄天佑的话，手机就响了。看了看是个陌生电话，她也就没有理会，可铃声不停，倒是黄天佑大度地说："先接电话，说不定是要紧事。"

她礼貌一笑，便接了电话。

电话那头，很嘈杂，说话的是个陌生的声音："请问是苏小姐吗？"

"是的。"她答。

下一瞬，她脸上的血液就凝住了。她怔在了那儿，半天没有说话。

黄天佑从未见过她如此失态、如此慌张，便问她发生了什么事。他轻轻推了推她，她才回过神来。原来是医院打来的电话，乔扬发生了车祸，失去最后意识前想要拨的就是她的电话，所以医院才会直接通知她，而非他的父母。

他要打电话给她？他想要对她说什么呢？从他们第一次见面到现在，他一直惦记着她。他与她交朋友，默默地照顾她，无论她怎么推开他，他都固执地守在她身边，一直在原地等她。

如今，他躺在了医院里，情况不明。他说过的，一个星期前，他就说过，他今天回来的。那时，他的眼神那样炽烈，看着她时那样专注。他分明是在以眼神示意，等着他回来，他一回来，就会对她说清楚。

所以，她害怕了。害怕打开自己的心，会再次受到伤害。所以，她逃避。她宁愿选择与黄总相亲。在她以为，自己下定了决心时，他却出事了！

她猛地站了起来，一声招呼也不打，就冲出了方阿姨的家。

对的，那个不是自己的家，更不是爸爸的家，是方阿姨的家。方阿姨对她好，但从不会把她当亲生女儿对待。妈妈说得对，只有自己最亲的人，才会嘱咐你，跟着自己的真实心意走下去。

忽然之间，她想通了。或许，现在的她并不爱乔扬，可她喜欢他。那种喜欢，实实在在，是那样真实。她对他，动了情。

黄天佑没有追来。他不会做亏本的生意。他看出了她的勉强，为的只是孩子。只是那一通电话接通，他就知道，她的心里，有了别人。为了维持自己的尊严，他决定放手，让大家有个体面的台阶下。

站在小区门外，她打不到车。她急得跑了起来，跑过了对面街，那里的出租车多些。她急得要哭了，一颗心从未如此担忧过。乔扬，那样好的一个人，幽默风趣又宽容大度，对流浪猫都那样疼惜，又爱护老人小孩，如此古道心肠的老好人，怎么就被车撞了呢？

她的失魂落魄，引来了过往行人诧异的目光。她毫不在意，一直招手，却没有一辆出租车停下。最后，一辆银白色的车停在了她面前。车门被打开，她茫然地看到了宋子衍。

她不愿再见到他，可他催促她快上车："上来，现在是交班时间，很难打到车的。"

后面的车辆喇叭响了起来，交警也向这边走来。见他一脸焦急地催促她，她唯有硬着头皮，坐了进去。

车子发动，两人无话。

最后，是他先打破了沉默："你还好吗？"他没有看她，只直直地盯着前方。

一定要说些什么，苏玳玳，说些什么，不然你要哭了！苏玳玳安慰着自己，焦灼地说："快，去仁济医院！"

她没有和他说话的兴趣，甚至连看都不想再看到他。可她的担忧、她的焦虑、她的紧张与关切，却是他没有感受过的。他们在一起六年的时间,彼此熟悉。他从未见她如此过。她要去见的是什么人？想到这一点，他的心就觉得痛了起来，犹如被人打了一拳。可自己那样伤害了她，又有什么资格来管她呢？

多月未见，她变了。原来的苹果圆脸，变成了一张小小的脸蛋，下巴尖尖的，眼睛尤其大。尽管眼底乌青一圈，可并不丑，反倒有一种慵懒、永远也睡不够的情致。今天她的装扮也变了，他从未见过她这个样子，带着一点妩媚风情，看向他时，眼底是一片蔚蓝，竟有一种含蓄的诱惑。她变美了，可绝对不是为了他才变得美丽。她有心上人了？

许许多多的问题，他想问，可都无从出口。他努力想说些什么，她却叫了一声"停"。车子尚未停稳，她就跳下了车门，跑进了医院。

由始至终，她都没有正眼看他一眼。以前的她，不是这样的，以前的她眼里，全是他一人。世上最美的风景于她，都不及他对她微微展露的微笑。

[5]

病房里，她终于看见了乔扬。

她跑过去，看着他。虽然他还挂着呼吸机，可她的一颗心总算落到了实处。她刚想去问医生他的具体情况，却惊动了他。

“你来啦！”他努力地睁开眼睛，取下氧气面罩，笑着对她说。

他的脸有些变形，一只眼睛肿了。

“怎么了，我变成丑八怪，吓到你了？”他对她眨了眨眼睛。

她一把握住了他的手，连忙问：“你没事吧？”

“呜——”他低呼了声。

原来，他的左手骨折了，正挂着绷带石膏，却被粗心大意的她弄痛了。

她慌了神，连忙松了手，却被他另一只手握住了。他说：“我很好，死不了，你别担心。”

那一刻，她再也忍不住，“哇”的一声哭了起来。他本是侧躺着，见她如此，艰难地挪动身体，坐了起来，将她搂入怀中。

她没有再挣扎，而他亦感到了满心的安定与欢喜。他搂紧了她，说：“终于不再避我了吗？”

“我都知道了。”她断断续续地说起了她帮他打扫房间时，看见的那一切。她终于记起了他。

他叹息一声：“可我要的，不是你的同情与怜悯。我喜欢你，我只是想你明白这一点，就够了。”

“我、我……我也是喜欢你的，只是我不配……”

后面的话，他没再让她说下去。他从未如此快活过。

“真的吗？”他连续问了三遍。

她不好意思了，只能红着脸，不断地在他怀里点头。

他一低头，就看到了她深埋的脸是红的，连那小巧圆润的耳垂都红了。他轻轻吻了吻她的耳垂，她全身一震，羞得把脸埋得更深了。

他开心地笑了，不忘调侃：“你再钻，我那断胳膊可要痛死了。”

吓得她马上抬起了头，那双眼睛雾蒙蒙的，又圆又大，看向他，有些闪逃，像一只小猫。她对上的，是他带笑的眼睛。她窘极了，想推开他，又怕弄痛了他。那种欲迎还拒的姿态，使得他的心跳慢了半拍。终于，他压下了激动，对她说："我喜欢你。"

而她只是低着头，低低地"嗯"了一声。

她没有再逃避。

"早知道这样顺利，早该撞车了。"他玩笑。

她捂住了他的嘴，略带惊恐地看向他："不吉利！"

他没有再说，只是注视着她。她脸一红，声音细如蚊蚋："我还有一个孩子……"

"我不介意。"他怕她不懂，剖白自己的那一颗心，"刚知道那个消息时，我是很震惊。我想，我们都还未开始，你就有了孩子。说不介意，那是假的。可我很快就想明白了，我喜欢的是你，从我再见到你的那一天开始，我就发誓，一定要追到你。我知道，你刚离婚，可那代表着我还有机会。我连想都不敢想还能遇见你，所以，过去的一切，又关我什么事呢，最重要的是现在。我考虑过那些现实的问题，我的父母，能不能接受我所选择的。在没有答案前，我不敢盲目地靠近你。所以，我也给了你时间，让你去想清楚自己要的是什么。后来，我想通了，谁没有过去。这一切，又不是你的错。我有了决定，便知道要找你！可你开始躲我，我无计可想，又碰上要出差，所以只能等回来再跟你说了。如今，我明明白白地告诉了你，我的心。"

"我懂，谢谢你。"她的泪水终于是流了下来。

他替她拭去泪水，温柔地哄道："我说这些，是想你知道，不要为了孩子而去将就，最重要的是自己的一颗心。如果你不喜欢我，我会放手，并祝福你。我是喜欢你，才想和你在一起，我希望，你也是喜欢我，才愿意留下来。不为其他。如果你也喜欢我，我便不会再放手了。"说完，他执起了她的那双手。

温暖和煦的阳光，透过纱窗，透了进来，笼罩在两人的身上，他的脸逆着光，她看不太清，可他那双眼睛那样明亮，只看着她，注视着她。

他安静地等待她的答复。

她逃得累了，不想再逃了。她是害怕再次受到伤害，可更怕会失去他。知道他出了车祸，她担心得五内俱焚，不顾一切地奔向他。或许她能逃开他，却逃不开自己的一颗心，所以，她认命了。

她笑着看向他，点了点头。

其实，她一直对他有好感，直到他出事了，她才明白，原来自己早已喜欢上了他。

见她如此笃定，他知道，他终于得到了全世界。

为了让她安心，他告知了自己的伤情。原来他伤得并不算重，是他在行驶过程中，一个巨大的广告牌砸到了他的车头，他避过了致命的一击，只是脑震荡与左手骨折，可当时他也真的以为自己会死，所以忍着剧痛，想打个电话给她，想对她说，他一直喜欢她。结果没说成，他只翻到了她的号码，就痛得晕了过去。

其实，医生打电话给苏玳玳，是想说伤者已经脱离危险了，让她过来缴费。是她自己紧张过度，根本没听清医生说的话，以为他要死了。

苏玳玳瞪大了眼睛，哭笑不得。

他大笑起来："看来，要感谢那个广告牌了，还做了我俩的媒人！嗯，姻缘天注定，有缘一线牵，是真的。"

只是笑得动作大了，他痛得咳嗽起来，她连忙替他轻拍背部。

她面对着乔扬，并没有看到病房外的宋子衍。他的小妻子长大了，又嗔又喜，眉梢间全是风情。他没有等来最美丽绽放的她，因为是他先放的手。

乔扬越过玳玳的肩头，瞧见了宋子衍。他有许多疑问，为什么玳玳会与宋子衍一起出现？而且，今日的玳玳如此美丽，是经过一番精心打扮的，他俩在一起，难道是想复合？那个男人，看向玳玳的目光里，分明含情，可为何又要抛弃她，另娶他人，伤透了玳玳的心？

苏玳玳一路奔来，心情是大起大落，早已疲倦不堪，再加怀有身孕，此刻一放松下来，是再也支撑不住了。她安心地靠在了乔扬的怀里，闭上了眼睛。而他搂着她，只是对走廊外的男人，点了点头。他想，她最后终于明白了自己的心意，这就够了。他有信心，她会完完全全地爱上自己的。于是，他选择了不问。

宋子衍当然认得出乔扬是谁。三年前，在苏州的匆匆一瞥，他就记得乔扬了。因为，那一天，他和玳玳大吵了一顿，而玳玳转个头，就认识了其他男人，还有说有笑的，这令他十分懊恼。

其实，玳玳的身边一直不乏追求者。大学时，就有男生递情书给她。可他并没有在意，因为玳玳的眼里只有他。后来，他离开了她，也从苏茉莉那儿知道，有个老总一直在追玳玳。他曾在她上班的地方停下来过，也见到了那位黄总来接她去吃饭。

那位黄总西装革履，气度不凡，用粤语来说，真的是官仔骨骨。他有过失落，但更多的是祝福。他一直从苏茉莉那儿打听她的消息，不为什么，只愿她过得好。可当她完全地从他的生命中剔除，他才明白，那种痛，深入骨髓。许多个夜晚，看着安薇在怀中沉沉睡去，他却失眠了。他忘不了搂玳玳入怀时，她细软的单薄身体。玳玳很白，皮肤水灵又柔软，搂着她就像搂着一大团棉花糖，甜腻腻的，香喷喷的，不是香水的香，而是自然花香的芬芳。

他想起了许多的事，想起了和玳玳点点滴滴的过往。他根本忘不了她，放不下她。

今日本是周末，安薇回娘家了，他本陪着她，却忽然觉得闷，于是出去抽烟。从前，他并没有抽烟的习惯，如今，却是想戒也戒不掉了。后来，他就开了车，没有目的地在街上逛。

忽然，他又想起了，与玳玳的过往。刚结婚那会儿，他想买车，可她不给，说要留着钱付房子首付。可上海的房价如此昂贵，俩人要到何时才买得起房。他不想与她吵，她倒是铆足了劲的样子，结果俩人不欢而散，连蜜月也是互给冷脸。

他原想给她一个美好的婚礼与蜜月，连马尔代夫的蜜月套票，他都提前备好了，想给她一个惊喜。可她一看，竟花了五万块，就急了，要他退钱。那是蜜月的海景套房，自然贵些，可人生难得一次。那五万块，是他的奖金，他工作出色，奖金一般都是颇多的，所以才希望奢侈一次。可她非要退，情愿赔了三千块订金也要退。他实在是与她吵烦了，也就随了她。

他把四万七另加三千一并存整，转入了她的户口。可她知道了，马上转回给他了。她还笑嘻嘻地对他说，让他留着钱自己花，男人身上不能一分钱没有的。那一刻，他不是不感动的。她对他好，他明白。与他想给她最好的，是一个道理。她也愿意把最好的，都留给他。只是，他会惊觉，如此贤惠的妻子，有时却是如此无趣。

他无法忍受，她的爱钱如命，她的毫无风情。她为了多赚钱，整日加班，经常出差，像个拼命三郎。结婚没多久，她就有半年的时间都是在出差。不出差了就加班，有时甚至连周末也不放过，她说，周末加班费给得多。后来，安薇就出现了，没有一点预兆地就闯进了他的生活，兴趣爱好与他相同，更重要的是，在工作上给了他帮助，以至于他再也无法回头。

如今，站在这个医院的走廊上，他已成了一个多余的人。没有受伤前的乔扬高大阳光，五官端正，一表人才，站于人群里，也是出众的。他配得起玳玳，自己该离开。可刚刚乔扬的眼神，让他有些愤怒，仿佛一切尽在他的掌握之中，仿佛他早就知道，只有他才是最合适玳玳的。

宋子衍握紧了拳头，终于又松开，维持着表面的得体，选择了离开。

病房里的俩人十分甜蜜，乔扬知道她累了，对她嘘寒问暖，这让玳玳一颗漂泊不定的心，终于感到了安稳。

阳光笼着她，温暖、恬静，而他安静地看着她，这个瞬间就如一幅油画。

他会对她说，岁月静好，执子之手，与子偕老。他并非不会说情话，只是喜欢用最质朴的语言。

她感动，却有隐忧。浪漫过后，执手之愿，只怕不会轻松简单。

他与她说话，自然也就提到了他的父母与家庭。

一想到他的家庭，她就本能地逃避。她脸色有些苍白，而他终于发现自己说错了话。他叹了一口气，道："你会错了我的意思。我只是说起爸爸妈妈，不一定要马上见面，你不用有心理负担。"

"我没有。"她还想争辩。

他揉了揉她的发，答了："我不会再重复'我不介意'这样的话，我会用事实来向你证明。其实，这条路不好走，你我心里都清楚。早些知道，早些应对，有什么不好呢？你不必担心那么多，要想的那些事，让我来想。这条路不通，还有另一条路。我的父母不难相处，我们一起努力，好吗？"

前路不会简单，苏玳玳一早就知道，只是没想到，考验会来得如此快、如此迅猛。要面对的艰难还很多，他不放弃，她又如何能退缩？他既然定下了执手之愿，她也要付出全部的勇气，努力地去面对。

他握住她的手，与她安静地看日落。

他说："许多年后，我与你看日落，还是会像今日的落日一般美。"

她笑："是的。"那样笃定，只为了他。

第九章

/偏偏/

[1]

乔扬很快就出院了，唯一不方便的，是受了伤的左手。伤筋动骨一百天，一时半会儿，他的左手也是好不了了，但他心底是愉快的。

有玳玳管吃管喝，他倒是轻松。每当看到她在厨房里忙得手脚不停，他都要笑着说：“真没想到，我竟然找着了传说中难得一见的田螺姑娘！真幸福啊！”

苏玳玳总会娇嗔：“看来张江男也并非个个都是木讷的呆子呀！”

她一点一点变得活泼起来，他都看在眼里。过去那段日子，哪怕她再怎样微笑，也总是掩饰不住眼底的凄凉。

他忽然站了起来，走到厨房里，用一只手从后环住了她：“多笑笑好。我喜欢看你笑。”

尽管俩人确定了关系，可他也很少有如此亲密的举动。她的脸红了起来，居然连耳根都烧了起来，那点圆润的耳垂泛出柔和的珍珠光泽，整个人似喝醉了酒般。他忍住了想亲吻她耳垂的冲动，只是将头贴到了她的后颈，她的肌肤滚烫起来，他只是抱着她没有说话。

“这个菜马上烧好了，你先把饭盛起来吧！躲到厨房做什么，你还没好呢！”苏玳玳轻轻推了推他的身体。

她还是本能地抗拒他。乔扬立刻松开了她的身体，笑道：“我只是左手坏了，脚没断呀！到处走动走动，还是极好的。”

一段甄嬛体，又把苏玳玳逗得“扑哧”一笑，她无奈地摇了摇头。

“你……”

“你这个张江男啊！”她刚出口，他马上接了下去。那种默契，使得她一怔，然后又甜美地笑了起来。

这间小小的房子，因为玳玳的到来，变得满是生活的气息。俩人一起吃饭，然后，乔扬陪她在小区散步，再送她回家，一天便过去了。

倒有种细水长流的滋味。没有太多的鲜花与浪漫，却也温馨可爱。到了周末，他还会带她到街上逛逛，看场电影，吃顿晚饭，一切安排得完美无比。

苏玳玳有了种错觉，她与他，是一对夫妇。可事实终究不是这样的。

俩人的第一次争执，发生在苏玳玳的第三次产检上。

苏玳玳工作很忙，上司对她的工作表现很满意，也多次隐晦地、委婉地提醒她，现在正是拼搏的好时机，千万别在这个时候要孩子了。她结婚得早，大家知道，可不知道的是，她已离婚。所以顶头上司看重她，才让她别错过了事业更进一步的机会。她这个时候才想到，该公开自己离婚的事情了。这样一来，上司满意了，以为她可以全力搏杀。

她工作更卖力了。虽已改掉了通宵干活的习惯，晚上十二点必须睡觉，可白天一工作起来，她连时间观念也没了。因为她知道，自己没有法子。她只是一个普通人，没有背景，没有人脉，她再不勤奋，就只能被淘汰。因此，许多时候，乔扬明明约了她吃饭，她都忘记了。等到她从写字楼下来，而乔扬已在她公司楼下等了许久。

起初，乔扬没说什么，但她一上车，他就会递给她一个保温桶，里面是温热的饭菜与汤。她才记起，自己的晚餐不过是一块面包而已，有时是粥，有时是麦片，反正五分钟内能吃完就是了。他会用带着既宠溺又无奈的口吻说：“都当妈的人了，还不会照顾自己。”

后来，他就是提前订好盒饭，到了晚上八点半，必定准时到她的格子间里，送饭给她。若是工作不忙的时候，他就会把饭菜与汤煮好，用保温桶装好，拎了去给她，陪她一同吃。她总是笑：“你是在监督我吗？”

他就会爽快地答：“你不吃，宝宝可是要吃的。”

那一瞬，她总是感动的。她知道，他在用实际行动来向她表示，他的决心。他不会说什么甜言蜜语，却会给她最实在的照顾。

俩人不温不火地相处，虽没有那种澎湃的激情，却也舒服自然。

第三次产检的时候，他提前了一天打电话给她，她才记起，明天要体检。他是提醒她，记得请假的。

为了产检，苏玳玳已经请了两次假，请假的理由千奇百怪，不过也幸好，她总能提前完成当天的工作，所以上头也没说什么。这一次，她实在不愿再请假了，便在电话里说道：“迟两天不要紧，我周末去也是一样的。”

一向好脾气的乔扬有些恼了：“到底是孩子重要，还是工作重要？你不会本末倒置吧？”

等不来她的话，他叹了口气，道：“还是你先忙吧！”于是挂了电话。

其实，忙的不只是她，他也忙得焦头烂额。今天都还在珠海出差，赶了几天，项目的事基本完结了，他又是赶今天最晚的一趟晚班机回上海，为的就是第二天陪她去做产检。

手机里一片忙音，苏玳玳仍是握着手机的姿势。她有些不知所措，他还是恼了她了。也是，自己这么无趣的人，哪个男人受得了呢？

她有她的想法，她不想和乔扬一起去医院。人家都是自己的丈夫陪同，可乔扬又算是她的谁呢？别人一说起“你的丈夫真是体贴”之类的话，她只觉羞愧得想找个缝钻进去。

肚子里的，只是自己的孩子，实在不该麻烦别人。乔扬喜欢她，对她好，她明白，可要他无条件地爱她的孩子，那就是她强人所难了。他能接受她的孩子，她已经很感激。

若不是外婆病了，妈妈回苏州照顾外婆，倒是可以叫妈妈陪着她去产检。

想了想，她打了个电话给林雯。电话一接通，那边一片嘈杂，她“喂喂喂”了半天，林雯的声音才传来，显然是换过了安静的场地。

“怎么了？”林雯开门见山。

苏玳玳支支吾吾了半天，最后才说：“明天可不可以陪我去做产检啊？”

“这么大的人了，自己去不行吗？”自从有了乔扬，林雯正好当起了甩手掌柜。

“你也知道的，我一向怕去医院……”她是越说越小声，越说越底气不足。

果然，林雯的大嗓门嚷了起来：“让乔扬陪你去吧！我还要上台跳舞呢！不跟你说了，拜！”

苏玳玳彻底无语了。

乔扬的话，不是没有道理。所以，她还是决定不推迟去产检的日期，明天去医院。如是想着,她看了看时间,已是晚上九点了,马上跑到老顶(顶头上司）办公室请了假。也顾不得老顶用奇怪的眼神看着她，得了答复，赶忙逃出了办公室。

她对着电梯的反光墙壁左看右看，也不觉得自己哪儿露馅了呀！她依旧是那样苗条。

那一晚，她睡得有些不踏实。梦里，反反复复出现的，是乔扬的背影，仿佛与她渐行渐远。

第二天，她是被敲门声吵醒的。睡得不清不楚的她，都忘了妈妈回苏州了，还以为是妈妈上街买菜回来忘记带钥匙了。

一拉开门，她就嘀咕：“妈，你又忘带钥匙了呀？”

见对方不作声，她猛一抬头，看到的却是乔扬。

真是窘透了！她还穿着睡裙，而且，连脸都没洗！

再看乔扬，淡绿色的衬衣、米白色的休闲长裤，一脸的神清气爽，正似笑非笑地打量着她。她囧得“呀”的一声，忙跑进了卧房里。

乔扬忍俊不禁。

等她再出来，乔扬已把早餐摆好了。他说：“我们先把单开了，该检的都先检了，然后明天一早去抽血，那样就不用饿那么久了。而且，也不妨碍你上班。来，先填饱肚子再说。”

他把一切都想得如此周到，果真是体贴的。哪个女子能得此老公，该是很幸福的吧！而苏玳玳觉得喉头有些发苦，自己，终究是配不上他的。

“怎么老低着头？”发觉她的不对劲，他隔着桌子，伸出了手，抬起了她的下巴。一颗晶莹的泪滴，恰恰落进他的手心。

“怎么了？”他放低了声音。

“我以为你不会再来了。”苏玳玳答得有些茫然。

“傻孩子！”他以简简单单的一句话，揭过了这一次争吵。

[2]

一进医院，苏玳玳就变作了孩子。

医院永远弥漫着刺鼻的消毒水味道，且四处都是刺眼的白。

不自觉地，她就握紧了乔扬的手。乔扬反手一握，与她十指相扣。她实在是不好意思抬头看他了。而他也没说话，也不看她，向妇产科走去。

医院里，他有熟人，一早就打过招呼了的。开过单子，就去做B超检查。直到此时，她才吞了吞口水，说道：“听说三个多月要第一次排畸了，要做什么NT，我怕……”

他听了，居然露出一副不可思议的表情看着她。然后，他摸了摸她柔软的发，笑了：“哪有那么多畸形？你就是自己吓自己！”

她看向他，他再次向她点了点头。轮到她了，他一直在外面等候。

等她出来，他马上去拿了单子。肚子里的宝宝轮廓已经很明显了，她喜悦得险些哭出来，觉得受再多的苦都是值得的。

NT 数值一切正常。他又摸了摸她的发，装作专家的样子，一脸严肃地说："我说得没错吧！"

她一听那老学究般的话，就忍不住笑了。

过路的小夫妻，低声细语："他们真甜蜜，多幸福啊！"

那一刻，苏玳玳的脸红了，可他一把握住了她的手，与她十指相扣。他脸上的笑容那么真切，一切都不是虚幻的，是实在的、摸得着的。她的一颗心，扑通扑通地剧烈跳动起来，她不再嫌弃自己，也不再想那一条根本不存在的"缝隙"了。

"你喜欢男孩还是女孩？"他忽然问她，然后又自己答了，"我想要个女孩，长得和你一样可爱。一定要有一张苹果圆脸，一定要圆圆的，还有你的大眼睛，就像个小苹果一样。乳名也省了想，就叫小苹果！"

他那样喜悦，仿佛那个孩子，就是他的一般。听了他的话，苏玳玳点了点头，笑意恬淡。她所渴望的一切，都在她身边了。

等从医院出来，他忽然说："我们结婚吧！"

那一刻，时间是静止的。他们从相识到相恋才三个多月啊！

他没有看她，也知道她心中所想，于是慢慢把心底的话说了出来："其实，对于我来说，我觉得，我们相识已有三年了。大家都是成年人，你有过去，我也有过。我都三十多岁的男人了，也不是没有过女人。你不必觉得亏欠了我什么。我们之间，没有亏欠。或许，你觉得一切来得太快了。可于我来说，却已等得足够久。刚在上海重见你时，我就决定了要追求你，和你在一起。可又突然听说，你结婚了。我以为，还是错过了，你却离婚了。那种忽喜忽忧的巨大反差，把我的心绞得很难受。可我要迈出这一步，你愿意吗？等你的肚子大了，也不会再有任何的流言蜚语，我们在一起，会很好。"

苏玳玳没有说话，只是默默听着。

乔扬的一颗心，十分煎熬，怕自己的一番剖白，只会令她更加敏感。

忽然，苏玳玳停住了。他牵着她的手，也停了下来，垂下眸看她。她的脸色有些苍白，耳朵却是红极了。俩人面前，是个十字路口。

苏玳玳听见自己的大脑里飘来一个既熟悉又陌生的声音：闪电结婚的人又不是没有，还很多呢！虽然不乏惨淡收场的，可大多都很幸福。你又何必把幸福推开呢？不就是闪婚嘛，公司里的前总监助理不就是认识男方不到五个月就闪的婚，所以才会那么快有了孩子，人家现在不知道多甜蜜，根本不屑这个职位轮到谁。你那么在乎那个职位，不就是缺乏安全感？若是有个体贴又疼爱你的丈夫，你还怕什么！苏玳玳，何不自私一次？

她的内心剧烈地挣扎着，可开口时一切皆已平静。她听见自己说："可不可以给我一点时间考虑？"

"当然可以。那是婚姻大事。可我想，我总会等到的。"乔扬笑了笑。她只是说考虑，而没有拒绝他，他觉得放心。他相信她。

"玳玳小姐，我陪了你一个大早上啊！在下现在饿了，有什么好介绍？"他再转向她时，又恢复了以往的幽默。

苏玳玳也真觉得有些饿了。离这家医院不远的弄堂里，倒是有好吃的。于是，她拉着他的手，在前边带路。举动依旧亲密，没有了方才的疏离。

被她带着，在狭窄的弄堂里左转右转，而弄堂又着实四通八达，别有天地。最后，在一栋法式小红楼前停了下来，她才说："到了。是潮汕粥品，粥是真的好吃，可地方窄了点。"

"果然是饕餮聚集之地，我都闻到香味了。进去吧！"这次，反倒是他领了她进去。

开始时，她倒是有些小心翼翼地，怕他会嫌弃这种窄小的地方，可他进去后，只顾四望找座位，根本没有她那么复杂的心思。

这家餐馆果然是小，一楼大厅里就放了五六张桌子，都是满的。他看了看楼梯，楼梯窄小，虽不高，却很斜，而她又有孕在身。他回头看了看她，发现她也正睁着一双眼睛看着他，好像在想什么，研究些什么，又似在恳求什么。他心一软，护着她到了一边过道，说：“我先上去看看，有位置，再下来带你上去。乖，在这里等。人多，小心些。”

见她点头答应了，他就先上去了。其实小红楼有三层，第二层已经满了，第三层倒是空的。第二层有一桌坐着年轻的小情侣，在等着粥上来，于是，他走了过去，说出自己老婆怀孕了，很想吃这里的粥，但是三层太高了，可不可以跟他们换一张桌。那对小情侣很通情达理，马上让出了位置。乔扬大喜过望，连连道谢，还说这一顿他请，小情侣笑着说不用了。

于是，乔扬马上跑下楼来。二层是隔出来的小阁楼一样的地方，那楼梯斜而短，乔扬个子高，弓着身三两步跳下来，样子十分滑稽。苏玳玳看见了，止不住地笑着。

由于地方窄，人多，粥又热，苏玳玳只站了一会儿，就满头大汗了，更不要说跑上跑下的乔扬。可他先替她拭去额间汗水、把湿发拨到耳际，才领了她上去，让她走在前面，他在后护着，以防端着热粥的服务员上下碰到她。俩人靠着墙壁走，姿势颇为滑稽，幸而很快就上去了，不然苏玳玳真止不住笑。

粥很快上来了。广东粥品果然名不虚传，香浓郁醇，一粒粒米入口即化，含在口中，却又香糯不绝，那汤粥就如用高汤熬制出来的一般，而食材鲜香无比，按时令入菜。海鲜清甜、鸡肉香滑，真的是滋味无穷。苏玳玳只是尝了一小口，就已是十分满足了，满嘴的鲜香无比，许多烦恼都抛诸脑后。

“你怎么不吃？”等她的味蕾得到了满足，她一抬头，才发觉他根本没动，只是看着她。“难道你不爱吃呀？”她小声嘀咕起来。

“见你吃得那么香，实在是有趣，所以就忘了吃了。看来古人所说的，食色性也，果真有道理。按我说，秀色可餐，也是一样的境界。”乔扬看着她。他的腮边含了一点点笑意，有些暧昧。

如此露骨的话，他从未说过，苏玳玳闹了个红脸，好在可以拿热作借口，掩饰了过去。其实，那不过是情人间的俏皮话，寻常得很。他也不过是赞她，秀色可餐，漂亮而已。可她的一颗心跳个不停，隐约明白，他希望彼此的关系，有进一步发展的意思。

粥太烫,人又多,真的是热了。汗珠不断地冒出来,滚至她翘翘的鼻尖，晶亮一片，果真是可爱的。他指了指放于桌面的蓝手帕，是他刚才给她擦汗用的。见她没有反应过来，他取来手帕，替她擦了擦鼻尖上的汗珠。

她腼腆一笑，道："很热，对不对？"

"没关系，粥好吃才是最重要的。"他温和道。

苏玳玳却如打开了话匣子，说起了许多过往。她在漕宝路这一带住过很长的一段时间，那时，她爸爸好不容易可以调回上海，带着妈妈离开苏州。起初，一家三口就住在了这一带。这一带的老式房子租金相对便宜，地段也不错，地铁都是直达商业中心的，要去哪儿都方便。三口之家住在这儿，日子是温馨的，直至方阿姨的出现，最后爸爸离开了她们母女俩。

那时，由于她还小，林秀并没有马上回苏州，而是留在了上海，留在了这个曾经满载三口之家的地方，一直到了她小学四年级，开始懂事了、能自理了，林秀才回的苏州。她跟妈妈在这里住了有七八年的时间，只在周末与寒暑假还有其他假期，才住爸爸家。等林秀回苏州了，她才正式进入到方阿姨的家庭里，直至结婚搬了出来……

这里，对于她来说，有一段难忘的记忆。因为，这里曾有过爸爸妈妈，她曾有过一个完整的家。

"是不是有些闷？"苏玳玳结束了回忆。

"没有。我喜欢听，那样可以使我更了解你。"他伸出手来，隔着一张桌子，与她相握。

她报以微笑，只是笑意有些发涩。他知道，她是想起了宋子衍。

[3]

苏玳玳是想起了宋子衍。俩人之间，有过那样多的亲密过往，有过那样多的回忆，并非想忘就能忘的。

而且，她与宋子衍的那一段感情，是美好的。那样甜蜜青涩的初恋，是如纯白的栀子花般的一段感情。

她与宋子衍，同病相怜。俩人都是缺少家庭温暖的孩子，他们只能拥在一起，互相取暖，互相舔舐伤口。

在地铁上,初次见到宋子衍,她就喜欢上了他。他那样优秀,那样俊美。他的性格里有种孤僻，这种深入骨髓的孤僻里有哀伤与忧郁，没有哪个女子，能抵抗男人这样的魅力。

宋子衍的气质，介乎于男孩与男人之间。他很早熟，事事敏感，而又独立。苏玳玳被他所吸引，是很正常的事。地铁到站后，他绅士地送她回了学校，并要了她的宿舍电话。

一开始,她原以为,他不会打给她的。他会很快地忘记她,她如此普通,根本就是看过即忘的路人甲。可不过一天，他就打来了电话，问她有没有兴趣去看新登上海大剧院的《牡丹亭》。她一向爱昆曲，自然是答应的，也绝没有往“他是在约会她”这个方面想。

看戏时，她很入迷，完全忘记了身旁的他，还会低声跟着哼唱起来。后来，散场了，他说：“你很爱昆剧嘛！”

她马上点头,答:“是的！”一点也没有矜持。等她想到要装回淑女时，却见他笑了，他说：“你真是一个可爱透明的女孩子。”如今想来，“透明”根本就是个贬义词，他不过是在说她毫无机心、全无风情。她曾无数次想过，如果早知道她是一个如此无趣的女人，宋子衍还会不会继续与她约会下去？

后来，宋子衍频频约她出去玩。慢慢地，她也明白了过来，他在追她。每次见他，她总觉得自卑，觉得自己太渺小，低下头来，连做一颗尘埃，也是不够资格的。她太爱他。所以，她更不敢表露出来，她与他保持适当的距离，害怕交出自己的一颗心会受到伤害。可宋子衍对她，依旧如初，满是热情。

苏玳玳还记得，他第一次吻她，是在漕宝路上，她与妈妈、爸爸共同住过的那个家的楼下。那是她的二十岁生日，可她爸爸依旧是不记得。只有妈妈打来电话，却无法陪在她身边。那一天，她哭了，拉着宋子衍，一路走，一路哭，一直走到这条路上。她指着三楼靠左边的那一家，说起了她的童年。

她的妈妈会在小小的阳台里，种满玳玳花。因为她叫玳玳，而玳玳花也是苏州的花。妈妈知道她喜欢小动物，还会把阳台一角圈起来，放上假山石，养了两只灵巧的乌龟。那个家很小，却很温馨。可等到爸爸的事业有了起色，日子一天天好起来，一切却都变了。

后来，她哭得太厉害，说不下去了。她的双眼已经全肿了。是宋子衍轻轻地抱住了她，他说："有我在。别哭了。"然后，她就停止了哽咽，只让泪水无声地滑落。他开始吻她的眼睛，吻干了她的泪水，然后一点一点往下，吻她的鼻子，再然后，是她的唇。

她没有拒绝，任他亲吻。她从不知道，他对她，竟会有如此炽烈的热情，他吻她，辗转缠绵，吻得她透不过气来，可他犹不够，他的手臂将她的身体圈得太紧。他的吻太热烈，使她害怕。最后，他放开了她，他张了张嘴，想说什么，最后还是说了："别哭了，我会一直陪着你。"

他没有说"我爱你"，那不是她想听到的话、她想要的，只是他能明明白白地告诉她，他对她，真实的感情。

可因为这一吻，俩人的关系，有了转变。他真正地踏进了她的生命里。他向所有人公开了两人的关系，他还陪她回了趟苏州，见过了她的妈妈，并承诺会好好照顾她。

他曾为她做过许多许多事，那些点滴，都累积在她的心里。她挥之不去，也无法挥去。后来，俩人都在大学时找到了工作，出入宿舍变得不再方便。有时，还得加班，凌晨两三点回来，是常有的事，于是也就顺理成章地在学校附近，租了房子，同居了起来。

宋子衍一直在等她长大。头一年，他没有碰她，待她如珠如宝，怜惜她、疼爱她，她一直很感激。那时，俩人常常相拥入眠，醒来时，她总会碰上他带笑的眼睛。而她，会亲一亲他的脸，当作鼓励。

后来，在她大三那年，她已经与时光签了正式合同，多数是学校、公司两边跑，而他也毕业出来工作了许久。为了来回方便，俩人搬离了学校附近，在漕宝路上，租了一间房。

她一进去，就高兴得跳起来，跟她凭记忆形容的，几乎没差。她跑到阳台，真的有单独开辟一个小天地，里面有一座小小的假山，假山上趴着两只可爱的小乌龟。阳台上还有许多的花，都是她喜欢的玳玳花与茉莉花。他还替她种了一盆娇艳的红玫瑰。他把玫瑰递给她，道："这盆玫瑰是我亲自种的，只可惜我侍弄花草的工夫有限，培育了好几盆，好不容易只活了这一盆。虽然花朵开得是小了些，但是我的心意。"

她高兴得热泪盈眶，只晓得拼命地点头说喜欢。

宋子衍笑得很开心，替她拭去了泪水，温柔地说道："以后，你就是这里的女主人，这里的花草就交给你了。"

后来，他还说了许多，他许诺，会给她一个完整的家。家里有他和她，将来，还会有一个美丽的宝宝。

他说了许多，她都听不清了。她太高兴了，泪水怎么拭，都拭不干净。

那一天晚上，他们喝了许多红酒，以贺乔迁之喜。

那酒真的是太好喝了，甜甜的。她问他，这是什么酒，如此好喝。他说："这酒是美国加州 NAPA VALLEY（纳帕河谷）产的加本力苏维翁，酒庄的名字，十分浪漫，叫思凡，是庄主为了纪念一名女子而起的。庄主很老了，没有妻子与子女，一个人住着偌大的庄园，管理着他的葡萄酒。庄主一直沿用祖传的工艺制作葡萄酒，为了突出'思念'的主题，每一年的酒，都会留取一部分果渣，让此酒不同于别的酒，有一种特别的果香，就如庄主的思念，专情而永恒。为了酿制出同一种果香，他必须选取一年中顶级的葡萄，工序又繁多复杂，所以这种酒产量不大。可喝过的人，都会记住它的名字，‘思凡’。”

那一瓶酒，是一个老客户送他的。他为老客户解决了一个大难题，所以为了表示谢意，把珍贵的思凡送给了他。而他只愿与她分享。那时的苏玳玳，那样单纯透明，根本不晓得这酒的价值，只当是果汁一般喝，浪费得很。而宋子衍也全由着她,他也喝,但他是在品,只含一小口在嘴里，一点一点慢慢地喝下，抿在唇齿之间，十分香浓醇正，甘甜无比，就如她一般，甘甜。

那一晚，彼此都醉了。她那样大口大口地喝，又岂能不醉？也是在那一晚，她交付了自己。宋子衍那样爱惜她，明明那样激动，却还是一遍一遍地吻她，一遍一遍地哄她。

而她回吻他，一点一点地回应。他的吻，使得她浑身脱力，她努力地攀紧他，不容许自己再逃避。恍惚中，他在黑暗中注视着她，她的脸酡红，而眼睛晶亮璀璨，她眸中那片璀璨的光是他快乐的源泉，他离不开她。他还在用目光来描摹她的脸，随即又更深地吻了下来。她能感受到他的炙热，与他渐渐急促的呼吸，那一切，全包裹了她。她搂得更紧，她不是不害怕的。

“可以吗？”他压抑着问道。

她没有思考，回应了他。她看着他，握起他的手，放到了自己的胸口上。她交给他的，是自己的一颗心。他没有再放开她，她是那样懵懂，连配合都是笨拙的，可就那样与他交融到了一起……

那个周末，俩人没有踏出过房门一步。她从没想过，他对她，会有如此浓厚的热情。她在他怀里睡去，在他怀里醒来，他的怀抱是那样温暖、那样踏实。

[4]

许多回忆戛然而止，苏玳玳知道，自己不能再沉湎过去。无论她与宋子衍有多爱，都已成为过去。乔扬对她很好，她该想的、该考虑的，是彼此的关系。

那一日之后，乔扬知道她爱喝那里的粥，经常会开车到那边打包，再送到她公司去。他还叮嘱：“那里地方太窄，你去太危险。想喝粥时，我给你买。”

她点点头，说：“好的。”

现在，他左手的伤好了，活动方便了。没有加班的晚上，都是他带她回家吃饭的。他做好饭菜，她等着吃。她笑叹：“你都不让我再下厨了，那我岂不是要开始过猪一样的生活？”

他则装作一本正经地答：“嗯，好提议！”

他做饭，她洗碗，一切配合得如此天衣无缝，让她生出家的错觉。

饭后，他替她榨鲜果汁。他一边放橙子榨汁，一边说：“我知道你的童年不快乐，我答应你，以后一切会好的。”

他没有给她不切实际的承诺，这让她安心。她笑着说：“好的。”

电话铃响起，打断了她的思绪。

原来是工作上的事情，客户部那边遇到了些问题。苏玳玳敲了敲自己脑袋，在心里骂了自己无数遍：老想那么多，还要不要工作，要不要生活，要不要赚钱啦！

好在不过是小事。时光的客户是法国盛放集团的大型零售商，之前，彼此一直合作有序，亲密无间，而时光的专柜又刚好最近在法国盛放大型连锁美妆品超市开幕。两边的合作皆令人满意。

时光的推广与宣传公关，苏玳玳当初有参与，在庆功会上，推荐了思凡给盛放的亚洲区总裁路易斯，路易斯很满意，准备回国前，带一批回去，不知道在哪儿有卖，所以托了客户部的人问苏玳玳。

一听又是思凡，苏玳玳当场愣住了。

苏助理办事一向干练利索，哪有今天这样的犹豫，倒是叫客户部的黄经理大跌眼镜。

苏玳玳知道自己失态了，忙打开记事本，问清楚数量与情况，尽量帮他订到一批货。

其实，自那一次后，苏玳玳一直有收集思凡的习惯。起初，还不好意思，瞒着宋子衍，悄悄地收集。她找遍了许多红酒坊，都不进这种酒。她失望了好几回。后来，偶然在一家叫遇见的红酒廊看到了，且存货颇丰。她狠了狠心，咬牙买下了她与他纪念日的那一年年份的思凡。当把那瓶红酒抱在怀里时，她的心里有难以言说的满足感，她抚摸着“2015”那代表年份的四个数字，只觉美妙极了。2015 年，她将自己交付给他;2015 年，她很幸福。她要将幸福，永远地保存下来。

遇见红酒廊的客服经理是个三十多岁的女子，穿着黑白搭配的优雅制服，笑容亲切。她见苏玳玳如此珍爱那瓶酒，就说：“看小姐如此爱惜此酒，定是有许多宝贵记忆的。既然如此喜爱，不如把这一批都留下吧！”

这一个年份的酒刚好有六瓶。但苏玳玳只是个刚工作没多久的大四学生，哪儿来那么多钱买酒。能买下一瓶，已是倾家荡产。她实话实说了，那经理也只是一笑，说：“没关系。找这种小产量酒的顾客也不多，我先留着，自会等到它的有缘人。”

最后，那经理给了她一个员工价八折，可也真金实银付出了九千多块。

她一咬牙，刷爆了工资卡。她把酒当生日礼物，送给了宋子衍。宋子衍很高兴，要开来庆祝，可她不给。他笑她，说：“难道买回来，就是拿来摆的？”

她一点头，双手叉腰：“就是拿来摆的。”

“你那么喜欢喝，真舍得不喝？”他还是笑，带点揶揄。

她还是点头，偏不喝，偏要摆。

后来，她生日时，他送了整整一箱六瓶给她。那一次，碰巧他得了奖金，花了四万多买了一箱红酒。他本以为，她会高兴。她却和他吵了有史以来最严重的一次架。吵得是天翻地覆，俩人见了面，都像鬼见愁似的。她怨他不懂生活，随意挥霍金钱，不为将来做打算。他则说她，不会享受生活，不懂活在当下的道理。最后，在他的一句“你真是无趣”中结束。

那时，她才意识到，彼此之间，并没有共同的人生观与价值观。可她还是义无反顾地，在这条路上走了下去，因为她爱他。

宋子衍在工作上很拼，所以他赚的每一分钱，都用在了享乐上，那也是他工作的动力。他享受生活，热爱浪漫，他缺乏家庭关爱，生性没有根，是一只永远不停歇飞翔的鸟。而玳玳就是他的岛屿，累了，歇一歇，再度起航。

他需要的是另一只能与他一起飞翔的鸟——玳玳用了许久才弄明白这个道理。

后来，他离开了。她又开始拼命地收集那种酒。那种叫思凡的酒，包含的是她的思念。

因而，在庆功会上，她推荐了这种酒。谁知，路易斯爱上了这种味道。

专门卖这种酒的红酒廊，她知道在哪里。

就在遇见。

令苏玳玳没有想到的是，她会在这里撞上宋子衍。

宋子衍是一个人过来的，没有带上他美丽的妻子。他选的也是那一款酒，思凡。年份，2015年。

曾经招待她的经理，已升作店长。店长笑着说，好巧。你们居然挑选的都是同一款。但是，这个年份的只有一箱了。

苏玳玳马上说：“不打紧，我要其他年份的，是一样的。”她不过是为客户挑选的，哪一年的都可以。

可是，宋子衍执意要让给她。最后，她恼了，把酒放下，转头即走。

宋子衍追了上来，一把拉住了她，却不知道该说什么。

苏玳玳知道，自己不该过来的。打一个电话给店长，她会送货的。

苏玳玳用力甩开了他的手，飞快地跑了起来。

宋子衍只能看着她，一点一点地离开了自己的视线。

[5]

车子兜兜转转地开着，竟驶进了单行道。宋子衍感到烦躁，却也无可奈何，只能连忙打转方向盘，退了出来。

他将车停在路边，吸了一根烟。

梧桐树新绿，街道上行人不多，乔木高大，遮住了太阳。而阳光透过碧绿的叶子，层层叠叠地铺洒下来，一圈一圈的光晕就如浅金色的涟漪，荡漾在青砖路面上。

一切是那么安静，远离尘嚣。

这条路，记忆中好像来过似的。宋子衍慢慢往弄堂深处走去。一汪浓荫深处，隐着一栋法式的小红楼。

原本的花园被拆除了，小红楼也被规划一分为二，东楼住人，西楼经营餐馆，两个楼梯，两个门口进出。

记忆中，那张纯真明朗的笑脸，那抹纤细淡色的身影定格在了那里。是玳玳！玳玳曾站在这栋小红楼前要他给她拍照。

两边梧桐冠盖相接，而在一片低矮的粉墙黛瓦中，深深弄堂里的一角，掩映着一栋小小的法式红楼，玳玳站在红楼前，微微一笑，含娇带俏地看着他，淡色的眉眼，江南里走出来的女子，那一幕，永远定格在了他的脑海里。

他的老家枫泾，有许多粉墙黛瓦的老房子，也是一般的美丽。他许多次想过，带她去那里看一看。她是苏州姑娘，枕水人家出来的女孩子，站在那片粉墙前，一定很美。可他从来没有带她去过。因为，他当年离开时，曾许下诺言，若不出人头地，绝不回到故乡。

红楼的烟囱飘出青烟。青烟袅袅，是满满的人间烟火味。这个地方他曾来过两次，是玳玳带他来的。她说，这里的广东粥非常好吃，粤广小菜也是一绝。这里的海鲜粥和咕噜肉是她的最爱！

可当她满心欢喜地领他进入小红楼西楼时，他却皱起了眉头。西楼西晒，非常热，再加粥热、人多，空间又窄，他非常反感。可她让他尝一下，满脸期待地看着他，他唯有坐下。

粥是好的，只是他更喜欢的是环境幽雅的餐厅，可以俯瞰江面，欣赏夜景，可以品一支红酒，喁喁细语。这一切，才是他想要的。后来，他还去过一次，就再不肯来了。玳玳十分失望，却也没有再提起这里。如今想起，她的要求真的不多，是他想给她更好的。只是现在说什么，都太晚了。

沿着来路往回走，他没有看见玳玳。

苏玳玳与他一样，在遇见红酒廊分手后，不自觉地来了这里。这里的粥很好吃，还满是人情味。她每当感到难过，就会来这里要一大份的海鲜粥，吃得饱饱的，热出一身汗来，那难过的情绪，就能释放出来。

她在一楼坐着，等粥上桌。

可透过玻璃窗，她看到了站在小红楼不远处的宋子衍。她连忙躲了起来，等他走远了，方出来。她感到很痛苦，明明他以那样决绝的姿态走出了自己的生命，为什么又要回过头来招惹她？

他们曾在一起六年。那么多个日与夜啊！

其实，宋子衍是很爱苏玳玳的。

第一次见到她时，他就看到了她眼底的泪水。那些泪水打动了他。那么甜美可爱的女孩子，却有那么多的伤感，就像街头的流浪小狗和小猫，那样可怜巴巴又带着倔强地看着他，希望能有一个好心人给她一个家。

第一次见面分别后，他就止不住地想念她。她不断地在他脑海里走走停停，他想忘也忘不了。所以，他第二天就给她打了电话，约她去看《牡丹亭》。

后来，他们顺理成章地在了一起。刚开始时，日子是那样甜蜜温馨。他喜欢看她笑，那样明媚的笑容，那样充满青春的朝气；他喜欢她的活力，就像《飘》里的斯嘉丽，活力便是她的全部、她的灵魂。她是那种，在最贫瘠的土地，都能开出花来的女孩。

明明一样是破碎家庭出来的孩子，他是阴郁的，而她为什么可以如此明朗、如此透明，像一颗水晶？所以，他被她吸引，他离不开她。

她根本无法想象，当他得到她时，他是多么激动。他贪恋她给的所有的甜，他爱她，所以爱她的身体。她那么柔软、那么甜蜜，就如毒药，叫他饮鸩止渴。其实，她很瘦，一点不丰满，是那种细骨猪，可抱在怀里时，却又软又糯，根本分不开。她与高挑丰满的安薇不同。

安薇是典型的上海女人，时髦，有品位，懂享受，会生活，而且她很美。那种美，是不需要气质做搭配的美。

有句老话说得好，如果你想赞一个不漂亮的女孩子时，你可以说她可爱，或者有气质。而安薇的美，就是美，不需要做过多的修饰。她从海外回来，并不喜欢别人叫她本名。熟悉她的人，都叫她的英文名，薇薇安。

如果，自己不是整日和玳玳争吵不休；如果，不是自己贪恋红颜所给的温柔解语；如果，不是沉迷于与薇薇安完美的性爱——或许，他不会和玳玳走到那一步。

自己酿的苦酒，只有自己知道。宋子衍原以为，自己对安薇是有爱的，不然，他不会离婚，而与她在一起。

[6]

安薇与他是同一个公司的。与他不同的是，她是从海外回来直接任职的。她是他们公司康弘集团，亚洲区高层的侄女。所以说，她的路是一帆风顺的。不过，在这样的一个跨国大企业，是不会留一个废物的。安薇有今日的成就，能在二十七岁如此年轻的时候坐上亚洲区副经理的位置，靠的并不单单是亲戚关系，更多的是她本身的能力。

如此有能力且又美丽的女子，难得的是，与自己无论是哪一方面，都如此契合，他不是不欣喜的。

她刚从海外调职回到上海时，他对她的一切都不知道。只知是名牌“海色”，总部空降过来的。她比他大一岁，处事得体优雅，各为两个部门负责人的他们合作起来十分愉快。从一开始，他就被她的魅力所倾倒。

有一次，俩人陪客户用餐。客户有事，先行一步，只剩了他们，坐在华丽的大厅里，玻璃幕墙外是海上的琼楼玉宇，灯火璀璨得如同天明，而她喝了一点酒，脸色绯红，带了一点淡淡的微笑看向他。她的发如海浪般垂在胸间，她的眼窝很深，如同漩涡一般，将他牢牢吸引。

无须说话，她都是美的。她的美，很妩媚。

她穿着一套晚礼服，深紫色的紧身裙，将身材包裹得凹凸有致。如浓浓的、化不开的一抹夜色，处处都是危险与勾引。更何况，她深谙调情的艺术，暧昧的话，在她说来，都是最自然不过的。

并非是她故意勾引他，只是外国回来的她，调情于她不过是一种礼仪，一种社交手段罢了。与方才的那位客户，她也是这般说话的。故而，宋子衍并没有觉得难堪，反而从她身上，看到了自己的另一面。他们都是一样的人，喜欢用同样的手段。

上流社会对宋子衍是有着致命吸引力的。他爱看菲茨杰拉德的书，倾倒于那样的生活。他说起，她与黛西很相像，连说话的声音都相同，无论是对谁说话，都仿佛那个人就是她眼中的全世界，就连调情也是那样的有格调。

她则笑了，笑意妩媚，只问了一句：“难道你不喜欢吗？”果真是深懂调情的艺术的。尽管俩人不在同一个部门，可实际上，她等同于他的上司，可难得的是，她与任何人相处都没有架子，对他更是帮助良多。所以，他喜欢她。

他答：“喜欢。”笑了一笑，举起酒杯，示意，然后抿了一小口。

她也举起杯，也抿了一口。酒红色的唇，衬着酒红色的液体，那种风情，叫他毕生难忘。

那一段只是一曲小插曲。回到岗位上，俩人依旧是伙伴关系，合作无间，并没有任何逾越。

安薇负责的是行政，接待大客户的任务也是她包揽。招商引资于她来说，不过是手到擒来的事情。与做 IT 的他不同，他从小孤僻，纵使出社会工作了，依旧做不来圆滑。但他身处技术部门，是非不多，对电脑多过对人，且每设计出一款软件，是可以马上得到提成与奖励的，所以也是乐得其所。

直到他所在部门来了一个严苛的上司。他与那位上司的关系处得非常不好。那是一位无条件服务于客户要求的上司。软件开发上的许多事情，并非你说怎样就怎样的，与系统密不可分。可那位上司根本不懂电脑，为了满足客户，提高业绩，甚至提出许多无理的要求，使得他的团队处于水深火热之中，常常为了一个方案而要他们的团队不分昼夜地修改。他作为团队的头儿，提出意见，却被刚愎自用的上司全部驳回。他手下一个员工，因为连续加班熬夜，导致犯了错误，修改错了小数点，使得系统崩溃。他力保，可那位员工还是被上司炒了鱿鱼，那个烂摊子，却要他收拾，连责任也要他扛下来。

那样痛苦地工作着，一干就是一年，他与上司发生了无数次的争吵，甚至一度要被迫辞职。而回到家，跟玳玳又是无止境的吵架，这一切使得他身心皆疲。一次，上司要去海外出差，为期一个月，他利用那一个月，设计好了方案，也不知会上司，直接接待了客户。他出色的技术与耐心良好的沟通，使得这位大客户非常满意。他不仅顺利完成了项目，且得到了客户的来信赞扬。那一刻，他才算在公司里站稳了脚，更得了一笔为数不少的奖金。他想与玳玳一起去马尔代夫补蜜月，顺便放松与调整一下自己。可玳玳知道了，并不高兴，她始终没有了解过他。

其实，能得到那位大客户的赏识，靠的不单单是他一个人的力量，安薇从中帮助了他。安薇手头上有大批的客户资源，从人力公关部门过来，她深懂每个客户的脾性。她的资料搜集做得很好，每个客户的每份资料都在她犹如电脑一般的脑袋里，年纪轻轻做到亚洲区副经理这个位置，她不是靠运气的。她知道，这位中东过来的投资者是位隐形富豪，虽然在欧洲名不见经传，但他策划的石油探测辐射网络，是价值巨大的。而这位客户伊本的一切喜好，她早调查清楚了。

年逾五十的伊本喜欢一切带有东方情调的东西，对某个牌子的红酒情有独钟。她先是安排了专车，与他一并陪同伊本先生游玩，苏州、杭州，特色小镇，听昆曲、评弹，带他去喝茶，逛园林，却绝口不提工作上的事情。

那时，她一改往常的都市女郎作风，穿的是旗袍，隐约的风情暗暗透出，与伊本先生谈笑风生，逗得他非常开心。她表现得体，十分仰慕伊本的绅士风度，谈及两国风土人情亦是娓娓道来，让伊本恨不得认下这个干女儿。

她自然不会拒绝一个老人的提议，当真认下了这个干爹。那时的场面，真的是好不热闹。而得了提示的他，立刻叫人开了指定的红酒，以此庆贺，伊本更是高兴得不得了。那一顿晚餐是安排在南浔的一个私家园林里的，伊本非常满意，不但认下了一个干女儿，还接受了宋子衍的人情。

一回到上海，伊本就派了私人助理过来，商谈合作项目的事。游玩时，宋子衍与安薇从不提公事，这满足了阿拉伯人办事不急的拖沓作风，使得伊本满意。但伊本还是公私两清的人，一回来就开始工作了。

宋子衍团队提交的方案很好，经过几次交涉，方案修改了几遍，就彻底完成了。双方签了合同。

在伊本的欢送宴上，干女儿安薇与宋子衍都到场了。宋子衍送了一箱红酒给伊本。那种红酒十分难找，是他通过许多渠道才买到的。

若非安薇，这一切不会如此顺利，不是她，他根本不懂如何与客户周旋，大概只会枯燥无味地反复念叨着那些技术术语了。

那一晚，他与安薇喝了许多酒。伊本先生早在安薇体贴周到的安排下，回酒店休息去了。她让秘书设置好了时间，明天八点接她到酒店处，送伊本先生去机场。

等所有的工作人员走光了，他与她还在喝着。

她问：“不回家吗？我记得，你是结婚了的。”带着一些揶揄。

他也是喝多了，看着她，脱口便答：“有美在前，如何舍得？”一句玩笑话，也是一句赞美。

她却叹了一声气，不无幽怨。

他一怔，再看向她。四目相对，他才发现，有什么东西改变了。

他不想打破俩人目前的关系，只说了谢谢。她却接了话：“那么急着感谢我，是怕我吃了你吗？”见他不答话，她的声音更沙哑了，“我也是为了公司好。”不是不失望的。

对着这样的一个美人，玩暧昧的调情游戏，会玩火自焚的。宋子衍不是不懂，于是他开始逃避她。

若不是顶头上司回来的一场兴师问罪，他想，或许，他与安薇就不会走到一起。

[7]

宋子衍的上司李敏哲是韩国人，是一年前从亚洲区调来上海的。

而宋子衍从大学时就在这家公司实习，为公司工作了许多年，在资历上也算是老员工、老资格了。可外企多看重的是海外背景与人力资源，这可以为公司增添无形的财富。因此，宋子衍工作再出色，也一直不受重用。且他性情孤傲，多少有些不合群。所以，当他原来的上司调职新加坡时，高层在人事安排上思考了许久，终于还是放弃了他，选择由海外调派。

这一切，宋子衍并非不知道。他虽有野心，却也希望是通过自己努力来获得成功。此次，虽然没有升职，但他的工作能力摆在那儿，下一次的出国培训已经内定了是他。只要等到他结束为期半年的培训，升职也就是迟早的事了。

可令他想不到的是，新来的上司对他十分忌惮，极难相处。这些都算了，最麻烦的是李敏哲对他，有些故意刁难。

宋子衍与安薇接触多了以后，曾一起去红酒廊品过酒。安薇一针见血地指出，李敏哲之所以如此，是因为嫉妒他。李敏哲的爸爸是康弘集团的股东之一，他一向是借了父亲的光，事业上才会顺风顺水的，可他个人工作能力差，只会溜须拍马，被换下是迟早的事。

“你要有耐心，我看好你！”安薇伸过手来，拍了拍宋子衍。

他抬头，俩人视线相触，是他首先转开了视线。而她只是笑了笑，将红酒细细地抿了一口。她喝酒的姿势很优雅，看得出，是真正的淑女。他曾问过自己，面对安薇，可曾心猿意马？可结果是没有。他虽然出身贫穷，可他长得好，他的妈妈是当地有名的美人，他长得像妈妈。喜欢他的女孩子很多，比安薇美的也很多，可没有一个比得上安薇的优雅与妩媚。

安薇是那种，有故事的女人。

与她相处，是舒服的。她见多识广，可以在事业上提点他、帮助他，他乐于与她相处。可俩人相处时,他更多想到的是玳玳。玳玳的天真活泼，透明得如水晶一般，仿佛从未被俗世所点染过，这是他最欣赏她的地方。他曾在心底发誓，要一辈子，守护好她的纯真。只是，现实的压力，将他们夫妻二人推得越来越远。

宋子衍也曾问过安薇，她为什么如此看好他。她答：“你很特别，你与他们都不同。你所差的只是一点助力，一个机会。你比他们都强，因为你清楚，自己想要什么。”

他的野心，她看在眼里，一清二楚。她是最懂他的人，是他的红颜知己，可为他红袖添香。而玳玳是很爱他，却从没有走进过他的心。玳玳只是怜惜他，如同怜惜自己，因为，他们是同病相怜。可玳玳并没有用仰慕的眼光看过他，也不喜欢听他说起工作上的事，每每说起，她总是以许多搞笑的笑话来岔开话题。玳玳是想安慰他，给他讲笑话，使他高兴，可她从不明白，或许他要的，只是她安静聆听他。

而这一切，安薇都懂得。

俩人虽常出入酒廊品酒、聊天，但都保持了距离，他从没有想过要与她发生关系。那样的机会，并不是没有。安薇爱慕他，他明白。

直到李敏哲的兴师问罪，才将他所处的困顿局面直接撕裂开来。公司里，他们俩已到了水火不容的地步。一开始，大家都以为要被赶走的会是宋子衍，毕竟他没有任何背景，工作能力再强又有什么用。

公司本想调停，息事宁人了事。毕竟，宋子衍才是有能力的人。中层里，人力部的陈总监是看重宋子衍的，这样的人才，陈令峰不愿流失，所以海外培训的人员名单里有宋子衍也是他钦定的。故而，他也一直想保住宋子衍。可李敏哲这种人，根本就是个纨绔子弟，且气焰嚣张，仗着爸爸是集团股东，作威作福，他一向霸道惯了，又岂会罢休。

最后，是安薇解决了此事。她一来联系上了伊本先生，二来亲自飞美国总部，向上级陈述，只字未提宋子衍，只是指出李敏哲的处事问题，他的任职不利于亚太区的发展。等到总部派了专员过来调查，发现了李敏哲签单上的许多问题。原来，李敏哲经常借招待客人为由，购进大量奢侈品，如名酒、名表、名包等等，且报的是公数签单，可最后这些贵重品去了哪里，无人得知。而另一边，伊本先生介入，发来电函，此项目一定要宋子衍跟进，否则，他将退出此次投资。

伊本是个精明的生意人，他自然清楚谁才是干得上事的人。他的投资项目如此庞大，怎能容许出半分差错。安薇是个聪明人，凭着三寸不烂之舌，将利害关系陈诉清楚，颇有古时著名军事家的风范。经她游说，伊本十分清楚一切，所以他才会站了出来。

结果，走的自然是李敏哲。他还是被他的父亲弄回去的，此人可以说是劣迹斑斑了。而李敏哲的职位由宋子衍顶上，可以说，他才是此次风波中，最后的大赢家。

那一天，是他的庆功会，来的人很多，多数是见风使舵之人。宴席散去，人走后，宋子衍倒生出了一丝凄凉。安薇说：“被人高高在上地捧着的感觉，如何？”

“自然是好的。”他笑。

后来，俩人都喝了许多许多的酒。酒店上面就是宾馆，俩人都明白，该发生什么。自然而然地，他们发生了关系。

安薇的身体很美，曲线分明，凹凸有致，难得的是，她的那种风情，她的知情识趣，她从不会让你冷却，她像一把火，远看时，不温不火，走近了，就要烧了你的身心。那是一场完美的性爱，让人欲罢不能。可宋子衍发现，他没有想象中那么激动，他爱她的身体，却并没有与玳玳在一起时的那种激动。

事后，他觉得感觉很糟糕，对她有些逃避。反倒是安薇落落大方，她说："你不必避我，大家都是成年人，都是喝多了罢了。难得的是，那天的月色那么美好。我不会要你负责的。"

果然，她说到做到，俩人在公事上依旧合拍。她替他介绍了许多客户，并把每人的资料都整理了发给他。她带他去各种舞会场所，介绍他进入了那个圈子。

不到半年时间，他再次升职，已步入中层，年薪制，每年的收入过百万。可当他拿到那份合同时，他有些悲哀，年薪百万依旧买不来闹市中的一间格子间。玳玳的要求并不高，他知道。按他的工资，再工作个几年，要买下那套二十年楼龄的老房子不是难事，只是他终于尝到了成功的甜头，他已进入了那个圈子，那个他一直向往的光明世界。且他已慢慢习惯了呼风唤雨，要他从头再来，为了一个房子，而尝尽庸俗的柴米油盐，他不甘愿！他已经变了，无法挽回。

而玳玳那么懵懂，那么没心没肺，连他升职了，她也没有察觉。甚至连他开始疏远她，不再碰她，她都没有丝毫怀疑。

是她对他太信任，还是她太天真？

宋子衍不再与她亲密，因为他怕自己玷污了她。他不碰她，是因为怕自己会忍不住地渴望，渴望一切没有改变，他们彼此依旧对彼此忠诚。一切，因为他太爱她，她却成了他成功路上的一颗小小的障碍。

他没有考虑过和玳玳离婚，他与安薇的关系，不过是一夜情罢了。

直到安薇对他说，她有了他的孩子。他们的关系一直没有停止，他把对玳玳的所有愧疚与思念都发泄到了她的身上。她给的完美性爱，就是最好的解药。见他不作声，她说，她会解决的。

而他说，他会考虑，让她别急于做决定。知道有了孩子的那一刻，他已决定结束和玳玳的关系。

只是，当他回到家里，想对玳玳说清楚时，她扑进他怀里，对他灿烂地笑，他所有的话皆无从开口。他像一头被触怒的猛兽，忽然疯狂地撕扯她的衣服。玳玳从没有见过这样的他，吓呆了。他动作粗暴，吓哭了她。而他抱着她，只不断地安慰："别哭别哭！"她想，许是他在工作上遇到了不如意的事，她紧紧地回抱他，俩人的身体，从未如此贴近过，彼此都能听清彼此的心跳。他对她予取予求，他的反复缠绵，他的热情，他的忘乎所以，让玳玳默默承受了。他辗转缠绵，他深深吻她，他在动情时，对她说："我爱你！我爱你，玳玳！"那一刻，玳玳怔住了，她紧紧地拥着他，将他搂入怀中，让他能听清自己的心跳。

可宋子衍后悔了，知道自己不该说出实话。他将头埋在她的胸口，再也不作声。俩人都是累极了，相拥而眠。

对于玳玳来说，那是甜蜜的一天。俩人甚至没有吃晚饭，他的索求那样急切，而她以最深挚的情感回应了他。俩人就这样睡了过去，睡了十多个小时。等到她醒来，她有些害羞，不敢面对他，可当她一转身，却发现，身旁空了。他早走了。

那时的玳玳原以为，他只是不愿打搅了她休息，所以才没有与她道别。她红着脸起来，才发现，那一场激情没有来得及做任何措施。可他们结婚也一年多了呀，也是时候要个孩子了。

那时的她，那样天真，只愿真的可以有一个孩子。可等来的，却是三天后，他对她说的一句绝情到极点的话。

他说："我们离婚吧！"

他们的感情，走到了死胡同，只徒留了一场声势浩大的伤……

第十章

/ 人间清欢 /

[1]

好好的一个周末，玳玳又梦魇了。她又梦到了那个晚上，那个几乎疯狂的晚上，就是在这个地方，这间卧房里，宋子衍对她说“我爱你”。

那曾是她一直渴望听到的一句话，胜过千言万语。他们在一起六年了，他从来不说，结婚时，也不曾说过，却在那天说了。他给了她最深切的幸福与希望，却在三天后，亲自将这一场梦撕碎，没有半分留恋，就离开了这间房子，离开了她。

正想着，门被轻轻地敲响。

她怔了怔，那敲门的人也不急，停顿了一会儿，才再次轻轻敲响。

她披上衣服，出去开门。

来的竟然是林雯与乔扬。

“大好晴光，岂可辜负！来，我们玩去！”林雯的大嗓音，让玳玳轻轻皱起了眉头。她头痛得很，没什么心情。还是乔扬仔细，他让林雯先下去等着，省得约好的人到了，他也不认识，白让别人等。

听得玳玳是丈二和尚摸不着头脑，等到林雯走了，她才指了指门外，表示：发生了什么事。

乔扬一手放在她腰间，扶她进客厅里，然后转身去开了冰箱，把牛奶拿出来，倒进碗里，再放了点燕麦，冲泡好，递给她："昨晚又做噩梦了？"

见她不答，他说："林雯说，你经常做噩梦。我看你有黑眼圈，估计又梦魇了吧！醒来就好，来先吃早餐。"

她乖乖地接过碗，安静地喝燕麦粥。

他没有说出口的是"你在梦里哭泣了吗？为何犹带泪痕"。

她两只眼睛都红肿了，有些痒，她想拿手去挠。他的手按住了她的手："揉了，会发炎的。"

他凑近了些，替她吹一吹眼睛，她果真感觉好多了。

原来，他都知道。

苏玳玳有些不知所措，幸而他马上转开了话题。

原来是林雯突发奇想，居然凌晨五点钟就打电话给他，说要各带一个人，四人行一起去郊游。

一听，玳玳就笑了，也只有林雯，才会这样做。

果然，急性子的林雯又来电话催了。

她以最快的速度梳洗好，就和他一起下楼，然后又想了想，说："你把小猫们都放宠物店寄养了？"

他走在前面，听了她的话，回头笑道："都安置好了。我一个同事很喜欢小猫，就先帮我养着，四只里面，他会留两只的。"

见她好像有些不舍，他补充道："你若是喜欢，我把雪球留着自己养。还有一只，也找到好主人了。"

听了他的话，不知为什么，她突然觉得很快活，笑着点头："好。"

那是这些日子来，她最为灿烂的笑容。阳光透过廊道的玻璃窗，落在了她的脸上，她整个人真实、鲜活。他与她一问一答间，离得近了，他忽然俯下头来，在她唇上轻轻一啄，随即分开，扭开了头，牵了她的手，下楼去了。玳玳一怔，抬头瞧他，只能看到他的颈项与耳侧轮廓。他的脸红了，耳根也红了。竟然还有如此害羞的男子，而且还是一个平日里，爱说笑话的大男人。不知为何，她的脸也红了，反握住他的手，再紧了紧。是的，醒来就好，醒来就是全新的一天。她决定放下，重新来过，趁着自己依旧年轻，不能再辜负了这好时光。

等在小区楼下的，依旧只有林雯一人。看她的架势，已是等恼了。玳玳识相地拉了乔扬在一边等。反而是乔扬好奇，问林雯在等的究竟是谁。

“是她的一个远房表弟阿风，挺可爱的一个大男孩。最近俩人经常出双入对，他呀，简直就是取代了我的位置，成为林雯的最佳酒友。”苏玳玳正说着，阿风就到了。

阿风开的是一辆低配置的国产宝马，在上海这样的大都市里，普通得很。他一停车下来，乔扬就认出了是自己的上司司徒风。

“乔，怎么是你？”司徒风大感意外，再看向他握着玳玳的手，便有些若有所思。等他再转向玳玳时，未开口就先微笑，想了想，叫了声，“嗨，小表妹。”

“嗨，史蒂芬。”乔扬放开玳玳，上前一步与他打招呼。

“叫什么英文名，学假洋鬼子啊！丑不丑！现在三辆车，怎么办？难道还各开各的？”林雯做呕吐状，才问，“你俩认识？”

“他是我上司，史蒂芬。”乔扬答了。

“这里只有朋友，没有上司下属！”林雯继续插话。

最后，四人一致决定，坐司徒风的车去。

等大家落座，林雯忽然拍前面开车的司徒风的头，道：“怎么换车了？”

“别乱拍，会出人命的好不好。”司徒风不顾大家一副“你真自恋”的样子，将被拍乱的发型弄好，才说，“不是向你学习吗？不是你说的，低调才好吗！”

林雯听了，倒不作声了。

玳玳心下大奇，林雯岂是好惹的主，得理就不饶人的，这次居然安静了。

乔扬一直没说话。他不知道的是，司徒风与玳玳之间，居然还有如此曲折的关系。司徒风一开口，就叫玳玳“小表妹”。司徒风看着她时，不知为何，他说不出，但能感觉到，司徒风待她是有些不同。司徒风与宋子衍酷似，他每次见司徒风，都有种错觉。但两人见面都是在公司里，工作时的司徒风是凌厉的，虽作风洋派，可下属与他相处也并不轻松，他做事非常严谨，对任何人的要求都高，更不会像现在这样，嬉皮笑脸的。真正玩起来时，乔扬没想到，司徒风是如此放得开，毫不矫情。

连他都觉得，司徒风酷似那人，可玳玳与司徒风相处，倒也自然。看来，一直放不下的是他吧！玳玳一早就学会了放下。想到了这些，他回头来，刚好与玳玳的视线碰上。俩人相视一笑，颇有种心有灵犀的微妙感。

忽然间，司徒风问：“我们去哪儿好？”

玳玳一怔，反问：“你们没有商量好吗？”

司徒风一回头，笑得灿烂，还真像长在加州下的一株向日葵：“没有啊！小表妹，还不是你表姐临时起意，抓我们来做挑夫的。最近不是有花样姐姐吗？我们不是正好相反嘛，挑夫哥哥和花样妹妖。干脆我们也组团去土耳其好了。”

一番话，说得大家都笑了起来。

最后，乔扬提议，去乌镇玩。

玳玳哀怨地说：“早说去那么远，我就带上衣服啊！害我什么也没带！”

林雯见她心情好转，便放心了，一拍胸脯，说：“我都备齐了，我们一起用。”再提了提放在脚边的大旅行袋。

玳玳抛给她一个“真服了你”的眼神。林雯伸手握住了玳玳的手，玳玳不解地看向林雯，林雯在她耳边说：“我做梦梦见你哭了。所以就决定带你出去玩。”

“谢谢你。”玳玳轻声说。

“应该的。”她笑答。

车往乌镇的方向开去，开到一半，只听司徒风说：“听说江南古镇多，我还是第一次到这边。最近迷上了古镇游，周庄、同里、南浔都游过了。当地人说，越不知名的古镇，其实才越漂亮，越古典，越好玩。”

他连续用了三个“越”，抖落了三人一车的鸡皮疙瘩。知道自己太那啥了，他笑嘻嘻地说：“反正是难得的五一小长假，我们去了乌镇，我还想去枫泾。有位同事是那里人，说那儿的景色很美。各位，怎么样？”

“也好。”乔扬答得快。

车后座的二人沉默得很。乔扬回转头，看了看玳玳，见她还好，他便以眼神示意，怎么了？

林雯刚想提出反对意见，玳玳便接了话：“也好。那里，我从没去过。”

等乔扬回转了头，林雯才低声说：“真的可以不去的。那是他的家乡……”

“真的没事。”玳玳笑了笑。

乔扬耳朵灵敏，听到了她们的谈话。他翻开 CD 架，取了一张约翰斯德劳斯的碟片放进了 CD 机里。

欢快的音乐在车子里回响，大家都不再作声，专心听音乐。

车子行驶进了乌镇。

是乔扬叫醒玳玳的。林雯早坐到了副驾驶座。原来，玳玳听着歌，就睡着了，连身旁换了人也不知道。她还一直枕着乔扬的肩膀睡觉，最尴尬的是，她居然还流口水，把乔扬左边肩膀的衣服都弄湿了。

见她大窘，乔扬倒是笑得开心：“别担心，他俩去办入住手续了。没人笑你！”

于是，他一手牵着她，一手拿着自己的简易行李，往酒店走去。

“累吗？”他问。

玳玳笑着摇了摇头。

“你还有孕在身，短途旅行是好的，可以放松心情，去久了，怕会太累。要不我们就不过枫泾了。从这里回上海也很快的。”乔扬顿了顿，等她回答。

她一仰头，看着他，说："都听你的。"

四人会合。前台服务员抱歉地说，由于方才电脑故障，他们预订的三间房中有一间房已经租出去了，客人早已入住。

其实，他们四人两间房也是可以的。于是，也就办了入住手续。

他们打算在乌镇住两个晚上。头一个晚上，是两位男士与两位女士各共一间房。那一天，两个女孩子睡在一起，就好像回到了大学时代，叽叽喳喳的，总有说不完的话。

林雯拍了拍躺在她身边的玳玳，说："我看乔扬对你，真的是无可挑剔。"

"我知道。"苏玳玳说话声音很低，似有许多心事。

"可要把握住了，"继而，她话锋一转，"其实，是乔扬提议，小长假出来旅游的。"见玳玳一脸不可置信地看着自己，她笑了笑，"你没听说过吗，一男一女想要改变关系，最好的办法就是去旅行。自然，俩人单独旅行才是最好的。他只是不想做得太过于露出痕迹了。他原先订的可是三间房。"

言下之意，玳玳都明白。乔扬想拉近彼此的关系，他的计划是好的，也顾忌了彼此的感受。

"他向我求婚了。"玳玳说。

"那还考虑什么呢？是我的话，一定马上答应了。"林雯有些恨铁不成钢地看向她。

"我只是害怕……"她没有说下去，她害怕新的婚姻，还是会失败。

"傻妹妹！"林雯慢慢开解她，"乔扬为你所做的一切，难道还不够吗？以后的事，谁又能说得准。他只是想玩玩的话，又何必如此大费周章，他不过是喜欢你。"

两人聊了许久，等到林雯睡着了，玳玳依旧醒着，她一直想着林雯的话。三间房，看来，乔扬觉得是时候，要改变他俩的关系了。

[2]

白天，四人是分开玩的。司徒风想大家一起行动，但林雯打断了他的长篇大论，把私密时间留给了玳玳与乔扬。

乌镇很美，而且地方大，人又少，若碰上冷天或雨天，游人就更少了。

“难得五一小长假也见不到几个人，周庄那么有名的地方，估计是爆棚了。”苏玳玳歪着脑袋说话。

“或许，就连这座城也想成全你和我呢！”他的话语依旧风趣，但更多了些深情。

苏玳玳脸红了，别过了脸，只装在看河水。

这里是枕水人家，一切都很美。单是站在桥边出神，就已经很舒服了。乔扬说起，在苏州的七里山塘，那里也有一片枕水人家。他很羡慕住在河边的人，永远都可以看见如此美丽的景色，想孵茶馆时，只要出门几步就是了。且七里山塘还住着人的，与这里不同，这里规划得太好，没有烟火气息了，这里的老住户全搬移出去了，到了晚上都不住人的，住的只是一些匆匆而过的过客而已，连鸡狗之声，皆不可闻。他叹：“美则美矣，没有灵魂。这里不如周庄，不如山塘街。”

一番感慨倒是把玳玳说笑了。见他不解，她便慢慢解释。原来住在山塘边上，确是圆了枕水人家的梦。可真要住在那儿，是非常可怕的事情。尤其是到了冷天，旧房子，又近水，冷得是不可思议。且水汽又寒又潮，连暖气都没有。但凡有些钱的人都搬离了，去了新的开发区。而舍不得老宅的，也通常是改作了民宿，招待游人。

“我妈妈还跟外婆住在那儿呢！小时候，家里穷，爸爸整日里忙着讨生活，后来跟人做起了生意，就更忙了。而且，爸爸是上海、苏州两地跑，苏茉莉出世了，也还瞒着我和妈妈。想来，茉莉也只比我小两岁而已。爸爸一瞒就瞒了我和妈妈许多年。我许多时候都是跟外婆住的，外婆对我很好，常煮我爱吃的阿婆菜给我吃，还会唱‘摇阿摇，摇到外婆桥’，哄我睡觉。可是实在是太冷了，我睡不着，穿得再厚，还是抵不过阴寒的水汽。那时，规划不如现在好，要暖手暖脚的热水，要去水房拿。水房很远。即使抱着，也还是冷。我总是跟外婆挤在一起，才睡得着。一年四季，无论什么日子，总会有许多的情侣慕名而来，穿上旗袍，在山塘街里拍婚纱照。我一推开窗户，就能看见，那一对对的新人，临水而照，不畏惧任何寒冷的天气，大抵也只有富裕的人，才能忍受严寒吧！”

苏玳玳小时候是过得很苦的。

“想外婆了吗？”乔扬握着她的手，问她。

“想。外婆病了。”苏玳玳答得很快。

她很想有许多的钱，可以买一套房子，可以接妈妈与外婆过来住。所以，她才那样拼命地工作。只可惜，宋子衍并不懂得。

“要不，我们明天过去看看外婆吧，如果你身体吃得消的话。”乔扬提议。

“好！”她答得爽快。

乔扬此时方恨，没有开车出来。

等至乌镇入了夜，灯火相映衬，一切蒙上了雾般的美。他带她去了一家很特别的酒吧，进门处有个莲花样的一双手，颇有禅意。

“这里的常客可是一只老狗和一只猫，那只老狗也快九岁了吧！一脸痴肥，很可爱。叫什么来着，”他努力想了想，“叉烧。”

俩人坐下，一只猫忽然从角落里窜出，跳到了玳玳的怀里。

玳玳大喜过望：“真像雪球。”

乔扬一脸笑意，在灯下注视着她，她倒不好意思起来，只顾逗小猫玩。

他说，适当地喝些酒，不妨事。

她点头。

他替她叫了许多菜，还有一杯鸡尾酒。

她抿了一小口，甜甜的，像水果酒。她很喜欢，再抿了几口。那只叫叉烧的大狗也走了过来，懒散地趴在她的脚下。

“你真痴肥！”她指着它笑。

老狗抬起它圆滚滚、肉肉的头，看着她，一脸无辜。

他的手握住她的酒杯：“你醉了。”

“我没有。”她笑嘻嘻。

电话铃声响起，他接起。是酒店前台打来的，说他之前订的那间房，客人退了，问他还需要吗？

苏玳玳看着他，问怎么了？他一笑，说：“前台说，多出了一间房子。”

她笑：“那多好呀！你们两个大男人不必挤在一起了。”

他看着她，许久没有说话，电话那一头，喂了许多声，连玳玳也听见了。

“怎么了？”她问。

“你……你真的确定吗？”他问。

她笑了，点了点头。

他接过了电话，说：“好的，请替我留着，我们晚上入住。”

酒是后劲足的，她走起路来，有些东歪西倒，他扶了她慢慢走。

临出门了，她还不忘和一猫一狗说：“叉烧，我下次再来看你。小猫，乖啊！”

出了酒吧，就是一座桥，桥拱高高弯起，若是一对有情人，在桥上匆匆而过，就那一瞥，互生情愫，就是极美的事。她说与他听，他则答：“自古以来，有了桥，便有了故事。你我也算是在桥上认识的。”

她默了默，确实如此，她叹：“三年了，难为你还记得我。”

“那是因为，我没遇见过，比你更有趣的女孩了。”他答得老实。

苏玳玳哈哈大笑起来：“那天，你还想逗我笑来着！”

原来她还记得。原来，记得那一切的，并非只有他一个。他停住了脚步，看着月下的女孩。她虽已为人母，清醒时处处谨慎，可内心深处，依旧是个小女孩。只见她张开双臂，在桥上，学出踩钢丝的样子走路，摇摇欲坠的，他快步上前，扶住了她：“你真醉得厉害。”

乌镇的夜很美，街道虽冷清，却古朴美丽。犹如换转了一个时空，回到了民国。没有太多的电灯，每家每户挂的是红彤彤的灯笼，木雕的一座小房子，深深的里弄，推开木雕窗户的“吱呀”一声，安静得仿佛整个街道都能听见。

苏玳玳在洗澡。已洗浴好的乔扬推开了小轩窗，真有那么种寂静的感觉。前面的商铺挂着许多五颜六色的油纸伞，衬着江南的景，是最合适不过了。再前面一点的商铺是卖竹蜻蜓的，有趣得紧。

一阵细风过来，对面民宿的一对红灯笼在风中摇曳生姿，那一圈一圈的红，晃得连人的心都暧昧起来。

忽然，他听见了轻轻的推门声，是玳玳出来了。

只见她套了一件宽松的碎花睡裙，裙子很长，直没脚踝。她没有穿鞋子,怯生生地站在那儿,自然是有些害怕。她的一对脚洁白细润,灯下瞧，异样美丽。她借着仅剩的一点酒意，调侃道：“你有恋足癖？”说着，把脚缩了缩，想再瞧，已瞧不见了。

这使乔扬想起了今日逛金莲馆时，看到的那一对对三寸金莲。她的脚很小，很美，比起那些三寸金莲好看多了。那些价值千金的金莲鞋子，穿在她脚上，一定非常美丽。他招了招手，叫她过来。

她坐在他身旁，一起看夜晚空寂的街道。人少的缘故，连空气都异常清新。他拿干毛巾一边替她擦拭湿发，一边说起他看过的一部文艺片，《雪花秘扇》。他的思绪飘远了，在旧时，只有丈夫，才能握住妻子性感神秘的小脚。其实，那对小脚，何尝不是充满了性暗示，与性挑逗。

她的发干了。他替她梳好,慢慢地梳,细细地梳,她的发又长了。他说:“我想你长发一定好看。”

“待我长发及腰,你就娶我吗？”苏玳玳睁着眼睛瞧他,腮边一点笑意。她的脸庞依旧酡红，喝了酒的缘故。因为酒意，她比平常妩媚起来。

他笑：“只要你愿意，我随时都可娶你。”他的手，拂过她的发，又柔又软，细滑乌黑，果真是一头好青丝。

他搂着她，坐在窗前沙发上看书，是矛盾的《矛盾养春蚕》。他读了一个故事给她听，她说：“你真有朗读的天分。”

她听着听着，有些乏了，他便抱了她上床。她的身体又软又香，使人意乱情迷。他关了灯，正要去沙发睡，暗里，她抱住了他的腰：“别离开我。”

他很艰难地抱着她：“我虽然是正人君子，可不愿做柳下惠。”

她将头埋进他的怀抱里，那里很温暖，她感到安心。

“你的身体……”他问，话被她的吻拦了回去。

那一晚，这座小小的城，成全了她与他。

彼此都是成年人了，当然也不会是彼此的第一次。他明明那样小心翼翼，怕伤了她腹中之子，可还是觉得激动。他明明那样贪心，只要是她，他觉得永远不够，他却控制住了自己。

激情过后，巨大的喜悦铺天盖地而来，他怀抱着她，便是他的全世界。她那样瘦小，身上都是骨头，他想，以后要把她养肥一些。女孩子家家，多些肉好。还记得初见她时，她虽然娇小玲珑，可圆圆的一张苹果般的脸，身形也纤细，可看着还是肉乎乎的，非常可爱。等以后吧。以后一定要把她像养小猪一样养肥！想着，他笑了，俯下头来，吻了吻她的发心。她的身体真香，他再抱紧了些。她太乏，早睡了过去，他却在黑暗里一直看着她，想着就是她了！他想与之共度一生的，就是她了。

当清晨第一缕阳光投洒进来，玳玳便醒了。她睡得很好，再也没有了梦魇。她睁开眼时，发现乔扬正看着她。两人是如此亲密，她依然在他怀中，她的脸红了，光天白日下，四目相对，她实在不知该躲哪儿去。

都是昨晚那该死的酒！

“好了，经过了昨晚，你要对我负责了！”乔扬调侃。

一番话，便把尬尴化解开来。她笑弯了眼睛。

他放下心来，原本，他不该趁她喝醉的，他总会怕她醒来了，便后悔了。可她，是开心的。他吻了吻她的唇，她轻轻闭上了眼睛。

真是美好的一天。

[3]

四人一行，在民国老餐厅那里吃了一顿民国菜。对于乔扬与玳玳的事，林雯是乐见其成的。

趁着到洗手间补妆的空当，林雯色眯眯地问她："昨晚的事，成了？"

苏玳玳被她色眯眯的眼神，看得发毛，没好气道："拜托，你不要一脸色色的样子好不好！"

"我哪儿色啦？"林雯的嗓音又瞬间大了，见玳玳气色很好，她笑得更色了。

见苏玳玳真的要跳脚了，她才正色道："玳玳，我替你高兴。祝福你！"

苏玳玳怔了怔，笑得很甜蜜。

然后，林雯又开始抓着她，大谈她最近在看的美剧《复仇》，里面的超级 IT 技术宅诺兰，又帅又魅力四射云云。

司徒风也嚷了起来，作为 IT 骨灰级男，他也喜欢诺兰，就连乔扬也知道。

最后，苏玳玳举手投降："你们就放过我这个电脑白痴吧！"

她看向乔扬，乔扬也正含笑看向她。

"快吃饭吧！你俩能别光顾着你侬我侬了吗，照顾一下我们这些单身狗好吧！"林雯的话永远都是那么生猛。听得假洋鬼子司徒风是一愣一愣的。

饭后，司徒风主动让出车子。苏玳玳十分不好意思，他倒是无所谓的样子："没关系，女士优先嘛！我们分公司就在这附近，我让分公司的人再派一辆车过来就行了。我和表姐再逛逛其他小镇。"

于是，四人便分开了。

等车子开远了，乔扬说："史蒂芬喜欢你。"

苏玳玳吓了一跳："怎么可能！我看他喜欢林雯才对，一直跟在她身后，围着她转。她说去东，他不敢往西。"

握着方向盘的乔扬想了想，才回答："有时候，你真的很迟钝。"

苏玳玳还是坚持，阿风喜欢的不是自己。

乔扬伸过手来，像抚摸一只小狗狗那样摸了摸她的头，表示很无奈。她反倒是咯咯笑了:“我没有你想的那么受欢迎,而且,明知道我的过去的，还愿意要我的，也只有你这个傻瓜了。”

他想了想，也笑了：“对，我俩都是傻瓜。傻瓜配傻瓜，是绝配嘛！”

“哟，今天不说‘琴挑’的典故了？”她一点一点地变得开朗起来。

乔扬爱看这样的她，装作认真的样子，想了想，答：“不就是调情嘛，我都把你追到手了，还需要调情吗？”

她满脸通红，再联想到昨晚的事，她气鼓鼓地扭转了头，把脸蛋撑得圆鼓鼓的。他看了，直笑个不停。

等进去七里山塘，玳玳变得更快活起来，像一只飞回到故乡的小雀。

由于没有事先通知妈妈与外婆，所以家中没有多余的菜。

乔扬说：“玳玳难得有假回来，多陪陪外婆。我和阿姨去买菜吧！”一番话说得外婆是眉开眼笑的。

外婆老了，人又多病，许多事都管不了了。她懂得这对母女都受了许多的苦，却没有任何的办法。如今，总算是盼到头了。

外婆抓起玳玳的手，一直握着，就如从前她小时候那样，怕她冷了。

玳玳安慰外婆，说不冷，现在是夏季呢！

“好孩子，你受苦了呀！”外婆仍然握着她的手。

“不苦，一点也不苦！等外婆好了，还要包玳玳最爱吃的团子吃，好不好呀！”像哄小孩一般。

外婆很高兴，说好。

“等外婆身体好些，我推你出去河边走走。这山塘河呀，玳玳一辈子都看不腻呢！”玳玳给外婆削了一个苹果。

外婆一直拿着，手都在颤抖，笑意却是掩饰不住的：“那孩子好，我看着实诚。他多大了呀？”

玳玳脸上一红，低声答了：“他三十了。”

“大些好，大些好，大些的男人会疼人！你这么柔软，就该找个成熟稳重的。”外婆咳嗽起来，玳玳连忙帮她捶背。

外婆叹了口气：“不要再孩子气了，好好珍惜！懂吗？”

苏玳玳正要答，乔扬敲了敲门，推门进来了：“我会好好珍惜玳玳的，外婆请放心。”

外婆很高兴，招手让乔扬过来。

等两个孩子都坐在了她身边，她将俩人的手握在了一起：“我虽然是第一次见你，可我心里欢喜得很。秀秀那孩子和我说了，这四个月来，你一直对玳玳很好，虽然许多事仓促了些，可未必就不是一桩好的姻缘啊！我们不多说什么，该怎样，你俩小年轻可以自己把握。”

玳玳羞了起来，连连娇嗔：“外婆！”

林秀看得都笑了。方才，她与乔扬在菜市转圈，看乔扬是个会过日子的人，什么菜新鲜，哪样当季，肉该如何挑，他样样都精细得很。林秀赞他，他一笑，露出两行洁白的牙齿，说他在外国求学时，跟唐人街中菜馆的师傅学的艺。他浓眉大眼的，有种北方人的粗犷，但脸形与气质又是南方人的秀气，真的是好看的一个孩子。林秀对他很满意。

那一顿晚饭，自然是乔扬下厨。林秀实在不好意思，乔扬倒没什么，熟络得跟一家人没有两样。

他说：“不打紧，在这里，当然是我表现。等我父母回来了，我会让出厨房，给玳玳表现的机会的。”说得一家老少都是大乐。

从前，宋子衍过来这边小住，都是很少说话的。他也懂得体恤老人，会坐在老人旁边，一直陪着，可就是不说话。扫地洗衣，他也抢着干，就是不会做菜，每每皆是玳玳做给他吃的。现在有个疼爱玳玳的男孩子出现，林秀与外婆都觉着高兴。

饭后，俩人又来到了初次见面的地方。

绿水桥，还是那座桥，来往的人不多也不少。

夜色刚起，灯火通明，一切朦朦胧胧的。她站在桥中央，有些惆怅地看着旖旎的河水，水里倒映着柳，还有零星的花，两岸彩色灯笼映在水里，一尾金色的鱼浮出水面，好像要与她对话。

她的侧影单薄而美好，素白的连衣裙，只裙摆处手绣了一两丛鹅黄的水仙。在逆光下，她的脸纯稚得如同孩子。乔扬连忙举起了相机，连拍了好几张。

“咔嚓咔嚓”声不断。乔扬与玳玳一起回头，原来是一个外国友人在拍玳玳。那外国友人，用含糊的中文说“漂亮”，逗得玳玳笑了，眉眼弯弯，十分温柔。她就像长在水边的一株水仙花，淡极始艳。

那外国友人示意可不可以来张合照。玳玳看向乔扬，他点了点头。于是，乔扬替他俩拍了好几张合照。那外国友人十分热情，也非要替他俩合照。于是乔扬把自己的相机给了他，他替乔扬与玳玳拍了好几张。

等告别了外国友人，俩人翻开相机一看，才知道这位友人是摄影师水平的，把俩人拍得非常漂亮，且拍出了俩人的默契。乔扬擦了擦汗，说：“我真汗颜了。我这种 IT 技术宅，拍照的本事，可是很烂的。希望他不要嫌弃了才好。”

“你很宅吗？我怎么不觉得！”玳玳笑，“我看你跟诺兰差不多呀！都挺风趣搞笑的，而且给人的感觉都很温暖。”

“你不是不知道诺兰的吗？”他很惊奇。

“嗯，趁着你去买菜的空当，我恶补了两集。挺好看的。不过，诺兰是出柜的。”她揶揄，样子十分俏皮。

“那以后我们一起看。”他看着她，眼里是清浅笑意。

“好呀，一起！”她快活地答。

那天晚上，俩人没有再分开睡。他睡在玳玳的卧室里，玳玳就在他的身旁。其实林秀铺好了两个房间的床，但见夜深时，坐在客厅里看电视的玳玳钩了他的手指头一起进卧房，林秀想说些什么，可又止住了。

林秀摇了摇头，进了妈妈房间，看看妈妈还咳不咳嗽。妈妈难得高兴，还没睡下，就着一星灯火，在看玳玳小时候的照片。见林秀叹气，她问：

“秀秀，怎么了？”平直的语气没有惊讶。

见林秀不作声，她笑：“你就是闷直葫芦，什么都往心里去。年轻人，管他们那么多做什么。幸亏，玳玳不像你，不然要受苦的。”

林秀想了想也是，在妈妈床边坐下，刚好相册翻到玳玳与宋子衍结婚时的照片，玳玳穿着洁白的婚纱，很美。

“妈说得对，玳玳像我，是注定吃苦的。男人不会喜欢闷葫芦。”

知道女儿林秀又想起了伤心往事，她也是叹气：“其实你还年轻，该再嫁个男人的。”

“只要玳玳好，我还想那些事做什么！”林秀是个沉闷女子，仿如从古时走来的闺秀，与时代总是脱节的，“若是我能给玳玳一个好的家庭，她也就不用受这些苦了。单亲家庭出来的孩子，总是差些，遇到同样情况的，也就更糟！当初，我就不赞成她和宋子衍……”

母女两人叹了叹，没有再说下去。

另一边，玳玳的房子里很温暖，她抱着乔扬说着话。她说：“这是最暖的一个季节！”她没有说下去，因为有他。窗户是虚掩的，风一吹就开了，飘来河水的气息，微微的、淡淡的，连水汽都是好闻的。

乔扬对江南的老房子情有独钟，他将衣服披在玳玳身上，然后坐起，伏在窗台上看河景，对面就是街道，可已无行人，四处很安静，偶尔闻得一两声犬吠。月亮倒映在水里，他的影子也在水里晃荡。河边停泊着一排一排的乌篷船，河水起伏，声音温柔。路边是零星的野花，花香随风轻送，不知送进了多少人的梦乡里。梦里水乡，大抵就是如此吧！

对岸传来“咿呀”一声，他抬头看去，正好看见一个美丽的女子在临窗倚照，与他视线相合，便对他报以一笑。穿的是一袭淡绿旗袍，像倚在木屋边的一株柳。

“美吗？”玳玳带点玩笑意味地瞧着他。

她没有穿鞋子就起来了，站在他身旁。他搂过了她，亲了亲她的唇：“没有你美。”

她咯咯地笑。他低下头来，视线所及，还是那对让他神牵梦萦的洁白小脚。他抬头，看着她的眼睛说：“你在诱惑我吗？”

她岔开了话题：“那是茶楼的美艳老板娘，怕是生意刚结束吧！改天带你去她那孵茶馆去，可好呀？”

“促狭的小东西！”见她吃醋了，他关拢了木窗，将她抱回床上。

俩人没有再说话，只是互相依靠着，沉沉地进入了梦乡。乔扬知道，现在她的身体最要紧,那种事可一不可再。再说了,他们的日子还长着呢！他微微笑了，很快进入了梦乡。

[4]

第二天，玳玳一家都去孵茶馆了。外婆的心情好，病也好了一半。乔扬开车带她去医院复诊后，医生说了，没什么大碍了，只是人老了，身体就如机器一般，开始坏了，所以才会多病多痛，最紧要是心情好。于是，开了药，打了止痛针，乔扬见她精神还好，就提议带她一起去孵茶馆了。

一听，外婆那叫一个高兴啊！要知道，平常就是林秀一人照顾她，怕出事，极少带她出门。现在家里有了男人，一切就方便多了。

外婆坐在轮椅上，进出上下，颇为不便，倒是乔扬一点不嫌麻烦，把她们里里外外安顿好。

等在茶馆包间坐下，临水而坐，有茶水点心招待，又是另一番享受。玳玳替外婆斟茶，然后是妈妈，最后是乔扬，还不忘得意地挑了挑眉，道：“让你感受一下何谓早上皮包水，晚上水包皮。”

乔扬连连点头称好。一家人其乐融融的。孵茶馆的人，不单品茶，还喜欢听曲。席间，乔扬说起评弹，林秀点头，十分欣赏他的观点，还道，这年头懂曲的人不多了。尤其是上海这样的大都市，人人过往匆匆，没有那份闲心听曲了。说得兴起，林秀令茶楼的侍者取来琵琶，弹唱了起来。她本来就是在茶楼里唱曲的，如今唱来，十分悦耳动听，水平极高，乔扬听得认真，也跟着慢慢哼唱。

后来，就连玳玳也被逼着上场，唱了一段《孟丽君》。她虽然没有系统地学过，但从小听妈妈唱，听多了，也达到了基本水准，只是声腔脆生生的，少了那份唱评弹的沧桑感，听着只觉得清丽可爱，但并没有令人动情。妈妈弹琵琶，她站在一旁脆生生地唱，而包厢门没有关上，来往的客人听了，只觉有趣，都站在一旁听。

人多了，玳玳就红了脸，不愿唱了。乔扬听得津津有味，叫她再唱，门外的人也叫她："小姑娘，继续呀！我们听着新鲜！多好的女娃啊！"

她的脸更红了，一对亮晶晶的明眸朝门外看，本是无心，却看到了他，只是刹那，她的脸色变得苍白。

乔扬顺着她的视线看出去，人群里站着的，赫然就是宋子衍。他人本就出众，又高，站在那儿，一眼就可以看到。乔扬心下暗道:真是冤家!

林秀与外婆也看见了,没作声。倒是乔扬走上前去,拉了拉她的手,道:"既然撞上了，就和他出去走走吧！"

"可是……"苏玳玳极为难地看着他。

"放心，我在这儿等你。"

他的一句话，使得她的一颗心安稳下来。她点了点头，说："好。"

乔扬与外婆、林秀她们拉着家常,并没有什么不安心的。他相信玳玳,总会回来的。

玳玳与宋子衍走出了很远。她一直没有说话，他也无话。若是往常，他总是喜欢听她说话的，她像只黄鹂，说话声悦耳动听，知道他沉默寡言,她老爱对着他说话。只要是对着他,她的话题永远也说不完。可如今,她沉默了!

一直走到了绿水桥，她才发现，原来自己心中所系，始终是乔扬。

"你就是在这里认识他的吧！"宋子衍终于开口。

玳玳没有看他，只看着脚下青青的河水。

"难为你还记得。"她冷讥。

“我们还没有结束，你就一直和他有来往？”他终于是问出了口。

苏玳玳不可思议地看着他，半晌，她才回过神来：“你也太高估我了。我和他是四个多月前才重新遇见的。”

“多么有缘，不是？”话说出来，那种醋意，连他自己都觉得难堪了。

她看着他，忽然就怒了：“你有什么资格来管我？是你先不要我的！是你！”她有些歇斯底里了。那段日子有多苦，他根本不知道！只有她自己清楚，所有的苦果，都是她一人独尝。

风大了，她太激动，身体抖得厉害，在桥边立着，人单影只，摇摇欲坠。她的眼泪就那样流了下来，那么多，那么多。宋子衍多么怕风一吹，她就掉到河里去了。他一把抱住了她，低声哄道：“是我不好，是我不好！”他抱得她那样紧，一如那个晚上。那个晚上，他给了她幸福与期望，还给了她一个孩子，然后绝情地转身，徒留了她一人，肝肠欲断。

她想推开他，他不该一而再地来惹她。可他就是不肯放开她，他绑得她太紧，她动弹不得。

“玳玳，我爱你！你听我说，你听我说！”

她不动了。他说，他爱她。她任他抱着，泪水打湿了他的衣衫。他说起了许多话。他说，他忘不了她，所以他来了这里，来了苏州。他只是想离她近些，再近些，他没想到，还会在这里遇见她。

原来，宋子衍有想过要和安薇说清楚，了结那种不道德的关系。她却告诉他，她怀孕了。他想过自私地任她自行解决。他从来没有爱过她，顶多是好感罢了。但一条生命毕竟是无辜的，所以他只能伤害了玳玳。

可一切，并非他想的那么简单。安薇一直不用他陪着产检。他也没在意过。他知道，安薇是个很独立的女人，她只是不想耽误他的工作，她那么好，处处替自己着想，他还求什么呢，也就随她高兴了。

可是上一个月，他收拾家务时，无意中发现了她的产检卡，于是翻看了起来，当看见 B 超单里，那个小小的人形宝宝时，他是如此激动与开心。他也快为人父母了，他发誓，要把最好的一切都给孩子。可当看到孩子的月份时，他就愣住了。月份足足小了一个多月。安薇骗了他！为了得到他，她可以不择手段，她说怀孕时，根本没有怀上。这个孩子，是后来才有的。若非她骗他！他不会离开玳玳，他们就不会被逼至，今天这一步。

听着他的话，玳玳忽然就笑了起来。

宋子衍一惊，怕她受了刺激，圈着她的双臂松了松，被她一把推开。

“你别过来！”她退后了一步。

他站住了，怕把她逼得太紧，她会出事。他看着她，只听她一字一字地说来，字字诛心：“你与她风流快活，并没有人逼过你。你别说她骗你、逼你，这一切，都是你自己选的。但你有想过我有多痛吗？那种痛，像被人一刀一刀地凌迟。你不要再说,会和她结束关系的话！你真的爱我，又为什么要和她发生关系！”

“玳玳，我有我的身不由己。”宋子衍想靠近她，她一步步退开。

“和她上床也是身不由己吗？”她厉声疾喝，“你知不知道，我的心有多痛？”她紧紧揪着自己的一颗心，而他脸如死灰。

“你不再爱我了吗？”他喃喃，似说梦话。

“现在说这些，又有什么用！难道你会为了我而和她离婚吗？那个孩子，你就舍得让他一出世，就没有爸爸吗？到了今天，你又何必回来招惹我？”说完，她再不等他说话，飞快地跑下了桥。

只剩了他一人，独自站在桥头，看着河水，失魂落魄。她走了，从此，他的心也跟着死了。

他很疲惫，他没有地方可去了。

他与安薇吵得很凶，每天都吵。安薇口口声声说爱他，却欺骗他，玩弄他的感情。他根本就是她的一个裙下之臣,只能被她玩弄于股掌之间。忽然之间，他才发现，安薇是如此可怕。卸下柔情蜜意、温柔似水的假面具，她是如此自私的一个人。而他与她，又何尝不是一类人！他们都自私，所以他活该有今日！

失魂落魄的，不止他一个。等玳玳跑回茶馆，人已经是将近虚脱，鞋也跑掉了一只。她如此狼狈，不敢面对乔扬。

她站在门口，见到乔扬在微笑，他温和地照顾着她的家人，那样耐心。可她瞧见了他眉眼间淡淡的哀伤。

现在这个样子，她也不好出现吧。她转身离去，而乔扬已经看见了她，连忙跟了出来。茶馆人多，他并没有叫她。

等到了河边，被风一吹，玳玳才觉得脚底板又冷又痛，把脚缩了缩，他连忙走了上来，抱住了她。

她一抬头，就瞧见他明亮的眼睛，那么安宁，没有起伏。她任他抱着，他也不问，扶她到美人靠上坐着，让她稍等，他就离开了。

再回来，他给她带来了一双鞋子。苏绣的鞋子，很美丽。

他握起她的一双脚，笑了。他说："我一直很想摸一摸这对灵巧的脚，现在总算等到机会了。"

她也笑，眼泪流了下来，她忙低头，不让他瞧见。

失去鞋子的那只脚破皮了，他取来水替她冲洗，再拿手帕轻轻擦拭干净，最后才替她穿上那对新鞋。

"疼吗？"他握着她那双小脚，抬头看她。

他怎么不知道她哭了。她的泪水，滴落，洇湿了藕色的鞋子缎面。她没有抬头，说："不疼。"

他叹了口气，道："傻孩子！"他扶了她起来，替她把脸擦拭干净了，才说，"我们接外婆她们回家吧！天色也晚了。"

俩人朝了茶馆的方向而去。

乔扬转身时，看见了回廊尽头的宋子衍，他没说什么，依然只是点了点头，便离去了。

后来，乔扬的转身点头、玳玳的泪水，成为宋子衍挥之不去的梦魇，每天每夜地折磨着他。

[5]

难得回来苏州一趟陪外婆，苏玳玳干脆向公司多请了一天假。乔扬也和司徒风打过了招呼，留在这里多陪陪她。

那天的事，大家心照不宣地没有再提。四个人，倒是其乐融融的。玳玳会带他到苏州各处走走，带他坐了船游护城河，说起了老城千年前的故事，而他听得津津有味。

到了晚上，他依旧轻拥着她入眠。如果，她在梦里哭了，他便一遍一遍地吻她，吻她的眼睛，吻干她的泪水，吻她的唇。后来，她便不再哭了。有时，半夜醒来，她会长久地凝望他，就着满地的月光，就着摇橹声声，她看着他，一直到天亮。她从未说过爱他。她知道乔扬的付出，她都明白。可那句话，她始终无法给予。

傍晚时分，她也会陪他，在山塘河边坐坐，看着过往的行人与船只。那样的假期，如果没有烦心的事，就是十全十美的了。她时常想，若然宋子衍早点回来找她，今日又会是怎样的光景？她会原谅他吗？

“在想些什么？”乔扬在她身边坐下，递给她一碗团子，“阿姨说你喜欢吃。”

“在想你呀！”她笑，话有些言不由衷。

他也笑，没再说什么。

两岸灯火流丽，连河水都是多情的。风黏住了人的视线，连游人也纷纷止步，柳絮飞落，轻点在河水上。她忽然就哼起了歌，是那首缠绵的江南：“风到这里就是粘，粘住过客的思念，雨到了这里缠成线，缠着我们流连人世间。你在身边就是缘，缘分写在三生石上面，爱有万分之一甜，宁愿我就葬在这一天……”

确实，江南的风，都是多情的。他说，她就是他心中的江南，永远没有办法抹去、忘却。

她说，那一晚，给了他，她并没有后悔过。她希望，他知道。这一点很重要。他答，他知道。俩人的一切不愉快，就如那风、那云，一切皆风吹云散。

离开的前一个晚上，外婆开了一个小小的家庭会议。玳玳抛了一个眼色给他，意思是：终于来了！

他则是温和地笑，牵了玳玳的手，坐在外婆跟前，而林秀坐在玳玳身旁。

外婆问起，他有没有房子。

玳玳轻轻嘀咕了起来："呀！外婆，查家宅也不带您这样的。"

乔扬倒没什么："我早年已经在金桥买了房子了。"

玳玳这才知道，他住在市区，不过是为了接近她。她对他做了个鬼脸。

外婆还算满意，只是说，远了些。

林秀马上插嘴："远些也不打紧，我也可以在那一头租房子住的，好照顾玳玳。最紧要是乔扬对咱家玳玳好，就够了。"

外婆听了，也点了点头。

妈妈与外婆，都是最老实本分的人，这一点，苏玳玳从不担心。她担心的是方阿姨，她的要求，总是高得离谱。

乔扬不知道她的那些小心思，见她皱起了眉头，想起了她说过想把妈妈与外婆接来住的心愿。他便道："其实金桥的房子也可以卖了的，现在住着的小区虽不是市的最中心，但往来要比金桥方便。我可以在那里买房，名字也会加上玳玳的。"

一番话说得玳玳不好意思起来，忙分辩："我不是这个意思。"怎么说得她好像是图房子来着！

他明白她，认真地说："这些事情说清楚好。不然婚后再提，总归是伤感情。这些话听来琐碎、现实，但也是我的真实想法。你现在住着的那一套，也可以一并买下，到时接外婆与阿姨过来住。我喜欢这座旧宅，等以后，我们也可以回来消暑。"

外婆是大方人，听了乔扬的话，觉得这个孩子很踏实，于是也开了这个口："孩子你有心了！你把新房加上玳玳的名字，那这里自然也有你的一份。其实，拿来修缮一下，做家庭旅馆，也是一桩赚钱生意，也不耽误你们回来住。”

乔扬没有推辞，一家人也就高高兴兴地把房子的事给定了。

当入夜时，他抱着玳玳坐在窗前看水，他发出“真愿意一辈子住在这里”的意愿，而她则笑他：“冬天冷死你。”

他挠她胳肢窝：“我每天抱着你，绝不会冷。”

她笑，被他痒痒得受不了，推又推不开他。与他打闹了一番，俩人早已脸红耳赤。她低低地问：“你……你想吗？”

他吻了吻她的眼睛：“不是现在。”

后来，俩人一直看着河水街景到很晚。俩人有一搭没一搭地聊着。她会问许多傻话。她会问：“你在金桥上班，要你两边跑，还每天要提前一个多钟早起。会不会太累了？”

他答：“我可以开车。不累的。晚上早些睡就行了。”

她又问：“可是你一下负担起两套房子，会不会太大压力了？我户头里，有八十多万，可以付一套的首付。”

他答:“那是你的钱,自己收好。再说,这套老宅真要出售,可是大价钱。住人虽然冷清，可做民宿可是赚大钱的，我还要成为一分子呢！说到底，我还是赚了！”

他说得玳玳都笑了。

俩人如此碎碎念，真有种老夫老妻的感觉。

她叹：“没想到，一下子就把婚事提上议程了。”

“这有啥稀奇！闪婚也就这样嘛！难得我们有情，何必在乎形式！”他答。

“可是你妈妈见了我，会不会不喜欢？”一下子，她就从他怀抱里跳了起来。她忽然想到，这个才是最重要的问题，而且是必须要解决的。

这一次,他很认真地想了想,才回答:“没关系。只要我喜欢,就够了！他们看见你，这么乖巧的女孩子，一定会喜欢的。”

俩人不说话了。

在现实面前，再有情，始终是得低头的。乔扬想，明天的事情，明天再想吧！

似要安慰他，玳玳学着斯嘉丽的口吻说：“明天，又是另一天！”

他轻轻地握起她的手，放在唇边，吻了吻，道：“我爱你。”

第十一章

/抱怨没用，抱我呀/

[1]

回到上海后，乔扬就开始着手处理房产的事宜。金桥的房子面积颇大，其实住着是相当舒服的。但金桥地处偏僻，早几年的时候，确实是人影也没几个，只是胜在环境够好，清静舒适。这几年，金桥这一带发展起来了，建了许多高档写字楼，超市也已建起来了。地铁口就在附近，有了地铁，直达市中心，也不过是四十分钟的事。原本住在这里时，乔扬总是自己买菜自己煮，工作的地方近得很，真的是最简单不过了。

他妈却不以为然，说金桥太远，根本就是乡下，还不如她在市中心的一套亭子间。所以，那套亭子间，她也不舍得卖，有时从澳大利亚回来了，还可以住着。常年在企业做高管，她并非没有积蓄，也说过，如果儿子要买房结婚，她就把钱提出来，给小两口做首付，但婚房一定得在市中心。

乔扬有他自己的想法，市不市中心的，真的无所谓，反正金桥的房子，是靠他自己的努力攥下的，他住得心安理得。再者，若一个女孩子真的喜欢他，是根本不介意他住哪儿的。可真到了谈婚论嫁的地步，他才考虑到许多实质性的问题，例如，将来的孩子要读书了，怎么办？市里的学校选择才多，才靠谱！因此，他有了卖掉金桥那套房子的想法。

可苏玳玳是心疼他的，还说愿意跟他过金桥住，她一向睡得浅，起得早，她过来浦西上班是一样的。可乔扬说，得为以后小孩上学做打算。她听了，也就没再反对了。

金桥这几年发展得很好，白领又多，自然想要房子的人也就多了。乔扬当年拿下这套房的时候,并不贵,如今卖出,是翻了两倍。他还是赚了。至于住在浦西，玳玳明确表示了，她的要求不高，无须商品房，最主要的是有一个温馨的家，所以也就考虑在漕宝路上这边小区找了。

他们四处看房，看中了一套白领公寓。那个小区离玳玳现在住的小区不远，但小区环境更好更漂亮，虽然同是旧楼，但外部景观好，且楼龄也低，房间格局大，有一百多平方米，三房一厅，带个小阳台，很适合三口之家居住。不是电梯房，在五楼，价格上也算划算，两百万出头。

玳玳很喜欢，可就是贵，真的是太贵了。

她想再看看，可乔扬见她喜欢，便说，就是这儿了。

玳玳看了看精明的房产经纪一眼，把乔扬拉到一边，说：“我觉得还是在我住的小区找好了，可比这里便宜六十万哦！”

那房产经纪耳尖，已经听到了，忙不迭地过来说：“这套房子旺啊！你看，座向好，风水好，原主人可是出国移民了的，所以才这样急着出手。别看这里不够市中心，可出入方便啊！市中心的房子多贵啊！两百万只够买这里的一间房啊！”

苏玳玳此时终于发挥了她的讨价还价本色：“这里怎么就方便了啊？到地铁口去，要走三四十分钟哟。我每天上班，还要提前半个小时起来，害怕迟到嘛！”

房产经纪也不弱：“没有没有！我走过，也只需要二十分钟嘛，走得快时，十五分钟就到地铁口了。”

“你是男的，脚步大好不好！”苏玳玳不高兴了。

一旁的乔扬则是越听越有趣，觉得这真的是个可爱的小女人。她见他一脸忍不住的笑意，低声埋怨他："还不是为了给你省钱嘛！"

"好了，原主人同意再便宜十万，多了就没有了。你们好好考虑考虑，这是这一带顶好的了，楼龄新，出入也全是白领。你看，这些装修都是新的，你们也不用怎么翻新了，连装修费都省了不少。这房子是主人原本给儿子做新房用的，全是新装修的。他们家儿子出息啊，原来早在国外置了房产，这不带着二老一起移民了。所以，这里的一切都新得很。"房产经纪可谓是费尽唇舌了。

乔扬听了，看了看四周，墙壁果然是新刷不久的，米黄色的墙体，给人的感觉很温暖。天顶是吊着一盏巴洛克风格的水晶灯，粒粒水晶折射出动人的光泽。而玄关处还安放了一架橡木黄的吧台，与墙体颜色相呼应，两把椅子，吧台上还放着许多小摆设，有煮咖啡用的虹吸壶，一包一包的咖啡豆竖好立在那儿，五颜六色，很好看。吧台一边是放红酒的架子，那里还摆着三两瓶红酒，看得出主人是懂生活的人。

房产经纪见有戏，马上补充："这房东要带孙子了，根本没时间回国搞手续，这里的酒，他说了，留给有缘人。"

阳台上种了许多花草，花卉争奇斗艳，还一边架了一架葡萄藤，另一边加了金银花。乔扬拉了玳玳到阳台上，说："你看，这鸳鸯藤开花了，一金一银比翼双飞，多么可爱。"

玳玳笑他："金银花就金银花呗！"

乔扬指了指葡萄架："现在没人打理，所以有些枯萎，等我替它们施了肥，过段时间你就有葡萄吃了，不好吗？还有，这个角落可以做个小龟池，把你那两只贪吃的小乌龟也放进来。"

玳玳见他如此高兴，终于是点了点头。

于是，这套房的钥匙，终于握在了两人手中。

过户时，玳玳说："其实，可以不加我名字的，我一分钱没出。"

乔扬大笑，一把揽过她："你是我老婆，不加你名字怎么可以。"

如此恩爱的小夫妻，在场的众人看着都觉得喜气。

乔扬想，现在差的，只是一张结婚证了。

[2]

苏玳玳是老实人，乔扬对她好，她都知道，可她实在不愿意乔扬的压力太大。其实她也并非没有钱。现在住着的房子有太多的感情，她和妈妈爸爸，原本快乐的一家就是住在这里，这是她童年时候的避难所，长大了，宋子衍圆了她一个梦，把婚房选在了这儿。撇开宋子衍不说，这套房子对她来说，总是不一样的。如果她不住在这里，又岂会认识乔扬。

有时，世事就是这么玄妙。她决定自己买下这套房，把那六十多万拿来做首付，剩下的慢慢供。于是，她拨通了房产经纪的电话。谁知道，房产经纪却说："苏小姐，您还不知道吗？这套房子早是您的了！早前已有人付了全款，把房子转到了您的名下，您来办好手续即可。"

她一怔，心下无比甜蜜，没料到乔扬的动作如此快，还不对她说，看来是想给自己一个惊喜的。于是，她也很配合，决定不揭穿，等他自己说出来。她心下快活，给妈妈拨了个电话，说起了她和外婆随时都可以住进来了。母女俩都是高兴不已。

她与乔扬的关系，也已公开了。乔扬让她搬到新家，一起住，他会照顾她。苏玳玳想了想，终于是答应下来。于她而言，她无须再矜持，更无须挣扎着求生存。有乔扬在，她很安心。

她搬过来的那一日，他首先带她去参观阳台，那阳台被他弄成了小花园。他说："知道你爱花，你看这些可好？"

她很惊喜，只晓得点头。花园一角，是鹅卵石砌的龟池，只等着她把那两只贪吃的龟搬过来。

他带她去看主卧。主卧很大，虽然他挑选的床也很大，是法式风情的大床，让人生出自己是公主的错觉。

"你不是提起，你妹妹就有一个公主床吗？你看，这个可喜欢？"

她只能拼命点头。忽然，她一声惊呼，一跃而起，抱起了法式梳妆台上那懒洋洋的猫。

“好雪球，一段时间不见，你成胖妞妞了！”

乔扬无比喜悦，走上前去，一手揽住玳玳，一手摸着小猫，揶揄起来：“看来，它比我要受欢迎嘛！你见到它比见我高兴！”

她一仰头，在他脸上亲了亲：“谢谢你。”

他笑了，然后将手指放在唇上：“要亲这里。”

苏玳玳睨了他一眼，抱着雪球走了。

所有的一切都很完美，就连结婚证也是很顺利地办下来了。其实，还得多谢苏茉莉，是她替玳玳偷的户口本。

苏茉莉说:“玳玳,你人大了,坏了哟,连生米煮成熟饭这一招也会了。”

苏玳玳有些不好意思，请她出来吃了一顿饭。席间，她无奈地说，如果跟方阿姨说了，只怕会把事情搞复杂。

苏茉莉听了，也深以为然。自己那个事儿妈，她是最清楚的了。

“可你总要把事情说出来呀！”苏茉莉说。

“会的，就这个周末吧，我带乔扬去拜访方阿姨。你先提前一天跟你妈妈打个招呼。啊？”苏玳玳也是怕。

苏茉莉一拍胸脯，说她会搞定。

想起自己的爸爸，苏玳玳摇了摇头，叹息。他就是个老婆奴，爱方程程爱得不得了。只要搞定了方阿姨，就等于搞定了爸爸。

“怎么又叹气了？”门外传来响声，原来是乔扬回来了。

苏玳玳连忙从沙发上起来，准备去热饭菜，被他揽住了：“我自己来就好。这段时间有点忙，你不用等我吃饭的。忙过了这一段，就好了。”

见他已经进厨房热菜了，她便打下手，帮忙盛饭：“等你一起吃，才有家的味道呀！”

他听了，对她一笑，露出洁白的牙齿，眼睛也笑弯了，十分可爱，竟像个大男孩般。她说：“你笑多好看啊！不笑时，活像个小老头。”

“原来是有人嫌我老了呀！还嫌不嫌，还嫌不嫌！”他去挠她痒痒，俩人在沙发上滚作一团，结果这一顿饭也没法吃了。

他动作很轻，全是怜爱，他有多渴望，她都明白。当有他在身边，她再也不会感到寂寞。她依赖他，也同样需要他。后来，累了，她便伏在他身上小睡一会儿。等到醒来，已经快晚上十点了，雪球已经饿得在一旁“喵喵喵”地抗议了。

“饭菜都凉了。”她极不好意思。

“要不你再睡会儿，我下去给你买份粥回来。”他说，替她擦了擦额间的汗。

她乖乖地点了点头。

有人心疼的感觉，真好。她在心底对自己说，苏玳玳，你一定要懂得珍惜！

乔扬去了小红楼买海鲜粥。他知道，她最喜欢那里的粥。怕她吃不饱，他再要了一小份饭和一碟咕噜肉。两个人吃，也够了。

果然，玳玳一看是小红楼的海鲜粥，眼睛都看直了，十足一只小馋猫。雪球吃过了晚饭，跑到音响顶上睡觉去了。他则陪她一起吃饭。见她饱了，他才问，今天是不是有什么心事。

她只好期期艾艾地把事情说了。原来，她的户口本是偷的。乔扬还以为是怎么一回事，他处变不惊地道出，其实，他也是偷偷拿的，还没有知会家长。俩人互看了一眼对方，都笑了。

“可是，我那阿……阿姨，她有些势利……”她的声音又低下去了。

乔扬说，先见了再说吧，总有一条路是走得通的。转而，他的声音也变得严肃起来：“玳玳，你不会怪我没有和父母商量吧！”

苏玳玳抱着双膝，认真听了，两只乌黑的眼珠子一转，垂下了眸子，虽然有些自怜，但还是坚定地说：“我对你有信心。再者，为人父母的，我能明白他们的想法。都是想自己的孩子拥有最好的，他们想要一个大家闺秀，我懂得。”

乔扬的心软了，抱住她，轻声说："玳玳，别不高兴。他们在澳大利亚太远了，电话不好说话。他们下个月回来，届时，就可以商谈酒席了。我希望能给你一个婚礼，能让你穿上婚纱，我相信，那样的你，是最美的。"

"可是……"她的话，被他的吻堵住。

"结婚，这是我们两个人的事。而且，你不见肚，穿起婚纱，一定好看。相信我，好吗？"

"好。"她答。

那一晚，她失眠了。看着睡得安稳的他，她出了神，他们的婚事，真的能顺顺利利吗？他的父母会同意让这样的一个儿媳进门吗？如果他们的婚姻不被祝福，还真的能得到幸福吗？

她不知道……

[3]

结婚这件事上，每个地方都有每个地方的规矩，但有一样是相同的，那就是先得见过双方父母，然后再是双方父母见面。

说起来绕口，可真办起来，就是绕脑了。苏玳玳在出门前，就和乔扬打了预防针，说这谈婚论嫁的事，怎么搞得跟一级级打怪兽似的。

他听了也觉好笑，说起其实编程大体也是这个道理，一个一个地打怪兽，打完小怪兽，还有大怪兽。玳玳补了句："真不知道，是你父母是大怪兽还是我阿姨是大怪兽了，剩下的都是小的了。"

乔扬拧了把她娇嫩的小脸，恐吓她："你都会说冷笑话了呀！"

她依旧笑得没心没肺："都是你纵的！"

下了地铁，来到南京西路上，看着一路繁华，乔扬摸了摸鼻子，大抵知道她口中麻烦绝伦的方阿姨是个什么样子了。

"心虚了，干吗摸鼻子啊？"玳玳揶揄他。

他给了她一个鬼脸。她拉住他的手，给他鼓励。

方阿姨家很大，是顶层复式，一百四十平方米左右。虽然是以前买下的房子，但还是看得出价格不菲的。家里装修大气，墙上挂的油画多是不知名的小画家，但难得的是画工颇为雅致，也是花了不少价钱的。

玳玳低声说："方阿姨是个会持家的女主人，这里的一切都是她布置的。"

方阿姨老早就得了招呼，从苏茉莉那儿知道了，苏玳玳今天会带男朋友来。她所不知道的就是，其实玳玳和乔扬已经结婚了。方才，是她和苏茉莉迎了俩人进来，她维持着表面上的礼仪，但见乔扬打扮，只是白衬衣加卡其色休闲长裤时，就皱起了眉头。

乔扬在职场上摸爬滚打了这么多年，什么脸色没见过，也没当一回事。可苏玳玳敏感，已经察觉到了火药味。其实，乔扬一向不讲究，毕竟他们这种 IT 男，穿着只要舒适就行。再说了，她喜欢看他穿白衬衣，干净清爽，永远那么干练整洁，像个学者。她暗暗叹气，他握紧了她的手，在她耳旁低声说："兵来将挡。"

她听了想笑，又忍住了。

方阿姨带他俩上了二楼，进了书房，原来玳玳的爸爸在书房候着了。方程程先遣了苏茉莉走，然后在一旁泡茶，招待乔扬。

乔扬喝了一口，赞道："是上好的太湖碧螺春。"

苏国安很高兴遇到懂茶的人，说道："年轻人，有眼光。"

乔扬含笑答了："我老家在太湖，所以才懂品碧螺春。"说着，他把礼物递给了方程程，正好是一盒上好的碧螺春，还有一套紫砂茶具。单是这份礼，就分量不轻，难得的是能投其所好。而给方程程准备的，是一条巴宝莉的围巾与香水，显出了女主人的品位。

是个会看眉头眼额、懂做事的人，可方程程不似苏国安那么热情。她一发话，就是："乔扬啊，你今年几岁了啊！"

乔扬如实相报："三十岁了。"

"呀！那按虚数算，跟黄总差不多嘛！你做什么工作呀？什么职位呀？"方程程依旧问个不停。

连苏玳玳都不好意思了，乔扬倒没什么，直说只是个部门经理。

“呀！那可比不得黄总，人家好歹自己是老板呀！”方程程的声音夸张地提高了起来。

“阿姨！”苏玳玳急了。

这时，苏国安开口了：“小年轻的，总有机会嘛！程程，这个不急。”转而对着乔扬说，“我大致听茉莉说了，你们两个孩子啊，恋爱也有了一段时间了。我家玳玳小孩子气，我想成熟些的适合她，你挺好的。就是，玳玳也希望有一个自己的小家庭的，你们那边，房子的事……”他觉得说得太直白了不好，就等着乔扬如何“悟”了。

乔扬笑了笑，道：“房子我已经买下来了，在漕宝路那边，离玳玳上班近，环境挺好的。我和玳玳都很喜欢。”

“漕宝路呀！老远的了！怎么不在市中心买呀！反正你们也没有结婚，干脆把那里卖了，在我们这边买一套呀！那玳玳也可以经常过来看看她爸爸。”方程程的要求太高，她说的，不过是在故意刁难。

见乔扬不作声，她就继续说：“哎，你们小年轻，怎么说说就不高兴啊！我觉得嘛，像玳玳的条件，还是得找个踏实些的好。”

苏玳玳的脸色已经非常难看了。方阿姨一向眼角高，什么都看不上眼，而且专横独断惯了，对谁都喜欢发号施令。他们苏家虽不是什么大富大贵的人家，方阿姨却喜欢与人攀比，就如隔壁李阿姨的大女儿，是嫁出国外的，她也巴不得，自己的女儿也嫁出国外才好。

这次的谈话，是不欢而散的。还是苏玳玳提出的，他俩还要加班，等下个周末，再过来陪爸爸吃饭。

苏国安忧心忡忡地看了大女儿一眼，也没有再说什么。

苏玳玳他们刚走，家里就像炸开了锅。方程程对乔扬是不厌其烦地数落，说他哪里比得上黄总。人也太年轻了，还没结过婚，一看就是和宋子衍差不多的，连自己都还是个孩子，又怎么会真的与苏玳玳长久。

苏国安被她烦得不行了，急了，说的话就有些冲：“我家玳玳哪点差了，怎么就只能配黄总那一类的中年男人呢！他们小两口自己喜欢，你又何必说话那么难听。我看乔扬那孩子就挺好。”

方程程何时被这样呼喝过，人也跟着急了，说话的声音又大又刺耳：“我还不是为了你的女儿好。人家这样的青年，他的父母能同意吗？现在的小年轻，哪个不是裙脚仔，哪个不是听妈说了算，只怕最后苦的，还是你的女儿！黄总怎么了，人家有钱，看起来也年轻，最难得的是肯对玳玳好。我就不明白了，玳玳这孩子，怎么老挑长得好看的呢！长得好看，能当饭吃？”

“你真是不可理喻！”苏国安烦了，甩了手，出门去了。

没过几天，方程程还真的约了苏玳玳出来喝茶。其实，她要说的，也无非是这两样，大体就是乔扬年轻，肯定是自己做不了自己主的。

见玳玳一直不吭声，方程程问：“他的父母，你见过了吗？”

见她摇头，方程程就说：“不就是了嘛！这样大的事，他连父母都不说一声。我真的不看好。玳玳，你虽然年轻，可毕竟是嫁过一次了，凡事要多思考，要谨慎。而且，你肚子里的孩子……”

“乔扬都知道的，他说了不介意。”玳玳急了。

“男人嘴上都说不介意，其实心里头呀，可介意了。他现在还没有得到你，你自然就是他的白月光、心头的朱砂痣，可等他厌倦了你，你就成了白米粒和蚊子血啦！”方程程还在那儿苦口婆心地劝导。

苏玳玳想了想，终于还是说了出来：“方阿姨，我一直叫你阿姨，估计你是打心底里不喜欢我的。我来这个家的时候，已经懂得事了，我从来没有改过口叫你妈妈。其实，你不喜欢我、看不上我，我都明白。我没有茉莉漂亮，也没有她嘴甜，最重要的，她才是你的女儿。我也为人父母，你的心情我能理解，谁不想把最好的都留给自己的孩子呢！所以，我不怪你。今天，如果换了一个对象。我婚姻幸福，而失婚的是茉莉，你还会急着把她嫁出去、打发出去，甚至只是嫁给像黄总那样的中年丧偶的人吗？乔扬，其实真不差，能在上海这种寸土寸金的地方，买下房子的年轻人不容易。他年轻，有干劲，工作也好，将来肯定是有所作为。还有，你真的是看不上他吗？抑或是，你觉得我配不上他？换了是茉莉，你还会这样想吗？”

一番话，把方程程说怔住了，平常看她，都是一副柔柔弱弱，好欺负的样子。如今，她已变得坚强起来。

方程程叹了口气：“我知道，有许多地方我做得不够好。对你和对茉莉，是分开对待的。是，我把最好的都给了茉莉，但不表示，我就讨厌你。我从来没有这样想过。当初你要和宋子衍结婚，我是极力反对过，那是因为宋子衍与你不合适。他那种家庭出来的孩子，是缺乏安全感的。你给不了这样的安全感给他，所以我才会反对，无关私心。”

“对不起，我不该这样说。”苏玳玳眼睛也红了，她抬起头，看着方阿姨，“可我也是那种家庭出来的孩子。我们都不完整，但我们都有追求幸福的权利。”

方程程想了想，拍了拍她肩头，说：“或许，是我多事了。好了，今天的茶，就喝到这里吧。”

第十二章

/疾风起/

[1]

走在商场里，苏玳玳往时光集团的店面而去。

中途被一个漂亮的橱窗所吸引，她停下了脚步。

那里的布置十分具有春天的气息，绿色的背景，白色的橡木装饰窗框，透过窗格可以看到里面晶莹剔透的各式精品，有 YSL 的裸粉色流苏小坤包，邦女郎蕾雅背的经典款粉色小猪包，蒂凡尼雪花造型的项链，香奈儿白色山茶花胸针与一应各大品牌护肤品等等。

原来这是一家时尚精品廊。

橱窗里面的瓶瓶罐罐样样皆是晶莹剔透，最特别的还数瑞士蓓丽的护肤瓶子，那是柱体的，多棱度的水晶透明色的瓶子，代表了雪花、雪藻的唯美与纯净。在灯下一打，璀璨晶莹得不可思议。

同是做美妆行业的，苏玳玳对这家店有了兴趣。

这时，突然听见店里传来了声音不大的争执，苏玳玳也只是一时好奇，便走了进去。原来是一个打扮时髦靓丽、穿着香奈儿粉色连衣裙的年轻女孩在与店员争执不下。

“我们的货是没有问题的，您看这样可好，稍坐一会儿，老板娘很快就回来了。”清秀的女侍者微笑着回答。

粉红女郎蹙了蹙眉，然后坐下，等待老板娘过来。

只是，在那儿只坐了短短十分钟，粉红女郎就挠了好几次耳根，尽管动作轻柔细微，但看得出是在极力忍耐了。虽然女郎上了粉底液，可不规则的淡粉红还是引起了苏玳玳的注意。

“这位女士，你的皮肤过敏了。”苏玳玳的微笑恰到好处。

那女郎一惊，只觉自己已经化妆处理过，连遮瑕膏也用上了，在镜子里照了许多遍才敢出门的。

见女郎疑惑，苏玳玳从坤包里取出时光的药妆产品玫瑰蜜露，递给她：“试一下，可缓解任何状况下的肌肤过敏的。”

粉红女郎半信半疑地接过苏玳玳的粉红色喷瓶。

苏玳玳天生热心肠，见她迟疑，催促：“快试试！”

女郎也就往自己脸上喷了玫瑰蜜露。

“不用担心，这个喷雾分子很细，不会融妆的。”苏玳玳说。

不过几分钟，奇迹发生了。女郎的脸居然没那么痒了，女郎惊喜地看着苏玳玳。

“嘻嘻……”苏玳玳比了个大拇指，“有效吧！”

店门外穿着一袭剪裁简洁优雅白裙的女子脚步一停，若有所思地看着店里发生的一切。

女郎与苏玳玳年纪相仿，大有惺惺相惜之感，居然就在别人的店里聊了起来。苏玳玳是化工高才生，又了解各式护肤品的成分，且女郎一进门就把一个瓶子放在了店员面前，她自然看出来了，女郎应该是用了新买的护肤品才会过敏的。

苏玳玳瞄了一眼柜台上的瓶子，还是该品牌在大陆没有上架的产品，目前只有欧洲才有卖。她二话不说，翻起说明书，看到了里面的某个成分，忽然皱起了眉头。

“有什么问题吗？”女郎急了，只担心护肤品有问题，自己会毁容。

苏玳玳见店员不悦了，笑了笑说：“其实这个在欧洲新上的系列是没有任何问题的，只是这里面有蓝姜成分。这个成分遇到某种成分是会产生化学反应的，有可能造成肌肤亚健康的人过敏。”

见跟自家的产品没有任何问题，那店员才吁了口气，给两位顾客各斟了一杯茶。

“我可以看看你的化妆包吗？”苏玳玳试着问。

女郎本就是个风风火火的人，把自己白色大背袋打开，任苏玳玳看。

苏玳玳指了指里面的化妆袋，女郎“哦”了一声，连忙拿出，打开。里面的小容量护肤品、化妆品一应俱全。苏玳玳葱白晶莹的指尖在一溜的瓶子上滑过，最后停在一个隔离霜上。她取出隔离霜，挤了一点出来，置于鼻尖轻嗅，再看了说明书，露出恍然大悟的神情，道：“这里面的成分与蓝姜成分产生了化学反应，也是你过敏的原因。”

“你与汪晨露是朋友？”白裙女子快速走了过来。

[2]

苏玳玳回头，见是一个大美人，一怔，忙答：“不是，但她是我们公司的高层。”

“原来如此，想来倒也是有缘。”白裙女子一笑，直接自我介绍，“我是金连桥。能记起多年前,香妆与时光的蓝姜护肤品大战事件的人不多了，看来你是知情者。”

看来是熟人了，苏玳玳点一点头：“我是化工出身，所以知道一些。”

“可这早已被时光列为机密档案的往事，你能知道，想必汪晨露很器重你。”金连桥半眯起了眼睛，是在审视她了。

苏玳玳被她说得一怔，心里许多事已逐渐明朗，可并不作声。

其实，苏玳玳来这边商场是为工作上的事。和金连桥道过别后，她也就离开了。

纪氏的精品商厦是类似于连卡佛的高品质百货公司，以售卖高档欧洲时装精品著称，来此消费的多是中产阶级以上的富裕人群。

而时光最近的一场活动，是在纪氏商厦的“空中花园”场馆举行。她得过来看看场馆的布置情况。这场活动,是外包给别家的公关公司做的，许多事情都得与对方公司的人员沟通。就如舞台上的背景，原来已订好了光感面料做背景来映衬时光的“未来”主题，选用的是高反光光泽度的材料，可当初的样板却与现在的有了出入。

进到会场，苏玳玳直接走到舞台背景处。她与公关公司的琳达沟通，两边的人各举起了手中的样板模块争执不下。琳达这边说，是时光的广告部黄总监发来的样板要求，就是这个光感面料的。苏玳玳听了，蹙起眉头。黄总监是香港分公司外调过来的设计总监，他的意识一向超前，本来她与黄总监已经沟通好面料的款式。当时，她按自己上司的要求与黄总监沟通，大家也定下了方案，一致选用光感面料，现在却在色泽深一号浅一号上出了差错。因为这深一些、浅一些也是有讲究的，当初她定下了深蓝色天鹅绒质地的反光面料，以突出质感，黄总监却挑选了更深一个色号的丝质感质地，如此一来，两者虽然相差不远，可给人的感觉有了不一样。

这是办公室政治，苏玳玳如何不明白。黄总监与自己的总监不和，已是明面上的事情，所以总监才会派自己这个总监助理出来做和事佬。两位总监一向比拼得要紧，而且各有各的背景后台，也都极为有才华，因此一直暗地里较劲。可如今将战火蔓延到了公事上来，确是不妥，黄总监失了分寸了。其实，黄总监不过是仗着香港分公司在欧亚两区特殊地理位置的优势罢了。香港公司的营业额巨大，这一点无可否认，因此，时光的上海总部对于黄总监这号人确实有点尾大不掉的鸡肋感。

苏玳玳微微笑了笑，这事虽是办公室政治，可说难办也并不难办。她走到一边给林雯打了个电话：“喂，表姐，我记得你好象提过，这周和时光的汪总有约，做一个独家采访，对吗？”

电话那端的林雯语速极快："是的，而且约的就是今天。在纪氏的莲商厦，我现在已经在过来的路上了。你不会无端有此一问，有什么事吗？"

果然得来全不费工夫，苏玳玳嘴角一挑，道："你们是在时光的门店办公室里约的采访吗？"

"理论上是，我是直接上办公室的，但能参观一下时光后天的活动展，做一个简单的报道也是好的。"林雯回答，"我已经到办公室了。秘书说汪总五分钟后到。"

还是林雯最贴心，最了解她。苏玳玳看了眼四周，压低了声音："若是能请她移步过会场……"

林雯笑了声："好说。"

放下手机，回到背景台上，苏玳玳对小助手耳语了几句，小助手开始了有目的的针对挑衅。琳达与其针锋相对，就是不肯松口。毕竟，若此时换背景，他们公司就得连夜赶进度了。

而苏玳玳眼尖，已经看到林雯在汪晨露的带领下，转了过来这边。她假装没看见，可说话时一改平常的温和，提高了好几个分贝："这深一号，浅一号，可是有讲究的，更不要说选的是丝绒感还是丝质感了！丝绒感暗指的是肌肤的完美状态，如天鹅绒一般细腻、无瑕、纯净、宛若新生，注重的是完美的质感！而丝质感同样是高贵的象征，但更适合在服装设计上，尤其是'未来'感已经很超前，要有一个柔和的缓冲，丝光质地给人的感觉就失了柔软，用在护肤上就低了一个层次。我们总部在与香港公司开会时，就已经明确定好了方案。黄总监如此一来，颇有越俎代庖之感了。"

顿了顿，苏玳玳接着说："虽然，香港分公司的地位很特殊。可你们可能忽略了一点：大陆的消费群体与结构早发生了变化，每个人都很注重护肤了，就连国际大牌护肤集团都纷纷在国内大陆地区设立针对亚洲人的研究中心。而你们似乎有些本末倒置了。"

琳达被辩驳得一句话都回答不上，心下暗道：这看似温和的总监助理实则是根绵里针，不好糊弄。

她正要给黄总监打电话，忽然闻到一股特别的玫瑰香，抬眼一看，汪晨露已经走了过来。

琳达笑意尴尬，连忙迎了上去：“汪总，您好啊！”按理说，这样的活动，是无须汪晨露出席的。可她怎么来了？琳达念头转得非常快，明白自己是卷进了总部与分部的内斗里了。

“就照苏小姐说的办。那是总部的决定，你们黄总监还有什么异议吗？”汪晨露看起来柔柔弱弱的，清丽无比的一张脸，情绪不变，可一挑眉，扫来的眼风娇媚中带着凌厉，显然是恼了。

汪晨露又说：“听闻黄小姐是黄总监的小侄女，对了，黄总监最近可好？我也有段时间没去香港了。”不轻不重的一句话，就点明了黄总监有结党营私的嫌疑了。

原来黄琳达是公关公司的股东之一，而黄总监也有股份在里面。当初时光挑选合作伙伴时，黄总监私底下弄了好些手脚，才使得该公关公司进入了时光的视线。这一来，黄总监颇有些为自己谋私利的打算。但汪晨露从大局着想，也就睁只眼闭只眼了。毕竟，五年前没有黄总监的人脉，时光要在香港开拓疆界也并非那么容易的事。

如今一切上了轨道，黄总监颇有些恃才放旷的傲慢态度，汪晨露就不得不杀一杀他的锐气了。

关于这一切，苏玳玳是看清摸透了的。苏玳玳并不了解汪晨露，甚至对她完全不熟悉，可要摸清一个高层的心意也不难。任谁都不喜欢功高震主的下属的。而且，苏玳玳之所以敢对汪晨露耍心眼，还是因为刚才金连桥的那句无心的话。思前想后，汪晨露待她确是不同于别人。原本，她以为，时光与香妆多年前“互撕”事件并不是什么大事，毕竟赢的是时光，可如今想来，时光若非内部出了内鬼导致配方外泄，又怎会陷入抄袭门的丑闻里。若不是金连桥提醒，她甚至不知道时光高层对此是噤若寒蝉的。

琳达应了汪晨露的话，带了小团体灰溜溜地回去赶工去了，那巨大的背景也被重新拆了下来。林雯正就着一些问题要继续采访，却听得汪晨露忽然一声笑，道:“你俩认识，对吧！”用的是肯定而不是疑问的语气。

林雯与苏玳玳皆是一怔。苏玳玳脸色变了变，知道自己根本就是在汪晨露面前班门弄斧，甚至有点狐假虎威了。林雯见惯大世面，只是微笑不说话。此时，越辩解越糊涂，干脆不作声。

而苏玳玳不卑不亢答了 :“我说的都是事实。”

“聪明是好……”汪晨露说了一半，摇了摇头，忽然对林雯说，“林总，我们进办公室继续吧！”

林雯回了个意味深长的眼神给苏玳玳，让她自求多福去了。

汪晨露已经走出了两步，忽然又回过头来，对她说 :“不过，苏玳玳，我还是很喜欢你的聪明的。”

苏玳玳看着两人走远，心下乱，不经意间啃起了手指甲，对汪晨露的那句话若有所思，看来汪晨露是要让自己慢慢悟了……可汪总也没有说出什么严厉的话来，看来这次倒是这样混过去了。

[3]

最近一段日子，司徒风倒是与林雯联系少了。这反让林雯觉出了些异样，平常有这个小跟班在身后跟着，她已经习惯了。现下倒好，他那边倒是安静了。

晚上下了班后，林雯不免有些无聊，一个人坐在高楼之巅，喝着白葡萄酒，脚下是万丈红尘，可也不是不寂寞的。林雯忽然感到害怕，自己居然也会寂寞？

在别人眼中，她漂亮、独立，年纪轻轻就坐到了总监的位置，可一路走来，不是不累的。年轻时，为了了解时装，她只能不停地看秀。一件一件的时装，在杂志上、在书面里介绍得再详细，也不够在秀场上认真看一场秀学到的多。她努力工作，省吃俭用，赚的每一分钱都用在了到巴黎、米兰、纽约时装周上看秀去了。坐最便宜的经济舱，飞十多个小时，一到埠，根本不睡觉，连饭也不吃，就是去看秀。没有资质，没有好的坐票，她就站着看，一场一场地看，认真地学，仔细地揣摩，一站就是好几个小时。看完了，马上赶飞机走人，绝不住宿，连睡觉时间都是在飞机上或机场里解决的。而每天只吃三次面包，节省到了极限。后来，她终于慢慢熬出来了，写的时装周总评越来越有分量，升了职；再后来，现在的这家公司找猎头来，和她接洽，顺理成章地，她跳槽了过来。一开始，并不是总监的位置，但慢慢地，也爬上来了。她如今，也总算是按年薪算了。

能在这个纸醉金迷，用金钱、才华与青春堆砌起来的黄金城市，一个人想要出人头地，真的并不容易，而林雯总算是熬了出来。为此，她放弃了许多，包括青春与爱情。

每每想到这里，不是不落寞的。

她喝多了些酒，就上舞台跳舞。只有舞蹈，才能让她忘记一切，让她所有的压抑与不甘，得到宣泄。

说起来，林雯家教好，从很小时，就开始练芭蕾了，所以她的形体一直很美，是那种充满艺术气质的美，高傲、自信，如一只天鹅般优雅。但是，她自诩为黑天鹅。后来，人大了，也就懒了，不愿在舞台上慢慢地熬了，毕竟，成名的又有几个？所以她放弃了芭蕾，但她热爱跳舞。

台下已经有人在窃窃私语了："那妞真辣，扭得也好。"

另一个说："如果换一个地方扭，肯定更爽。"

话语下流，入耳不堪。坐在一边角落的司徒风实在忍不下去了，他走上舞台，一把拉了她下来。

"你干吗，我还要跳舞呢！"林雯甩开他，可手又被他抓住了，"你弄痛我了。"她酒劲一发作，抬腿就踢他。

可怜他被九厘米的高跟鞋踢到小腿腹，立刻脚就麻了，可手上劲头依旧不减，他拖了她到一边去："你喝醉了。"

"我没醉！"她不高兴了。没有哪个喝醉的人，被人说醉了，是高兴的。

这个酒吧是过去司徒风与林雯常来的，但这阵子，司徒风的心情一直不好，也就不联系她了。可来这里，倒成了一种习惯，每晚，他都会来这里喝上一小杯。其实，他一直都知道她在，只不过，不过去寒暄而已。每晚见她，她也是独自一人，自斟自饮一杯，坐在靠窗边的位置，欣赏夜景。她很节制，每晚只喝一杯，坐上一个晚上，然后回家。而他坐在阴暗处，注视着她，她看不见他。

她喝醉了很麻烦，爱跳舞。她长得美，觊觎的人多了，危险无处不在。纵使是平常，她也是招人注目的。更何况是喝醉了，她越发妩媚撩人。

“真是个妖精。”他恨恨地说。好不容易拖了她上车，她倒好，睡得跟死猪一样了。他只能哀叹，如果落在别人手里，早没了。

在街道上四处闲逛，他忽然想起，相识这么久，还不知道她住哪儿，想送她回去也不可以，最后还是回了自己家。可刚停到车库，要拽她下来，这女人可好，突然就睁大了眼睛，僵尸挺一样，忽然直了起来，可把他吓一跳。他刚想说话，她就吐了，吐了他一身，一车。

司徒风觉得自己从来没有如此狼狈与倒霉过。若不是保安过来，帮他处理车子。他觉得，自己想死的心都有了。

起初，妈妈让他到上海了联系林雯。妈妈的意思，他如何不知道，不过是怕他寂寞罢了。他在加州长大，阳光、沙滩、高温，将他养成了一个天性散漫、热情不羁的性格，过去，他多的是不同的女友，都是天生的辣妹。这样的女孩子，他见惯了，也才是他的首要选择。

刚下飞机，看见一个写着自己的中文名字的木牌在半空中摇晃时，他想，要不要这么土！然后，他就本能地去看举牌的人，可机场人太多，他只看到人头攒动。幸得，那木牌一直举着，也不动，他快步走上前去，拨开两边的人，拍了拍对方的肩膀。原来，她是半蹲着，背对着他，在整理地上的文件袋。难怪，他说找不到人了。

可当她回转身，站直，他才发现，这真是个美女，而且身材高挑丰满，真是够劲爆的。目测她身高起码有一米七以上，加上高跟鞋，居然一米八多了，与他平头。而且，她不是那种门槛般的高，身材还很婀娜，玲珑有致。

他见过许多美女，可林雯那种气质的，他还是头次见。她是那种忽冷忽热型的，让你捉摸不定。她热时，非常火辣，像个熔炉，可以融化冰川；她冷时，也十分可怕，让你不敢接近。而她站直后，抬头看他的神情，怎么说呢，那神情让他很是难忘。她看他的眼神居然是厌恶的，还有莫名的诧异，就跟见了鬼似的。她的嘴微张，就像刚吞了一只恶心的死苍蝇，想吐又吐不出来。

这让他很受打击，心想，自己也没那么差吧！

后来，接触下来，他发现她为人十分爽朗，也泼辣得紧，时而眼中又透出些哀伤与迷惘，辣是很辣的一个人，可与他在加州遇到的女孩都不同。她魅力无穷，他感受得到。可更吸引他目光的，却是她的表妹，苏玳玳。

那是从水墨山水里，走出来的一个女孩。相貌不美，但模样是标致的。她小巧玲珑，不似林雯般高挑美艳，却又有她独特的美，一种恬静的美。尤其是她穿旗袍时，真的是美极了，像从老上海的月份牌里走出来的美人。而且苏玳玳还很羞涩腼腆，一说话，脸就红。她的风情，美在连勾引都是隐晦的、若有似无的，就如旗袍的那道高开衩，让人浮想联翩。他还注意到，她有一双小脚。

当初《雪花秘扇》在国外上映时，他得了首映式的票，坐的是最好的位置，看着那对以扇传情的姐妹花，在婚后各自隐秘的生活。根本无须露肉，当高圣远演的男主，在洞房时，握住女主的那对小脚，就够性暗示，够使人心神荡漾的了。那是勾引的最高境界。那部片子，把半个洋鬼子的他搞得是七荤八素的，说白了就是看不懂。可那对小脚的隐喻，他是懂了。所以，当他初见苏玳玳时，颇有种一见钟情的感觉。尤其是她看向他时，一瞬之间，她两只灵动的眼睛是茫然的、不对焦的，可就是吸引住了他。

刚开始时，他有想过，之所以对她有意思，不过是自己从来没有碰到过这一类的女孩，而且又中《雪花秘扇》的毒太深。他真正喜欢的，绝对不是她，不用经过相处，他都知道。可见不到她后，他又开始想念。但林雯的那一句，她怀孕了的话又时刻冲击着他的耳膜。一个离了婚的单亲妈妈，尽管年轻，可毕竟已为人母。那是一种责任，也是一种负担，于他而言，没有定性的他，没有承担的心。他约林雯出来，每次都会有意无意地聊起苏玳玳，拐弯抹角地打听她，还发出了约她一起出来玩的暗示。可林雯全当不懂，根本不约苏玳玳，后来，林雯更直截了当地把苏玳玳的男朋友也介绍给他认识。

她什么都不说明白，却断绝了他的那一个迷糊得连自己都要怀疑了的念头。

苏玳玳的男朋友，还是自己的下属。而且看得出，他们也只是刚走到了一起。若不是林雯的阻挠，或许，他也有机会。因为，他曾见到过，苏玳玳会在某个走神的时刻，一直注视着他，她对他也有一种微妙的情感。可真的是来自林雯的阻挠吗？他又反复地问过自己，其实，根本就是自己没有开始下去的勇气吧！追求一个单亲妈妈，需要很大的勇气！

[4]

直达电梯到了，司徒风收回思绪。他托了托林雯往下坠的身体，后来，直接打横抱起了她。

门开后，他把她扔到了宽大的沙发上，如扔一只沙包。他觉得热了，解开了衬衣的第三粒扣子。忽然，见她咯咯咯地对着他笑，他也不恼："怎么，没见过帅哥更衣啊？"与一个酒鬼，他懒得理论。

她慢慢站了起来，跌跌撞撞地进了洗手间，他也不理她。他干脆把衬衣脱了，上面都是她的呕吐物，谁还要穿啊！

谁料她跑了出来，只穿内衣内裤，真的是春光乍泄呀！

看多了比基尼女郎的他，也不得不赞，她有这个资本。幸得，他不是色中饿鬼。他抱起双手，眯着眼睛瞧她：“你有酒后裸奔的习惯？”

林雯是醉得不清不楚了，口齿含糊：“你敢看，我就敢裸。”还是嘻嘻哈哈的。

这让他很头痛。他虽然不是色鬼，但也不是柳下惠好不好，这样挑逗，他也感到浑身燥热了。

于是，他只能没事找事干，把她与他的衣服、裤子、裙子都洗好了，一并晾起来。

她脑子糊涂，可还是感觉到司徒风与平常不同。他收敛起了平常的嬉皮笑脸，展露了他不好相处的一面。他对她不耐烦，他的身周气压很低，他与平常很不一样。她笑了起来：“我发现，你和平时有什么不同了。你没有穿衣服！”

他不理她，转进卧室，洗澡。等到洗完澡，他顺便拿了一件男款的白色丝质衬衣扔给她。她觉得冷了，把衣服穿上，连扣子都扣错了。他叹气，去替她扣好。然后又发现，她这样比不穿还要诱惑人，他忙错开了眼睛。忽然，他发现她不吵了，安静得可怕。他再去看她的脸。她把妆全洗了，干净简单的一张脸，很美。她的脸很年轻，垂下的眉眼，带着淡淡的哀伤。她睡着了，只是眼角尤有泪痕。到底是什么伤心事，使得一个女强人变成了这样？

“阿风，阿风，连你也不理我。”她在梦中喃喃。

那一刻，他的手停在了她的唇上。原来，她在梦中，惦记的依旧是他。他的心一软，抱她回房里睡，等他放下她后，她却醒了，睫毛上是晶莹的泪珠。她没有说话，只是拉住他的衫袖。他怔了怔，可她的唇已吻了上来，与他辗转缠绵。

第二天，是他先醒来的，可他一动，她也醒了。看着她的眼睛时，他才发现，自己是从没有过的狼狈与尴尬，比她吐了他一身，还要狼狈。

见他的耳根都红了，她很诧异。她顿了顿，再开口时便说：“别在意，喝醉了而已。”她把被单卷走，走进了浴室。

他想到她没有衣服换洗，马上把昨天帮她洗好的衣服取来给她，可站在浴室外，走不是，站不是。倒是她镇定，半打开门，取过了连衣裙。

“呃，还有……这个……”他有些语无伦次，把她的内衣裤给了她。而门后的她，也是脸红得火烧火燎的了。

他做了早餐，见她要走，他站了起来，说：“还是先吃些早点吧！”

他以为她会拒绝，但她只是想了想，淡淡地笑着答：“好。”

“昨晚……”他想说什么。

她替他说了:“什么事也没有，不过是一夜情罢了。你不用想那么多。”

真的是他想太多了，想他们的这一段关系，想他与她该如何相处下去。他是喜欢她的，但也仅仅是喜欢，谈不上爱。

“我知道，你想的是玳玳。”林雯停下了筷子，抬头看他。

他倒吸了一口气，没想到她如此直白，把一切道破。

林雯把玳玳与宋子衍的事全说了出来，包括他与宋子衍有几分相似。

“这就是我为什么第一次见到你时，就厌恶你的原因。你和他长得太像，我不想看到玳玳再受到伤害。而且，你也不如乔扬爱她。乔扬才是最适合她的。他不会介意她的过去，你在意。”

她说的话，全是对的。可她没有说对的一样是，他对她的感情。昨晚，他并没有喝多，意识清醒得很，他是在意她，想与她有进一步的发展，才会和她上床，并不仅仅是性。可是，她只把这一切定位为一夜情。

她优雅地放下餐具，取过纸巾，抿了抿唇，要走了。

他一把拉住了她的手：“给我一次机会。”他看着她，没有了往常的玩世不恭。他明白，若她走了，便永远退出他的世界了。这一刻，他才明白，他想她留下来，而他愿意为她停留。

可她只是笑了笑，转身离去。

开门之后，她却看见乔扬与苏玳玳站在了门口。

今天是周末，本来说好了的，乔扬的公司搞活动，可以带伴出席，而昨天就说了，他们到司徒风家等他，再一起去玩的。

苏玳玳的嘴巴已经可以塞进一个苹果了，还是乔扬反应快，拉了拉玳玳，再与林雯打了个招呼：“早。”

“早。”林雯点头微笑，提步离开。

苏玳玳对乔扬打了个眼色，就跑去追林雯，而乔扬则进了屋子。

只见司徒风颓废地躺在沙发上，腿伸得老长。他见到的，总是意气飞扬的史蒂芬，何尝是这个样子过。他看了司徒风一眼，然后说：“如果是认真的，可以把她追回来，何苦在这里装情圣。”

司徒风苦笑了声：“可她看透了我。”

“原来，她也看出来了，你喜欢玳玳。”乔扬说得光明磊落。

“乔，你别在意，那是过去的事了。”他依旧颓废地靠着。

乔扬在他身边坐下：“介意，我就不会和你做朋友了。”

“对，还是朋友好！”他大大地拍了一掌乔扬。他也喜欢乔扬爽朗大方的性格。

而另一边，苏玳玳好不容易追上了林雯。林雯却是一摆手，一副不要再提了的表情。

“可是你们……”苏玳玳不知该怎么说了。

“呀，就没见过比你更纯情的了。”林雯好笑，“一时酒后乱性，往事不要再提。”

苏玳玳觉得可惜：“难道你不喜欢他吗？他挺好的，也喜欢你。老追在你屁股后头的，这多难得呀，我看他人不错。”

“你看谁都不错。”见自己说话冲了，林雯马上改口，“你就别瞎操心了，他不是我喜欢的类型。”

“其实，人与人也讲缘分。我见你和他挺好的，能相处下去，应该也是不错的。”苏玳玳还是心疼她的，“毕竟你也单着太久了……”

林雯想了想，拍了拍她的肩膀，叫她上去，别让乔扬等久了：“你们去玩，玩得开心些。”

[5]

那一天，乔扬公司是在游艇上搞派对，每个人都兴高采烈的。租来的游艇，一艘一艘地开出江去，乘风破浪。

司徒风却躲了起来喝闷酒。他的那一艘游艇是新买的，由于是私家船，所以拥有命名权，可他的船号还未想好，还是一块红布盖着。

乔扬劝他："昨天喝的酒还不够多吗？"

"Sailing，林雯的英文名。她有一颗漂泊不定的心，可也渴望一个港口。"苏玳玳好意提醒。

"那使我想起了一首叫《sailing》的英文老歌，很沧桑，还有些哀愁。"司徒风说，"远航，我在远航。"

苏玳玳点了点头："就是那首歌。林雯就是听了那首歌为自己起的英文名。她的半生都在远航，她早疲倦了。"

"谢谢你。"司徒风多谢她点醒了他。他从来没有想到过，美丽泼辣如林雯，在这个大都市里，也疲倦了。而他总想到前方还有更好的等着自己，他在追逐，而不愿停歇。林雯早看透了他这一点。

他想挽留她，就必须学会怎样去爱一个人。

乔扬牵了玳玳到船上的另一边，让他一个人静静。

对面的那一片游艇，在开舞会，大家跳得热火朝天，是乔扬与司徒风的同事们。今日，他带她出席公司活动，更公开了俩人的关系，而且还说了俩人已经结婚，得到了同事们的热烈祝贺。

苏玳玳很是羞涩，乔扬对她，真是百般宠爱。

有一个同事打趣："结婚这么突然，是不是奉子成婚啊？"

一句话就把苏玳玳说得狼狈不堪，脸色也白了。而乔扬只是揽过她的腰，亲了亲她脸庞，再对同事说："以后你们不就知道了。"

同事们个个都羡慕不已，齐声说："领导，真有你的！"

苏玳玳看着乔扬想说什么，他却问她"饿不饿"。她摇了摇头，可他还是替她取了一碟蛋糕来。

俩人并没有因为苏玳玳家人的关系，而有什么影响。但苏玳玳是敏感的，她非常担心乔扬会不高兴。那一次不欢而散的谈话后，他的公司很忙，是真的忙，连加了一个多星期的班，可无论多晚，她都等他回家，才肯上床睡觉，有时坐在沙发上等，看着电视就睡着了，冷了，就把脚抱起来，蜷缩着，像一只可怜的，遭遗弃的小猫。

乔扬心细，回来时，看见她这样，就知道她想多了。他很心疼，抱她回房睡。可一动，她就醒了。她在睡梦中，眉头紧蹙，可看见他回来，就笑了。她渴望他在身边陪着她，她没有安全感。

所以，当司徒风说要组织活动时，他想也没想，就说要带家眷，把同事们都惊掉了下巴。其实，乔扬为人并不风趣，沉默寡言的时候多，与一般的张江男没有什么区别。以前谈恋爱，他也是淡淡的，所以总不长久。当他再见苏玳玳时，苏玳玳也是推一推动一动的人，若他不改变，她永远也不会靠近他。他才会想着法子地逗她笑。因此，他一说携眷，就把一众下属给吓着了。

“你在想什么？”苏玳玳举起小手在他眼前晃了晃。

他一把抓住她的手，放在唇边吻了吻：“在想，如何讨你爸爸和方阿姨欢心啊！”还不忘眨了眨眼睛。

乔扬养成了每个周末都到方阿姨家报到的习惯。每逢星期天，他一定会和苏玳玳过去吃晚饭的。

方程程已经不再言语刻薄，但是她的反应依旧淡，倒是苏国安热情。

如此每个周末的进进出出，邻里与乔扬也熟悉了，还说方阿姨有福气，有个这么好的女婿，小伙子人也长得精神。

乔扬有一手好厨艺，每次来，都会买一大堆菜，然后做一大桌菜，吃得连挑剔的苏茉莉也叫好。而且，他由于有海外留学的经验，不只是中餐做得好，各国菜色都会一点。知道方阿姨喜欢吃意大利菜，他会做出最拿手的菜色。他不说什么哄人开心的话，但尽量把一切做好。饭后，他还会陪苏国安喝茶或者下盘棋。无论对谁，他都很有耐心。甚至连苏茉莉的电脑问题，也全是他包办。

苏茉莉忍不住称赞："大哥，你比子衍哥还厉害。"

无心的一句话，让苏玳玳很是尴尬，幸得他并不放在心上，只是微笑。

苏茉莉才知道自己说漏了嘴，吐了吐舌头，躲到别处去了。

方程程虽在饭桌上收起了她的尖酸刻薄，可趁着乔扬在忙着整电脑时，悄悄对玳玳说："他现在追你，就样样宠着你。煮好饭菜等你吃。可等你嫁给他了，买菜做饭、做牛做马的，还不是你。"

苏玳玳嘴拙，不答话，只是低着头剥瓜子。方程程叹了一声，也就准备出去逛街了。她约了楼上的陈太太一起去逛街。

方程程进房间换衣服去了，等她再出来，已打扮停当。她的发乌黑油亮，在发尾稍稍烫卷，随意地披散，妆容精致，眼角的细纹十分淡，不认真看是看不出来的。尽管生养过，但腰身依旧纤细，穿了一条短袖的小黑裙，真的是得体优雅、精致。她的那双手依旧洁白，自然而然地搭在红色的香奈儿小挎包上，更显得肤白如凝脂。

她的朋友还未到，她就靠在沙发上等着。

苏玳玳看了看她，想到了自己的妈妈。妈妈也很苗条很瘦，但眼角的皱纹是藏也藏不住的；妈妈的双手粗糙，头发也失去了光泽，妈妈是憔悴的。妈妈过得很不容易，玳玳心中叹了一声，发誓，以后一定要好好照顾妈妈。

从苏茉莉房中出来的乔扬，刚好看到了那一幕，他走过去在玳玳身边坐下，然后低声说："以后的事，别多想，交给我去想。我会好好照顾妈妈的。"

玳玳没有看他，但心底都是感激。

门铃忽然响了，方程程很高兴，陈太太终于来了。

打开门，陈太太一脸晦气，见了方程程，就怨声载道，说自己命苦。

"怎么了？"方程程让了她进来。

乔扬替她倒了一杯清茶："阿姨，喝茶。"他微笑着请陈太太坐下。

陈太太在沙发坐下，开口便是："你就是小乔啊？真是一表人才啊！我们楼里都知道你啊，乖巧又孝顺，还是玳玳有福气啊！"

本是奉承话，但方程程依旧是淡淡的。她和陈太太聊了起来，才知道不过是些家长里短的事。那陈太太在未来女婿那儿受了气，自然是憋了一肚子委屈的。想那陈太太的准女婿也是上海本地人，家中有两套房子，虽然都是老房，但好歹不用自己的女儿跟公婆住，受那闲气。谁承想，也不过是普通家庭的孩子，一说到谈婚论嫁，张口就是婚房不会加上女方的名字。这也没什么，毕竟人家的是人家的，陈太太一家也没什么异议。再说了，陈太太的女儿陈芳本来就有一份好工作，经济独立，自己养得活自己，大家也算门当户对，并不是见到面就矮半分的人。谁知道，男方家还不放心，整日怕女方会谋了自家财产，样样都要算清楚，还要做婚前财产公证。

"这个婚，不结拉倒！我看啊，还是你们小乔懂事，对玳玳可疼爱了。"陈太太埋怨自己的女儿没眼光。

"小乔是懂事，我也喜欢这孩子。"苏国安从书房走了出来，接了陈太太的话。

方程程乜斜了他一眼，再对着乔扬说："可小乔的新房不在市区，还是老远的。"

乔扬听了，只是笑了笑，不作声，给足了方程程面子。

"我说程程啊，你就知足了吧！像小乔，每个周末来陪你们二老，还亲自下厨。这年头，多难得啊！我那女婿，来到我家就跟大爷似的，跷起个二郎腿，只会等吃。"

"会做饭有什么用，"方程程的口气有些不屑，"你女婿挺能赚的吧？听闻还是从国外回来的呢！"

苏玳玳不乐意了，说了一句："乔扬也是留学回来的。"

乔扬按了按她的肩头。方程程要下他面子，他知道。

陈太太啐了一声："仗着他老娘还有些钱，读的外国的杂牌大学，回来了在他爸快要倒闭的小公司混口饭吃，后来，那小公司还真倒闭了，就在外面四处找工，现在还不是做着朝九晚五的小白领，真当自己还是太子爷。我就说吧，现在男多女少，几多育龄妇女，情愿自己过，也不要嫁一个差的。大都市的，谁怕谁哟！嫁得不好，还不如不嫁！反正，这门亲事，我那闺女也寒了心，我看也就算了，省得将来受气。我们也不求大富大贵的，但前提是一定得对我女儿好。”越说越来气，她街也不想逛了，也就告辞回家了。

等陈太太一走，苏国安就在老婆耳边说:“我就说了嘛，还是乔扬好。”

方程程半晌不说话，最后，还是忍不住问了一句：“我说小乔啊，你的房子打算怎样处理？”

乔扬懂得她意思，也就答了：“那套房子，我和玳玳都很喜欢。我已经加上了玳玳的名字，你们不用担心。而且我和玳玳计划好了，我会把玳玳原来住的那套小户型也买下来,接玳玳妈与外婆过来住。那套小户型，是在玳玳一个人名下的。因为要买下两套房子，所以不会有在市区里买房的打算了。”

见乔扬提起前妻，苏国安有些愧疚，坐也坐不住了，说了句“你是好孩子，玳玳有眼光”就回书房了。

见爸爸有些难过，玳玳进了书房去安慰他。而偌大的客厅里，就剩了他们两人。方程程想了想，把手提包放下，解下了脖子上的丝巾，也不看他，说了下去：“你们都看不起我是第三者吧！国安有心结，我都知道。我对玳玳，也确实不够好，不过玳玳能遇到你，是她的福气。我很放心，也祝福你们。”

“谢谢阿姨。”乔扬答，并没有看不起与轻慢的意思，“玳玳一直都说，你和茉莉都是好人。我知道,你也是关心玳玳。我会好好对她的。遇见她，是我的福气。”

方程程笑了笑，忽然觉得无比轻松：“是林秀有好福气，得婿如此，我是嫉妒的。”

俩人相视一笑，往日里的不愉快，都烟消云散了。

其实方程程也不是小气量的人，关于苏国安与林秀离婚后，付给林秀一定的赡养费，她是没有意见的。只是林秀绝对不肯接受罢了，而这也成了苏国安的一个解不开的心结。

另一头，苏玳玳还想着怎么安慰爸爸，苏国安却招了招手，让她坐到自己身边来。苏玳玳乖巧地在他身旁坐下，替他烧水、泡茶。

他说："我知道，爸爸有负于你和秀秀。程程她，把最好的都给了茉莉，对你，爸爸感到很抱歉，"见她要说话，他连忙打断了，"玳玳，听我说。我看得出，乔扬对你是很好，但钱是人家的，我们不能样样都要他的。他有这份心就够了。这里有一百万，是爸爸这小本经营里赚得的，爸爸一直留着，就是要给你的。秀秀那套房子，就不要乔扬背负了。秀秀脾气犟，当年一分钱不要，那现在你也就别对你妈说了，就说，是你自己的。那样，房子写你的名字，也算名正言顺了。凡事留些退路，你毕竟是伤过一次的人了。要懂得留几分爱，给自己。爸爸帮你付一套房子的首付，是不想你在他面前，永远低一头。你懂吗？"

苏玳玳想了许久，又看了看爸爸有些灰白的发，发现他终于是老了。无论他保养得多好，终究是老了。在这个繁华的都市里，苏国安的日子一直过得不错，开一家小小的公司，比上不足比下有余，富豪算不上，但也绝对是衣食无忧的。他对方程程与茉莉都很好，母女俩每年都要出去旅游一次。方程程的霸道，他不是不知道，只是因为太爱她，亏欠了自己的大女儿。他拿着那张支票，很怕玳玳拒绝，于是又说："你别担心你方阿姨。这钱是我早早攒下来的。而且昨天你方阿姨还和我说了，孩子花爸爸的钱是天经地义，怕你被乔扬欺负，让我多替你想想。言下之意，她是同意的。"

"好的。谢谢爸爸，你也替我谢谢阿姨。"玳玳想通了。苏国安毕竟是她的爸爸，如果她不收下这笔钱，爸爸是不会心安的。

苏国安见她愿收，十分开心，摸了摸她的头，说："你一直都是个好孩子，与你妈妈一样，都是有骨气的。我为你骄傲，孩子。”

[6]

一瓶红酒开启，看着红色的液体，慢慢地倒进高脚杯中，宋子衍有刹那的出神。

他与安薇的日子过得十分不好。进入孕中期后，她的肚子渐渐凸显，人变得没有从前漂亮了，她总是埋怨，怨这个孩子毁了她。

孩子，若不是为了这个孩子，他又如何会陷入如今进退不得的境地。孩子,于她而言,不过是一件武器,是一种达到目的而做的手段。这样的她，十分可怕，不再是从前那个解语花一般的红颜知己。

父母去得早，宋子衍从小寄人篱下，没有身世背景，为了生存，活得十分艰难。他一直渴望有小孩，但他只想把最好的给孩子，所以在他没有功成名就时，他一直和玳玳都有避孕。玳玳很理解他，也觉得俩人还年轻，等到了三十岁再要小孩也不晚。因此，俩人拼命地工作。

在他事业刚刚起步时，安薇对他说，有了孩子。他纵然背叛了玳玳，对安薇也有愧疚,更何况,这是他的孩子,是一条生命,他不忍心扼杀了他。若不是他知道了真相，或许，他与安薇还是可以相敬如宾地过下去的。

再说了，他与安薇，也并非没有感情。他知道，她爱他，他也喜欢她。她很聪明,也懂得倾听。俩人刚结婚时,也有过一段柔情蜜意的日子。他体贴她，感谢她为了他而受怀孕与生儿育女的辛苦。

可他终究是敏感的，当他与她一起出入公司时，她依旧自然大方，可他总觉得别人看他的眼光里，是有鄙夷的。他不愿做黄马褂，更不愿意靠女人上位。幸而，他的上司很信任他，看好他，给了他许多机会。他也一步一步证明了自己。那些人对他，从最初的鄙夷，到如今的佩服，离不开他的努力。但他永远忘不了，那些人曾经的眼神。毕竟是安薇给了他机会，让他一步步走到今天。

他开始想念玳玳，与玳玳在一起，他没有压力。他嘲笑自己，终究不是一个做大事的人。一个做大事的人，是不会问自己如何爬起来的，他只需要成功。借力，只不过是一种手段而已。

见过玳玳后，他更加不可自拔。他买下了那个年份的所有的思凡。他会在睡前喝一杯。安薇并不傻,看出了他的心不在焉。她会冷讥:“怎么，又想念你从前的小妻子了？这酒，是她爱喝的吧！”

他说她多虑了。于是，俩人便吵了起来，她把红酒全推到了地上，碎了一地。她开始大笑：“好了，终于可以真正地凭吊你和她逝去的爱情了。”

后来，他就不常回家了。

夜里,他都会去遇见喝酒,一个人慢慢喝。他在那里存了许多箱思凡。后来，连店长都忍不住问他：“是不是因为上次来的那位苏小姐？”

他笑了笑：“还是张小姐看得通透。”

店长摇了摇头，走开了，没有再打搅他。

后来，他问过店长，玳玳有没有再来过。

店长摇了摇头：“苏小姐，再也没来过遇见了。”

长期与安薇冷战也不是办法，她还怀着他的孩子。他心底黯然，但也接受现实。他与安薇进行了一次详谈，他说愿意好好经营这个家，给孩子一个好的未来。她的笑容有些悲哀，说的却是：“你爱的，依旧是她。我以为，我的付出，最终会得到你的回心转意。可我错了。”

那一刻，宋子衍是自责的，由始至终，他都做不好一个丈夫，无论是对玳玳还是对她。那一晚，他俩有了温存。他是怜惜她的。他说，他知道她的苦，他会试着努力。

玳玳一直藏在了他的心里。他没有再去找过她,因为她身边有了乔扬。

日子一天天过去，倒也风平浪静。每晚，他都会在家里，陪伴安薇。只是彼此已从过往的无话不说，到了如今的沉默是金。

如果一直这样下去，倒也是好的。可有一天，宋子衍从公司未来新的合作伙伴里，看到了时光集团的名字。他知道，他与玳玳，在将来，还会有交集。那颗心，在刹那，重新跳动了起来，跳得那样急，那样快。

他苦笑，自己真是不堪。

时光集团在搞新的研究室，这个项目是苏玳玳协助负责。她升了职，工作量日益繁重。她已有将近五个月的身孕，孕后，一直按食谱吃饭，也没有长胖多少，衣服稍微穿大一号，宽松一些，根本没人看得出来。

她负责的只是全球大采购这一块。因为她有一个特殊的鼻子，她可以闻出许多细微的味道。尽管，她不会调香，也不是调香师，但总会在关键时刻给出分量极重的建议。所以在新建起的“皮肤测试与护肤品开发”研究室里，苏玳玳是常客。

她负责挑选出最好的、最适合的原材料，还要和全球买办打交道。幸而，这几年她也磨炼出来了。在这个岗位上，也算是长袖善舞，与各个客户的关系处得很好，获得了首先挑选原材料的机会。

她干得出色，所以引起了时光幕后大老板的注意。

说来也是巧合，时光的幕后大老板，也是一位传奇女性，且年轻。她与丈夫一起经营时光集团，成功地打造出东方的护肤品帝国。她的名字叫汪晨露，只有二十七八岁。

苏玳玳有幸见过大老板，还因为大老板没有架子，她错认了人，闹出了笑话。

当时，她还是一位小员工，偶尔在香水实验室里帮忙，平常在各家分店与总店里做销售。有一天，大老板来视察，没有人知道衣衫朴素的她就是汪晨露，还以为一边陪着的亚洲区 CEO 吴小姐是大老板。

所有的员工都对吴小姐大献殷勤。而苏玳玳留意到汪晨露有些累了，于是问汪晨露需不需要茶水，并请她们一行人坐。吴小姐留意到苏玳玳没有涂香水，也就随口问了一句。她说，她用不惯香水，一向只用自制的香囊。这引来了汪晨露好奇的目光。于是，吴小姐示意她说下去，而旁边的店员与店长都笑她是土包子。

时光的产品很多，自然也包括香水。只是时光主打的还是护肤品与高级美容连锁沙龙，因而在员工着装方面，只要求穿时光的工作服，但妆容与香水可以自行选择。可以用她们送的化妆品与香水样本，也可以用别家的。体现的是包容并蓄的理念。所以有的员工用时光的香水，有些则是用别的牌子的香水。只有苏玳玳是例外，她拿出了挂在脖子上的香囊，一股异常的清香扑鼻而来，无人识得这是什么香，只有汪晨露闻了闻，赞道："芝兰，杜若，颇有古意，加入茉莉花作主香，难得的馥雅甜蜜，一派天然，有它的可取之处。与香水比，它很可爱。"

所以,苏玳玳被调到了其他部门,开始了新的实习,全方面锻炼。后来，汪晨露还召见过她，因为她还是个化工高手。

汪晨露说："你还是适合技术部门。"并提出了可以送她到国外深造，"我需要一个人才，一个亲信。"

只是,那意味着她得错过许多,例如家庭。所以,当时她没有立即答应。事后，许多人都说她是走了狗屎运，得大老板相中。一时流言蜚语四起，但更多的人说她不过是个土包子，如何够格做个专业人才，尤其是调香部门的，挤对她最厉害。而汪晨露则说了一句很中肯的话："在国外，许多大师级的调香师，一生从不用香水，他们的鼻子都是受到保护的。他们可以创作出许多经典的香水，可他们一生都不能再用香水了。"她看好苏玳玳，并不在调香上。

后来，苏玳玳升任总监助理，也是得了汪晨露钦点的。只是，这一切，苏玳玳都不知道。汪晨露知道，苏玳玳的鼻子，可以为时光创造财富。

与全球大买办搞好关系，并不是一个简单的任务。如果，负责人是个连原材料都不懂与无法分辨的人，也不懂化学变化，那人家如何与你谈生意，而这一切，都是一种天赋。苏玳玳正好有这种天赋。于是，研究室的事，是她在协助管理。网络安全是很重要的一项。如果研究室里的机密外泄，或被商业对手窃得，将会是很严重的事。毕竟，投资一个研究室，是需要花费天价的。所以，经过几个部门领导的商议，决定聘请以“全网络安保系统”闻名的康弘科技集团作为合作伙伴。

当苏玳玳看见这个名字时，怔住了。但是，她想，没关系的，这个合作项目如此庞大，请来的一定是有分量的人。不会那么巧，遇到他的。

可是，世事永远出乎她的意料。

第十三章

/不是冤家不聚头/

[1]

苏玳玳在工作上能独当一面，可一遇到感情的事就摇摆不定了。用林雯的话说，就是高分低能，智商正常、情商低。

晚上本来是约了乔扬出去吃饭的，可苏玳玳早已是坐立不安了，还未到下班的点，就在写字楼里来回走个不停。小助理想问她怎么了，又怕打扰了她，搞得办公室的人也跟着紧张。看到小助理那一脸的担忧，苏玳玳才想到，自己也是当了半个小领导的人了，还要带队的，岂能在队员面前丢脸。

于是，她赶快回到自己的位置上，正襟危坐起来。由于她刚升职，所以办公地方也由大厅里的格子间，搬到了总监办公室的外面，地方十分宽敞，也安静，旁边没有人看着，只需为总监服务而已。她按捺下心里的慌乱，认真地核对起采购商的名单来。

到了下班时间，她难得地准时冲了出去，手里还带着合作方的名单，被老员工看见了，一把拉住她，说不能把名单带出去的。她才回过神来，自己已然是乱到极点。

推掉了乔扬的约会，她与林雯在外滩边上的西餐厅吃饭。林雯依旧是不紧不慢的性子，见了她，也就笑开了："怎么得闲约我吃饭了？不用跟小乔过甜蜜二人世界啊？"一脸的打趣。显然林雯到得早，等得久了，手边一本杂志都翻完了。

苏玳玳心急火燎，一坐下来，就一股脑地把事情说完了，然后再问了一句："我该怎么办？"

林雯一副恨铁不成钢的样子，猛地戳她脑门："你有脑没脑啊？就算是他公司又怎样？难道你要辞职不干？你还要生娃，等着钱用呢，难道你还想乔扬养你？"

苏玳玳瘪了瘪嘴，也无计可施。正纠结着，菜就上了桌。先是来了一杯餐酒，雷司令，清甜可口；再来了一杯温牛奶；跟着是头盘，鹅肝夹心面包，然后才是主菜牛排，和最后的甜点。

西餐吃牛排是没什么新意的，难得的是，是从澳洲空运过来的顶级和牛，林雯那份是三成熟的，保持了顶级肉质的鲜味，而玳玳那份是全熟的，周到体贴。苏玳玳瞪大了眼："哎，你预先点的？"

林雯没说话，手支起来，抵着下巴，眉黛蹙起，显然是有烦心事的。她低下头，刚好看见翻滚的江水，游艇会刚好在下边，各艘游艇飞跃，激起浪花片片。傍晚的天空仍是明媚的，闪着一两点极淡的星光，月晕溶溶，也是淡极了的，西边处还挂着金黄色的"咸蛋黄"，斜阳夕照，江面染成点点金黄，一浪一浪地堆积，如披了一张金箔羽衣。

而司徒风的游艇就在江面之上。他也在这里，此时的他，不过是抬首相望，只是琼楼玉宇层叠，犹如关山重重，阻隔了他的视线与思念。他今天是到了她公司的，本来是想约她吃饭的，可她一口拒绝了。他无法，只能跟在她身后，见她来了这儿，便替她预订了菜。她并不理会他，只翻着手边的杂志。他问："你今天没空，明天可以吗？我明晚请你吃饭。"她不答，说起了别的："玳玳马上就到了。"也不是很厌恶、态度很恶劣的语气，只是在下逐客令了。他沉默了一会儿，道："那我明天再来。"

见林雯久久不作声，苏玳玳明白了过来，道：“是阿风？”

“不说他。”林雯笑了笑，喝光了一杯酒，可菜没有动过一筷子。

俩人都有无穷的心事，菜也变得难以下咽了。

与玳玳分开后，林雯直接走到了游艇会。由于没有会员徽章，她被拦在了门外，还是司徒风跑了出来。他眼尖，老远就看见了她。先前她在江边慢慢走来，袅娜娉婷，身上是一袭波西米亚风的墨绿碎花长裙，将她蜜色的肤色衬得更加明亮。

那些个富家公子吹起口哨，埋怨侍者不近人情。司徒风迎了她进来，她也就懒散地跟在他身后，到了他的游艇前。

她忽然站住，没有上船的打算。司徒风看了看她，伸出手要拉她上船。

她笑了笑，说：“这里挺安静的，我话也不多，就在这里说了吧。”

单独的船位，四周自然无人观看热闹了。可那侍者倒是不会做人得很，居然在这时托了盘子过来，递给她一杯鸡尾酒。她接过，不愿被人看了笑话，也只好随了他上船。

“我们别绕圈子了，你究竟想怎样？”林雯问。

只见她的眉轻轻挑起，与往常的随心所欲大为不同，他苦笑了起来，他还能怎样？

“我只想要一次机会。”

“不过是一夜情罢了，你不至于念念不忘吧？又不是拍偶像剧，至于吗？这种游戏，你在加州的时候，不也常玩？”林雯讥讽他。

“你明明知道，这不是一场游戏。我没有想过逢场作戏，我是喜欢你。”他看着她的眼睛，恳求一次机会。他游戏花丛惯了，许久不曾认真。可好不容易认真了一回，但花花公子的罪名是坐实了的，想抹也抹不掉这个名声了。

“你何曾认真过呢？于你而言，什么都是游戏而已，生来，你什么都有，好的容貌、家世、金钱，可我只是普通人家出来的孩子，这样的游戏，我玩不起。”林雯垂下了脸。

晚风吹起她的裙子，吹起她的长发，夕阳金色的光，暖融融的笼罩着她，美得像一幅油画。他伸出手去，抚了抚她的一头长发，然后说：“我听玳玳说起过，你曾为了看一场秀，而舍不得吃，舍不得睡，在秀场里一站就是一天。她说，她很佩服你。其实，我也是一样的。我没有看轻你的心，从来也没有。我知道，你一直过着流浪般的生活，你藏匿起了所有的苦，展现于人前的，是最光彩的你。你害怕受伤对不对，所以把自己包裹起来，一层一层地裹，裹成了一只茧，而你不愿出来，你觉得，茧里才是安全的。”

见她抬起了头，看他，他默了默，说：“给我一次机会好吗？”

[2]

康弘集团与时光集团为了更好地合作，决定成立一个子公司，由康弘做控股方。这是康弘总部的决定，之前一直有和时光接洽，方案谈了许多次，到了这段时间，才真正拍案，决定了下来，找了一个空壳公司，借壳上市，一切操作得十分顺利。

如今的宋子衍已升为中层管理者，技术层面的事情都是交给下面做了。所以新的子公司的事，也很顺理成章地交给了他打理，因为，这个项目他本来就有份参与，也离不开他这个技术骨干。

更为顺理成章的是，他成为这个子公司的副总经理，可以说整家子公司，实际上都是他在管理了。他把原先的精英团队都带来了新公司，人前人后，大家都尊称他一句“宋总”。如此顺风顺水，他不是不烦恼的，他记起的，总是那一双双鄙夷的眼睛。

幸得，那位一直看好他的老管理者，对他说了句掏心窝的话：“小宋，你别妄自菲薄。总部的高层不是傻子，一个人如果真的是做不了事的，你以为还会升得如此快？无可厚非，没有身世背景，二十六岁是绝对坐不上这个位置的。多少总监级别的，不都是在三十五岁以上，你能年纪轻轻坐到这个位置，没有安小姐，是做不到的。但反过来说，你没有这个能力的话，这个位置你也是坐不稳的。一切还是变实力说话。伊本先生的那一个项目，令你崭露头角，总部看重的，是因为你是一个人才，而非你与安小姐的关系。安小姐只是替你牵桥搭线而已！”

陈令峰已经四十多岁了，在康弘工作了二十个春秋，哪个是人哪个是鬼，一眼就看出来了。他是人力部的总监，管理人才，是他的工作。他一直看好宋子衍，给了宋子衍许多机会。只是宋子衍没有世家背景，也非名校海归，自然许多事情轮不到他。如今，这个徒弟有出息，陈令峰也是高兴的。

得了陈总鼓励，这才使宋子衍坚持了下来。

因为宋子衍是该新公司负责人的原因，与时光的接触，便越发多起来。自然，接触的也是时光的这个“总”、那个“总”而已。许多的饭局里，形形色色的人走了又来，来了又走，他期盼过，失望过，后来也就释然了。还是古话说得好，相见不如怀念。更何况，他再见她，只会徒增她的烦恼而已。她说过的，不要再去招惹她。

而另一方面，苏玳玳是完全不知道，这个负责新研究室网络安全问题的负责人就是宋子衍。她知道，时光是与康弘的子公司“新科高弘”公司合作。但那个传说中新调来的副总是谁，她并不关心，自然也想不到会是宋子衍。

那一天，本来是该总监的私人秘书去应付一个舞会的，但因为对方不舒服，只能由她顶上。

她也并非第一次出席这种场合了，并没有多紧张。事前在办公室里换了小礼服，拿卷发棒随意地把发尾卷了卷，又学着茉莉教她的方法，化了一个精致的淡妆。一切妥当后，她就去敲了敲总监的门。

侯总监请她进来。

侯总监还在忙着，正在签署文件。见到她来，他头也没抬。等他忙完了，才发现她站着等了许久，他有些抱歉地说：“都忘了请你坐了。”抬起头看她，不觉眼前一亮。

平常，她总是穿着朴素，永远是不同的白衬衣配黑裙或黑裤，冬天一件毛大衣披在外面。而且，她从不化妆，不会像旁的女职员，总是打扮得花枝招展。所以，他极少注意到他的这个助手，是个什么样子。印象里就是小小白白的一张脸，模糊得很。

而今日，她穿的是公司赞助的小礼服裙子，白色针织蛋糕连衣裙，带着纯洁而又甜蜜的少女风，居然十分出彩。不是美艳，更不是大鸣大放的那种美、那种张扬，可就是漂亮、舒服。侯总此刻才发现，这位员工有张可爱耐看的娃娃脸，而且人年轻，化了淡妆，不仅五官精致，还是清丽无匹的，竟比那些浓妆艳抹的美艳女人还要招人眼。

可苏玳玳哪想到那么多，见侯总监老看着她，她忍住扯裙摆的冲动，小心翼翼地说："侯总，我是不是有什么地方不妥？"

"没有，小姑娘这样穿挺好看的。我看你人也年轻，以后多打扮打扮，别整日像个路人甲。我家那女儿才十五六岁，就懂得要打扮了。"他温和地笑了笑，"好了，我们过去吧。"

苏玳玳是侯总的舞伴。因此到了国际大饭店时，她一直挽着他的手。

舞会是由两个集团一起举办的，到场的人很多。

宋子衍的舞伴，当然是他的妻子安薇。安薇胎儿安定后，又变得漂亮艳光四射起来，尽管肚子微凸，但一身剪裁得体的玫红色裙子，还是将她的特点展现了出来。

安薇是个有魅力的女人，自然有许多裙下之臣，再者，她是上流圈子里的宠儿，是城中有名的名媛，许多贵公子争相上前与她问好。而她一一与之周旋，长袖善舞，依然是这个圈子里的女王。

这样的上流派对，女士们一个比一个漂亮，每个人都在争奇斗艳。而比的无非是谁的珠宝多，谁的珠宝名贵而已。

侯总事前就想到了，按照汪晨露的吩咐，在车上时，就把珠宝盒子打开，让玳玳戴上。那是一对钻石耳环与一只钻石镯子，并不奢华，但和她的清丽脱俗很相称。苏玳玳觉得好奇，也认不得商标，还笑问："怎么不是卡地亚？"

"暴发户只知道卡地亚。这是'辜青斯基'，真正的古董货，百多年前的老物件。"侯总没再说什么了。

这让苏玳玳羞死了，但也只是吐了吐舌头。她的那些调皮的小动作，没有躲过侯总的眼睛，侯总打从心底里喜欢这个小姑娘。她与他的女儿一样，活泼天真。他想，汪晨露真的是看得上这位员工，居然将丈夫汪柏送给她的生日礼物借出。

于是，他说了一句："汪小姐十分看好你。"

"啊？"苏玳玳不明就里。

见她一脸的憨态可掬，他也就没再说什么。

[3]

舞会上，衣香鬓影，多的是华服美人，每一处皆华美绝伦。舞台上，乐队在演奏爵士乐，舞池正中，三五对男女在跳着舞。其余的宾客，三五成群，在聊着什么有趣的话题。

苏玳玳一进场，就被这样奢华的场面给镇住了，可恨脚下鞋子跟太高，她一歪，就要摔倒，幸好侯总眼尖手快，揽住了她的腰，扶稳了她，还自然而然地踩起舞步，随着音乐，带她转了一个圈，轻舞到舞池中央，跳了一支舞。

舞是舒缓的慢舞，并不难跳。公司里有交谊舞培训，玳玳去学过一个学期，因而舞姿很不错，只是苦于鞋子太高，鞋跟又太细而已。她不好意思地说："真是麻烦总监了。"

"应该的，男士该护着女士。你鞋子高，我们下去吧！"于是，侯总领了她从另一边退出。一时之间，镁光灯闪个不停。原来，这侯总也是城中名人，今日带伴来此，舞伴也是娇俏可人，一老一少，一个衣冠楚楚儒雅绅士，一个甜美动人憨态可掬，倒成了风景。

旁边的一个贵妇，脸露不屑:“真是土包子，一看就是没见过世面的。”

她旁边的男士如入了定般，一动不动地看着舞池的另一边，全然没有听见那贵妇的话。另一个年轻一些的名媛说道:“是土了些,但眉眼精致，也算是个可人儿了。”

其实，当苏玳玳进场时，她的素雅就引得一众城中名媛贵妇的议论。因为这个圈子里，苏玳玳还是第一次来，是个新人。与一众贵妇的珠光宝气相比，她的配饰十分简约，且容貌秀丽，一张动人的娃娃脸，妆容也淡，反衬得她比在场的女士更像一个活生生有血有肉的人。

因此，那些贵妇是嫉妒的，嫉妒她的年轻，无须修饰。

“我瞧着，倒和时光的女继承人汪晨露小姐有几分相似，都是清丽无匹的。”舞会上的女王走了过来，加入了谈论的圈子。她的丈夫刚好站在这群妇人的旁边，她挽住了宋子衍的手，“那小姑娘挺漂亮的，不是吗？”

本是一句俏皮话，可宋子衍的脸色有些苍白。他没想过，会在这里遇见玳玳。而更难堪的则是，安薇也在这里。安薇并不知道玳玳就是他的前妻,可一旦见了面,纸很难包得住火。他强压下所有的情感,只是“嗯”了一声。

安薇说：“她可不土。与只知道‘卡地亚’‘蒂凡尼’的暴发户比，她佩戴的可是波兰古老的贵族珠宝‘辜青斯基’，那可是顶级的奢侈品，它的风格是宝石极其大颗，镶嵌则较为简单。因为珠宝本身就是世界上最美丽的物体，不需要过分繁复的装饰来掩盖它本身的光辉。”

一句话，讽刺了那些庸俗的中产者。而苏玳玳与侯总刚好来到了他们的身边，听清了她的话。

侯总上前，与宋子衍夫妇握手：“宋总，难得您今天也过来。”转而介绍给玳玳，“这位就是我们的合作伙伴，宋子衍宋总，这位是他的夫人，薇薇安小姐。”

苏玳玳一直忙着看脚下的路，怕再摔了，根本顾不上看来人，任由侯总领路，忽然听得他如此说，猛一抬头，连眼睛都有些发红了，可还要笑着装不认识。她努力让自己笑着：“宋总好，薇薇安小姐好。”

侯总是什么人，早发觉了她的不对劲，于是抢过了介绍说：“这位是苏玳玳小姐，是我们研究室的负责人，专门搞研究的，以后你们可以多多交流。”说着，就引了她到一边，见无人了才问，“怎么了？”

苏玳玳咬了咬牙，觉得还是不该瞒着的好。于是，她道：“宋子衍，他是我的前夫。”已经带着哭腔了。

幸得这边人少，他让她在走廊的沙发上坐下。等她情绪安定下来了，他才问：“宋总的妻子，知不知道？”

苏玳玳摇了摇头，可她又怕失职，马上说：“我可以胜任的。”

见她一脸可怜巴巴的样子，那年纪也比自己女儿大不了多少，而且，汪小姐也如此看重她。于是，他叹了口气，道：“那这个项目，你好好处理。实在不行，一定要跟我说，有些事情要以防万一。再者，薇薇安不是好惹的，她可是商界里的女强人。这个项目，你绝对不可以搞砸了。”

“谢谢！谢谢您！”苏玳玳连忙站起鞠躬。

侯总阻止了她：“先别谢我。这件事，我还要对汪小姐汇报。你的去与留，得看汪小姐意思。”

另一边，苏家可谓是发生了一次，史上最严重的风暴。

原来，有感情烦扰的，不仅仅是大姐苏玳玳，苏茉莉也遇到了同样的难题。

姐姐是淡然的眉目，是那种耐看的美，与姐姐不同，苏茉莉是惊艳的美。苏茉莉长得像妈妈，且又继承了父母二人中最最好看的部分，所以她比妈妈还要美。

按理说，这样的美人是不愁嫁的，可她的情路并不平坦。方程程抱着奇货可居的心态，在女儿面前，说的永远是“结婚是女人的第二次投胎，是门技术活，你姐姐就是前车之鉴”，不然就是“一定得嫁个有钱人”。

念叨得最多的，永远是“嫁个有钱人”五个字。

苏茉莉也是心气高的，在大一时，因为机缘巧合，认识了来学校做演讲的青年企业家，男的英俊多金，女的俊俏美丽，本来是绝好的一对。那“金多宝”般的男人，确实很爱她，豪宅名车，只要她愿意，都是她的。他还会送许多奢侈品给她。可苏茉莉的脾性多少像爸爸，尽管读书成绩一般,但也绝对不是一心通过嫁人来改变命运的人。她更多的是想靠自己，有自己的事业，她愿意去吃苦，只要是值得的。

可“金多宝”并不这样想，再者，他将来必然要娶家族指定的豪门女子为妻。他能给她的，除了名分，什么都可以。但苏茉莉看中的，只是他的人，而非他的金钱、地位。她只想在她需要时，有人陪着她；在她伤心难过时，有他在旁安慰倾听，这样就够了。于是，拉扯了两年，他们还是分手了。

分手那会儿，她也撕心裂肺地痛过，可是她并不后悔。是她主动退出了他的生活，她保留了自己的尊严。可妈妈并不知道这件事，见她将要毕业，忙着替她安排相亲。不是这个总，就是那个总，从来没有想过她要什么。

这些事，她都跟苏玳玳说过。作为姐姐，看见妹妹有此主见，是支持她的。后来，苏茉莉又恋爱了，这一次不同，爱得是天雷勾动地火，苏茉莉本来就是敢爱敢恨的女子，又因为她年轻，因为她美丽，她勇敢而执着地追求爱情。她在那一段感情里，爱得真切，毫无保留。可对方是个律师，做事一切严谨，想的比做的多。他不是不爱，只是他更爱自己，当有更好的选择，他离开了她。

这一次的打击，对于苏茉莉来说，是毁灭性的。她午夜买醉，还莫名其妙地与人发生了关系，真的是乱到了极点。

事后，她没有人可以诉说，只能找姐姐倾诉。

苏玳玳是个单纯的人，一听到这件事，就说要报警。最后，还是苏茉莉抱着疼痛欲裂的头，哭着说：“别报了。他是个好人，见我喝醉了，替我付了账，还安慰我，要带我回家，可我当时真糊涂了，手机也没电，他找不到我家人，把我带回了家。是我先吻的他，我当时太乱了，只想有个人可以陪陪我……”她说不下去了，哽咽，“反正错的是我。天还未亮，我是逃着离开的。他不是坏人。”

于是，姐姐也只能叹息一声。

可缘分的事情，实在很难说清。那个男子，后来一直在找苏茉莉，他不认识她，只记得她对他说，自己叫茉莉。他每晚都在那个酒吧等她。

后来，他与她重新遇见了。他一直追求她，她烦了，躲起来，可他依然锲而不舍。他永远忘不了苏茉莉的泪水，只觉得，想要好好地安慰她，陪她说话，而不是发生关系。他跟她道歉，一千次一万次，后来，她觉得累了。而他一直紧追不舍，她便试着和他相处，俩人交往下去，她才明白，平平凡凡才是真的道理。她知道，她喜欢他。所以，愿意和他认真发展。他很包容，她才发现，过去的自己一直是多么任性。

他们之间的故事，点点滴滴，苏玳玳都是知道的。茉莉变了许多，人也变得成熟起来。经历了那样剧烈的两次情感之后，她要的，只是一转身，那个他，还等在那里。可看着苏茉莉一提起妈妈时，小眉头紧蹙，玳玳就忍不住心疼，试探着问：“他……他是不是……”

还是苏茉莉了解这个结巴姐姐，她直接道：“他住金桥的，没钱，但对我好。”然后学着妈妈尖酸刻薄的语气说，“对你好，有什么用？他有钱吗？有房子吗？对你好能当饭吃？你嫁给他，还不是要活受罪！”

说得连苏玳玳都眉头颤抖。

后来，方程程还是发现了。她替女儿找了相亲对象，帮他们约在外滩的餐厅里吃饭。可苏茉莉转头就跑了，说自己有事，然后跟男朋友去逛步行街了。南京路步行街离家里没多远，偏偏在同一个商场里，俩人就遇见了逛街的方程程。

回到家后，那一场风波，苏玳玳是连想都不用想，就知道其惨烈的。

苏茉莉与方程程彻底翻脸，搬出了家里，住到了姐姐家。

难得的是，乔扬倒不介意，很是欢迎这个小姨子入住。苏玳玳不知怎么安慰妹妹，倒是茉莉笑着说："如果老妈知道你们早领了结婚证，不气死才怪。"夫妻俩相视一笑，觉得放心了，这小妹妹还会开玩笑。

彼此熟了，乔扬和姐妹俩聊起，谈及如今的上海姑娘，他说："这上海姑娘嘛，有实在的，真心过日子的，可有些也的确是太势利。"

于是，他说起了他们公司的小李。想那小李早早在金桥置下房产，人也算是上进的，自从背上房款后，连抽的烟都换成了最便宜的，后来为了省钱，硬是戒掉了，一心想和女朋友结婚。

谁知道，那女朋友根本是骑牛找马，一找到条件更好的，就甩掉他了。为此，他也是意志消沉了许久，可这段时间，终于好了起来，因为遇到了一个愿意陪他吃苦的，也不介意他住哪儿。可女方的父母坚决反对。

苏玳玳叹息："你的同事倒真是可怜。"

"是啊，李刚毅人真的不错。如今的年轻人里，肯吃苦的不多了，偏偏他是那一类，人也勤奋，工作认真，样子也长得好……"

乔扬的话还没说完，就被苏茉莉打断："什么？姐夫，你说谁？"

"李刚毅呀！他父母是上海知青，他大学时好不容易从江西把户口调回来的。"乔扬答。

"这世界真是太小了。"苏茉莉惨叫一声，捂住脸。

苏玳玳不可置信地看着她，惊讶道："不会是……"

"对，他就是我的男朋友。"苏茉莉再次呻吟了一声。

乔扬与苏玳玳互看一眼，真是"不是冤家不聚头"。

[4]

不是冤家不聚头的又何止是苏茉莉与李刚毅那一对。很多时候，苏玳玳都觉得上天是在和自己开玩笑。

在公司里，随着项目的进展加快，实验数据库成了重点保护对象，于是，宋子衍在他们公司是有一间办公室的。

无论她再怎么避，都是抬头不见低头见的。幸而，在同事面前，他还是和她保持了距离，彼此见到了，他也只是称呼一句“苏小姐”，而她亦礼貌地叫他“宋总”。

以前，她总是连名带姓叫他的，每次叫他，总是笑眯眯的。明明那么正常的发音，她却叫得十分甜蜜，“衍”字咬得又轻又短，没有拖音，“宋子衍”三字连在一起读，十分悦耳好听。每次她叫他，都是含了一点笑。而他也是笑着回应“嗨”。

明明那样甜蜜的过往，如今，只换来了一句“宋总”。

他从同事那里，听说乔扬对她很好很好，明明在金桥工作，只要不忙，都会来接她回家。俩人非常恩爱。

一般同事之间，有时候总需要一起吃个饭，联络联络感情，可只要有他在场，她都是不参与的。她在极力和他保持距离。

那一次，她实在是推不了了。同事最后都笑她了：“怎么，这么急着回去陪那位啊！我说你们小两口也不用那么甜蜜吧！我们可是会嫉妒的。”

她的脸都红了又转白，欲言又止，再看向等在一旁的他时，他自己也是苍白的一张脸。她无话可说，又被一群同事推着去吃饭。最后，还是他替她解了围，他说：“我看苏小姐有些不舒服，大家就别难为她了。”

顺理成章地，他送了她回去。

一路上，两人都没有话说。车子就那么大，空间密闭，连她的呼吸声都可以听得见。他看了看她，她攥着裙子的手，都白了。其实，他也知道，不该和她单独相处，俩人的关系究竟还能在人前维持多久，谁也不知道。他很烦躁，在车上时，就不停地吸烟。

她转过脸来，动了动唇，却没有把话说出来。还是他察觉了她的异样，说了句“不好意思”，把烟按灭在了烟缸里。

不知过了多久，她才低低地说了一句：“你以前从不抽烟的。”那样低，几乎听不见，她又说，“对身体不好，还是不要抽了。”

他眼眶一热，觉得泪水都要出来了。很久后，他才“嗯”了一声：“以后不会了。”

她让他在最近的地铁站把她放下。他已无可挽留，便按了她说的做。也是，难道送她回家，让乔扬看见吗？

后来，他就一个人去喝酒了，喝得很醉，连怎么回家的都不知道。那段时间，他过得很难堪，面子上一切都是好的，是平静的，可心里千疮百孔。就连安薇也看出了他的不对头，可她什么也没说。

本以为，日子就这样过着了。

可当有一天，他踏进时光总部时，他的办公室里，坐着安薇。她笑：“我调过来帮你。”

原来，她都知道了。

每天到得最早的就是他。因为他知道，玳玳勤奋，过来得早。他不自觉地往办公室外看了看，她还没有来。可下一秒，他就听见安薇说：“苏玳玳小姐很漂亮不是？”见他苍白的一张脸，她又笑了笑，“玳玳，玳玳……这个名字我都听得耳朵起茧了。哦，对了，你喝得很醉的那晚，不是打电话给我了吗，不过我想你按错键了，你说：‘玳玳，我想回家。’自然是我接你回家的，你希望是她带你回家吗？”

宋子衍上前一步，双手握紧了安薇的肩膀，低声道：“安薇，别在这里闹。”

“我闹了吗？我可是什么也没做啊！这个项目我也有份，我只是过来帮忙而已。”安薇正说着话，外面就传来了敲门声，然后就听见苏玳玳的声音——

“宋总，这个数据库更新后，状态有些不稳定，我的电脑黑屏了。我需要查一些资料。”

她推门进来，然后看见安薇，脸色一瞬间就白了。

她努力地笑了笑，然后道：“薇薇安小姐好。”再接着，她已说不下去了，“我还是不打扰你们了。”跟着就要出去。

倒是安薇迎了上去，笑着说：“我是总公司调过来帮助子衍的。这个项目，前期也一直有参与，我帮你处理一下系统吧。”

她装作一无所知，没有当场发作，宋子衍不知该不该松一口气。

陆陆续续有同事进办公室了，都在向他们打招呼。

苏玳玳一怔，答：“好的。那就有劳薇薇安小姐了。”

“都是同事，叫我薇薇安就行。”安薇说道。

苏玳玳看了眼安薇微微突起的肚子，不知怎的心里酸楚一片。

她笑着点头：“好的，薇薇安。”

她的视线，宋子衍是瞧见了的，那一刻，他恨死了自己。

中午时，苏玳玳再也忍不住了。她想哭，可又不敢在洗手间哭，那里是最藏不住秘密的。她跑到了天台上，当所有的伪装卸下，她的泪水就像决了堤一般。她不敢哭出声，只能双手捂住眼睛，任泪水一点一点地滑落，哽咽的呜呜声还是压抑不住地溢出了喉头。

然后，她被人搂进了怀里。那个怀抱很温暖、很熟悉，让她再也无法支撑下去。她号啕大哭，泪水打湿了他的衣襟。

“对不起。”宋子衍低叹。

下一瞬，她便推开了他。她的眼睛红肿，面容憔悴不堪，哪还有往日的半分甜美。泪水那么多，她就像水做的人儿，任眼泪一直流，而她的身体在抖。她想起了安薇的肚子，那是他的孩子。是对她的，无情的背叛。

宋子衍也意识到了什么，说：“我会劝她离开的。”

她没说话，只是倔强地抹干了泪水，转身离去。

下午，安薇没再出现。她的目的已经达到了，她还要回总部开会，她不可能每时每刻待在这里。这里于她，也是种煎熬。

每个星期，她都会过时光一两次，宋子衍对她很冷淡，她爱做什么，也随她。她见过乔扬一两次，是送玳玳来上班。俩人态度很亲密。到了晚上，回到家里，她就会冷嘲热讽：“你那小妻子挺有眼光的，她身边那位，我看就很不错。”

宋子衍冷眼旁观，然后说："这样很有意思吗？"

"有意思啊！我看啊，这真是有意思得很。"她神经质地大笑起来。

宋子衍叹了声，放软了语气："这个项目，是你接的。我事前并不知道她在那个部门。而且，你也看见了，她也有了男朋友，有她的生活，我们何必去打扰。你这样做，自己真的快乐吗？我可以退出这个项目，回到总部去。"

安薇没有作声。

他上前一步，手轻放在她的肚子上，说："你的目的已经达到了。她伤心难过，对你又有什么益处呢？我知道，你心里不快乐，你不痛快，你压抑，这些我都懂。为了我们的孩子，我只希望你快乐。"

她也是累了，想了许久，肩膀垂了下来，看着突起的肚子。这时，肚子里的孩子狠狠踢了她一脚，提醒她，她快要当妈妈了。她捂着肚子，心里柔软一片。她说："孩子动了。"眼底里有了水光。

宋子衍很高兴，他是第一次做爸爸。他抱住她，说："我能感觉到你的快乐。"

"如果我说，我们一起离开这儿，我们去美国总部……"

她的话被他打断，他说："只要你愿意，我们一起走。一家三口一起走。"只要能让玳玳不再伤心，他愿意离开。

他永远也无法忘记，玳玳看着安薇肚子时的眼神，那么绝望、那么难堪。玳玳一直想要一个孩子，和他的孩子，可他总以还年轻为理由。他伤得玳玳太深，他不想再一次伤害她，让她刚愈合的伤口再次被扯开，暴露在光天化日之下。或许，是时候离开了。

[5]

安薇终于答应了宋子衍的要求。她不会再过来上班，但有时，还是会过来等宋子衍下班。

她开一辆白色的小跑，颇为招风。每次到了，也不上去，在楼下等着，宋子衍下来了，便一起离去。

那一段时间，苏玳玳并不常看见他们夫妻二人进出。因为安薇答应了宋子衍，所以也有意避着。再兼，那一天，安薇也没有撕破脸面，依旧是假装不知，所以即使见到了，苏玳玳仍然会笑着和她打招呼。

而安薇总是一脸甜蜜地挽着宋子衍的手，回应她，还会问一句：“玳玳，要不要送你一程？”安薇笑得十分无辜，人也热情周到。

苏玳玳一直不明就里，心里再难过，面子上还是笑着的，说：“不用了，一会儿我朋友就到。”

她没说是乔扬，只为了替宋子衍保留一点面子。她知道，他心里也不好过。

“一定就是同事口中那位二十四孝男朋友吧！”安薇笑她，装得还真的跟她是很好的朋友一样。

苏玳玳一怔，答：“是的。”

安薇看向宋子衍，说：“那我们就先走吧，也不要妨碍别人甜蜜去了。”

宋子衍面无表情，可他的嘴角拉了下来。苏玳玳与他在一起过六年，知道这是他极难过时才会有的表情。她垂下头，告别。

他说：“好的，苏小姐，我们就先走了。再见。”

她也说，再见。可她真心希望，是再也不见。

苏玳玳不是个爱说谎话的人。这段时间，她的心情一直很低落。幸得乔扬体贴她，问她是不是因为调了新部门，工作压力大。本能地，她撒了谎，说是的。可每次看见乔扬看向她时，那温暖的眼神，她就觉得自己恶心极了。她的内心分裂，觉得自己就快要被撕成两半了。

她想了许多，想到乔扬对她的真诚，她觉得自己不应该有所保留。再者，乔扬有空了就会过来接她下班，而早上总是送了她再去上班的。与其撞见了大家尴尬，还不如早早说清。

于是，她把实情告诉了他。

“那是公司的安排，我不知道……”她想辩解些什么，生怕他误会了。

听她说时，他一直很沉默。见她慌张了，他打断了她，抚了抚她的头，道：“难为你了。”

“对不起。”她说。

“傻瓜，你没做错什么。”乔扬握住了她的手，“我很高兴。因为你愿意信任我，才会告诉我这些。如果做得不愉快，可以再换一份工作的。或者，我照顾你，也是一样的，但无论如何，我尊重你的选择。”

本来，他想说，他妈妈准备过来了，到时就可以商谈酒席的事了。可那些话，他说不出口了。他能感受到她的心很乱，需要时间。而这个时候，双方父母见面，显然不是最好的时机。

周末时，苏玳玳有过向林雯诉苦兼求助的念头的。可当她来到林雯住处时，见到林雯一脸憔悴，也知道她过得不好，自己的那些事，也就不好再提了。从小到大，有什么事，都是林雯安慰她的。如今，倒是林雯自己也不好过了。

“你喜欢阿风的，对吗？”苏玳玳问得小心翼翼。

林雯只能苦笑。

真的喜欢他吗？林雯也说不清楚。可她总觉得，自己的那一颗心，空空落落的，随时都会痛。

司徒风一直没有放弃。他只要有时间，必定会在她公司楼下出现。他也不吵她，总是安静地等她出现，然后在暮光中，淡淡地微笑着问她：“一起去吃饭好吗？”

后来，她就恼了，甚至还拿包打了他：“你为什么不走！”

他垂下头，看不清表情，可身影单薄，看得出是真的难过的。

那样一个男孩，一向是喜欢玩帆船，喜欢出海，喜欢冲浪，喜欢一切运动的，他的身材挺拔，更因长期的运动，身体匀称，肩膀很宽，腿又长。可现在见他，形销骨立，连身体都变得单薄。那一刻，林雯是不忍的。可她明白俩人之间的距离，过于遥远，彼此是两个不同世界的人。她不愿自己，再受伤。

暮光里，他的眼神清澈，含了一点笑看她："那我明天再来。"

后来，他每个星期都会送一次花给她，有时是风信子，有时是白玫瑰，有时是睡莲，有时是郁金香、马蒂莲。他还会附上卡片，一字一句都是他亲笔写上，有时写"有个开心的一天"，有时是"工作再忙，也记得按时吃饭"，或者"天凉记得加衣"，甚至还会问，"今天能赏脸和我吃饭吗？我在和平饭店等你。"

那一次，她犹豫与挣扎了许久，始终是没有去和平饭店。后来，快十二点了，她心里烦躁不安，还是赶去了那里。一下车，进了饭店，见不到他人时，不知为何，她就松了一口气，可心中又有些难过。等她走出饭店门口，隔着那么远，夜色那么灰暗，她看见，他倚在一角吸烟，地上是一地的烟蒂。

那一刻，她满是泪光，可还是悄悄地离开了。

本以为，他不会再出现了。可隔了半个月，他再次走到了她面前，他说："过得还好吗？"

她认真地看着他，他变了。不再是往常那个神采飞扬的男子，曾经光彩夺目，顾盼生辉的一对眸子沉静如水，不起一点波澜。他很瘦，脸庞没了以前的丰润。他见她瞧他，笑了笑，道："之前病了一场，所以没有过来看你，怕把病气过了给你。"

她忍不住上前了一步，握住了他的手。上海的初秋，到了入晚时分，还是冷的。他的双手冰冷，而身上披着一件风衣，宽宽落落的，可见他清减不少。她想起来了，半个月前，他约她在和平饭店等的那个晚上，后来下了一场大雨。那一晚，她并没有睡着，听着敲打在窗上的雨声，呼呼的风声，她很多次想打电话问问他"你究竟在哪儿"，可她始终没有打。

她什么也不说，他也不说。那一场雨后，他得了肺炎。他好了，再来找她，她陪他去吃了晚餐。在她的家里，她做给他吃。

他是那么高兴，连吃了两大碗。那一晚，他没有离开。林雯待他，也是有意地讨好。他拥着她入睡，在梦里，他都觉得幸福。

醒来时，她还在。他一睁开眼，就怕她不在了，走了。幸而，她还在。

见他一脸担忧，她笑了：“我等着你的早餐。”

他说好。

他煮早餐，她等吃的，然后俩人一起用餐。

餐桌上，他总是看着她微笑。

原以为，一切都是真的，他与她那么快乐。可当他再去找她时，公司的人说，她辞职了；再去她租的房子里，她已经搬走了，她连手机号也换了。

茫茫人海，他再也找不到她了。

原来，那不过是一场美梦。

对于林雯来说，那也只不过是一场梦，梦醒了，便一切到了头。

“我听乔扬说，阿风他早前得了肺炎。”她的话，使得林雯的身体颤了颤。

苏玳玳不忍，也觉得这样对阿风不公平。可林雯所能说的，也只是四个字：“齐大非偶。”

是的，司徒风是豪门望族。尽管两家有些亲戚关系，可真的进入到那个家庭，林雯的日子也不见得容易过。自己的妈妈在给司徒风与她牵线时，就暗示了，要多生养的事情。

那时的林雯，只是抱着打发的心情，也没在意。司徒风妈妈很厉害，是那种精明现实的妇人，林雯从前见过，也知道她很难相处。进入这样的家庭，不自觉地，你便要先低了一头，连尊严都变得可有可无。

而且，司徒风的妈妈也真的是不愿意要一个洋媳妇，才会在上海找，还指明了要上海本地姑娘，出身不好的，学历不高的，样子不好的，不够年轻的，统统不要。不过是自己妈妈恨不得快把女儿嫁出去，才提出的这么个相亲。如此多的要求，根本是看不起普通人家的女儿的，跟那些富豪相亲没什么两样，把女方的一切都摆在桌上评，像挑选商品一样。

林雯无论如何，也不会放弃她的尊严的。而且，她也不年轻了，再也经不起这样的一次折腾。

关于这些，苏玳玳都明白，所以也不好再说什么了。

真是一对冤家！苏玳玳在心里叹。

第十四章

/ 请选我 /

[1]

夜深人静时，林雯也会嗤笑自己的怯弱。她害怕他的靠近，害怕得连工作也换了。站在阳台上，四处万籁俱静，快四点了，她依旧睡不着。阳台两边搭有花架，攀爬的金银花，开得有些败了。

雨一丝一丝地下了起来，被昏黄的街道打着，细细的、绒绒的，像发丝般，街景模糊，连雨也是落得萧瑟。

她紧了紧身上披着的黑色丝袍，忽然发现置于水缸里的一朵睡莲开了。白色的花开在幽静的夜里，说不出的美。

她蹲下，手仔细地拂过每片娇嫩的花瓣，空气中有一股莲的清馨。那是司徒风送她的睡莲，他的一切，她并没有丢弃。他的卡片，她压在了箱底里;他送的花朵，她带回了家，养在水里，它们长得很好，一如他，永远都是精神奕奕、充满活力的。

不知道为什么，她总想起他，仿如在喝甜蜜的毒药，明知有毒，却无论如何也戒不掉了。

在她的千般叮嘱下，玳玳是答应了，不会透露她的行踪与住址的。

或许，过了一段时间，他就忘了她，而她也会忘了他吧。

感到寒意袭来，她回到了屋子里。睡意已无，她干脆起来工作。打开电脑，一份份文件跃出，她想，自己就是个牛一样工作的辛苦命。

原来，另一家大型跨国传媒集团通过猎头找到了她，开出的条件也很好，依旧是总监的位置，工资也升了一倍，看中的就是她过往的成绩。但由于工作环境的特殊，她需要新加坡、美国、中国多地跑。

上一个星期，为了了解中国的份额市场与监管几场大秀，她已经在七天里跑了内陆的五个大城市。她觉得腿都要跑断了，却夜夜失眠。没办法，她只能连夜里都在工作，赶企划报告，把关杂志内容版式，处理一切客户的邮件。

后来，连客户们都纷纷致电她，说没见过工作效率如此快的。等到从其他城市回到上海总部，连公司老总都赞她，一个月的工作量，她居然十来天就提前完成。人人称她“铁人林”。

而她，只能苦笑。自从遇上了司徒风，她夜不成眠……

老总找她谈话，下一季的春夏时装周到了，需要她带队跑纽约、米兰、伦敦、巴黎四大城市，还要交出有分量的内容。在业内，他们的杂志要得到最高的认可，而在销售上要超越她原来的公司，稳坐第一的宝座。

“你有没有信心？”老总带一点笑看她。

原来，天底下没有免费的午餐。她升职加薪，就意味着付出全部的自己，没有任何的休息时间。不过也好，她也不愿空闲下来。她原先的公司是行业翘楚，但她对自己有信心。她对老总点了点头。

老总说起了别的，“世潮”传媒刚被成功收购，上层建筑全面撤换，上面的意思，就是要打造成全中国最有影响力的杂志。世潮旗下的杂志发行量非常大，部门繁多，许多全线产品与互联网相结合，子公司遍布全世界，甚至还刊登各国政客的独家新闻内容，客户名单非常有分量。这样的大机构要被收购是不容易的事。而他们分管的世界时装只不过是其中一份杂志而已，像有分量的金融财经、政客名门这类的才是重头戏。

时装杂志部门不受重视已非一年、两年的事了。所以，上头对这次的项目很看重。而能成功收购世潮的幕后大老板也绝非寻常人。

“现在，各部门都是人心惶惶，我希望你能交出最好的成绩。”老总总结道。

“我明白，会全力以赴的。”林雯依旧是淡然从容的。

每个人都不想成为公司内部争权夺利的牺牲品罢了。

她回办公室后，开始整理一切，准备下个月的时装周之行。

而另一边，司徒风已经离开了乔扬的公司，他已答应打理家族生意。

乔扬为他举行欢送派对。公司里的许多人都来了，舍不得这位上司离去。

他倒是笑了笑：“大家别在意。以后还会有一起工作的机会。”

大家都起哄，叫好，纷纷送上祝福。

只有乔扬知道点内幕，拍了拍他的肩膀：“史蒂芬，还是家族生意适合你。司徒家族入股，你已是这里的第二把手。今后，有何打算？”

司徒风想了许久，又喝了一杯酒，有些意兴阑珊：“林雯说我不务正业，什么都是玩，不过是个二世祖。或许她说的是对的，我没有让她看见我诚意的那一面。既然如此，不如我做出些成绩让她瞧瞧。她以为，可以躲开我。如果一个男人，真心想找到一个女人，又有何难。我通过了议案，已经成功收购了世潮。”

乔扬点了点头：“希望你的诚意能打动她。”

司徒风笑了笑，走到阳台上，独自凭栏。

酒店就在江边，大厦高耸入云，五彩射灯倾注城市的每个角落，连江水也点染成了绚烂的景致，只是那片墨色依旧吞噬了一切的绚烂，江水那样深沉，一如他晦暗的心情。

他希望，林雯能了解他，能看见他认真的那一面。为什么她就不能明白，他对她，不是玩弄？

他希望扩大这个传媒集团，他必须收购其他的公司。打收购战于他来说，是一种挑战。在美国，熟知他的人，都知道，他是华人界里，有名的黑武士。只是，那样的日子过久了，人的心不免冷酷，他来到这里，换一个身份，不过是想找回丢失的自己。可遇见林雯，是他不可控制的未知。他不再喜欢这种感觉。

林雯工作出色，他是知道的。林雯早年做过财经编辑，因披露了一起恶性金融诈骗案，所以才离开了那个出版社，改行做起了时尚杂志，没有人比她更了解金融圈。

这段时间里，林雯绝对不好过，她的工作量繁重，是她所预料不及的。她来这边工作的时间明明这么短，神秘顶头上司居然对她委以重任，还指名要她。这让公司里的员工背地里对她指指点点，都怀疑，她是不是美国总部空降过来的。可内里的苦闷，只有她自己知道。

老总的态度对她莫名其妙地变得很好。她需要什么资料，总是第一时间送到。经过部门会议,他们分管的《时装名流》杂志,决定加入新版块,是说金融的，这份杂志面向的本来就是高端女性，加入这些也无可厚非。

可倒是苦了林雯。她已放下金融行业许久了。为此，她连作息时间都变成了美国时间，每晚凌晨都要盯住纽约股市，在道琼斯指数、标准普尔指数与纳斯达克指数之间来回分析。而高层分发下的任务，是调查一个集团资金断裂的问题。那个任务很隐晦，是老总亲自到她办公室跟她说的。

林雯之前就职过金融企业，对内里行道多少知道。老总有给她顶头上司的电话，让她直接和他联系。

刚接通电话时，那头传来的声音礼貌道："您好，我是史蒂芬。"

一样的英文名并不稀奇，她没放在心上，只是一怔罢了。电话那头的声音很沉稳，语调很低沉，与司徒风是不像的。

她说："我初步调查过那个资金断裂问题，也联系了海外的操盘手，现在适逢另一家著名的金融财团信誉危机，从股市操纵来看，这个名为J&R的财团极有可能是银茂集团背后的大东家，因为J&R自顾不暇，所以银茂才会出现资金断裂，如果要收购银茂，现在应该是最好的时机。我记得，银茂旗下的一个公司面向的是海外的政客，政客们宣传的阵地，而他们负责招揽外资，支持政客们的宣传计划。总公司想垄断这一块蛋糕，可以出击了。”

“我的眼光果然没错。你做一个小小的时尚总监，真是浪费了。”史蒂芬说。

后来，她被抽调成为史蒂芬在新加坡公务期间的特别助理。

那一天，她飞到新加坡，一夜未睡，只是洗了把脸，换了身衣服，化好妆，就到新加坡分部见他了。

那间办公室很大，又宽又空落，连走路都有回声。她敲了敲门，便听见“请进”。

她抱着文件夹走了过去，只见一个背影对着她。史蒂芬坐在转椅里，然后慢慢转了过来。

那一刻，她觉得眩晕。办公室的天花板上一片繁星似的璀璨灯光，倒映在光可鉴人的大理石地板上，就那样猝不及防地撞入她眼帘，仿佛摇碎了一地的星子，潋滟得不可思议。而比灯光更璀璨的，是他的眸。他的眸，深入大海，却又倒映出满天的璀璨星光，像一个绚烂的漩涡，吸引着她，将她拖进万劫不复的境地。

他带着笑，说：“欢迎你，林小姐。”

他没有了往常的玩世不恭。现在的他，是一个深沉的男人，只要他愿意，一个集团瞬间便在他眼前消失。

他说:“开会时间到了。”然后,她就如失了魂般,跟着他进入了会议室。

他站在会议室长圆桌的那端，一身剪裁得体的西装，衬得他剑眉星目、英气逼人。他没有笑意，眼神凌厉，给人的感觉竟然是可怕的，像一头随时会扑出来的豹，而如今，他正在等着猎物。

他谈起了收购方案，声音低沉悦耳。

他不是好糊弄的人，会议上，提出的每一个问题，都极其有分量，许多高层被问得哑口无言。而她，为了应付这场会议，已在飞机上，看了七八个小时的报告。

显然，他对银茂的董事主席已经相当了解，他让秘书，把银茂的金融股全部抛售。他们一起等待，果然，股市一开盘，银茂急挫三十余点，近午盘时间，财经新闻播出，银茂主席心脏病发入院。以银茂为首的金融股立刻大盘崩跌，到了下午收盘时，银茂的 A 股已跌至四十块二。

“J&R 自身难保，银茂失了资金链，而且股票下跌，必定配股，逼他们以 B 股换购 A 股，那需要大量的资金。而我们黄雀在后，这场仗，我们就赢了。”他终于露出了一点笑。

林雯不认识面前这个人了。这个在商场上杀伐决断，没有半分温情的男人。她并不认得。

她笑了笑，也好，或许，这只是一份工作，仅此而已。

她拿出了搜集回来的资料，站起来说道：“银茂集团一直控制得很好，但旗下的印刷厂因机器老旧故障，长时间不更换，造成了严重的失火，虽然没有人员伤忙，但工厂损失巨大，对如今的银茂是雪上加霜。我已让媒体，放出一些模棱两可的信息，指出工厂内疑似有工人死亡，再加银茂有意隐瞒，在外界眼里，他便是欲盖弥彰。至于报道也没有失实，只是说了‘疑似’而已，无须负任何责任，银茂也没闲心去追究责任了。而且等到他们想方法澄清清楚，银茂已经成功被收购了，再者，马上就自动替我们处理好了形象问题。”

司徒风微笑着看向她，鼓起了掌。

然后，全部的人都鼓起了掌。

成功收购了银茂，世潮成了传媒界的龙头老大。而两个月之内，林雯连升三级，她现在已成为了司徒风的私人秘书。

可在工作时间内，他从不和她说私事，工作以外的时间，他们也不会见面。这让林雯的心起了微妙的变化。她有想过辞职。可只要他想，还是可以找到她。她陷入了矛盾里，所幸，他再没有对她说起过往的那些事。

处理好了集团内部的事，她又回到了时装部，依旧做她的时尚老本行，只是她已取代了老总，成了该子公司的副总经理。她苦笑，这些就是自己想要的吗？是的，一直以来，只有事业才能令她安心。其他的，她都不需要。

而于司徒风而言，在商场沉浮，他早看穿了每个人的弱点。林雯的逃避，他都明白，既然她有那样的野心，他便满足她，一步一步将她捧起来，让她受人敬仰，让她觉得，自己配得上他。

[2]

电话铃声还在继续，乔扬把车靠在路边。他拿起电话看了许久，也没有接。他的身体僵住了，而手中的电话则像烙铁一般滚烫。

本来说好，他过来接玳玳的。最近，他们公司的项目都做得差不多了，他也随之清闲了起来。他过来得早，把车子停在时光集团大厦的对面街道上。先映入他眼帘的是玳玳，她没发现他，在打他手机，他刚想接，就见到了宋子衍。

然后，他就看见苏玳玳怔住了。她垂着头，手放在身体两侧，一手紧握着手机，一手捏着裙子，裙子已经皱了，一如她焦灼的心。

今天，因为公事原因，安薇一并过来时光开会。会议上，她对苏玳玳并不友好，提出了许多质疑。而采购的文件与合同一直在苏玳玳手中，向来由她保管。对于这次采购的原材料，就是为了研究室做分析用的。可这个信息不知怎么的传到了竞争对手那里。

安薇有意无意地暗示，是苏玳玳泄露了公司秘密，使他们康弘研发的安全网络形如虚设，想把一切责任推到苏玳玳身上。

当时，苏玳玳就傻了。她站在会议室里，想开口辩解，却不知该说什么。她脸色苍白，茫然地看向安薇，发现安薇正微笑着看她。那种眼神，有种不明的意味。原来，安薇什么都知道的。只有她一个人还蒙在鼓里，陪安薇演着这场戏。

最后，安薇以胜利者的姿态，挺着肚子离开了会议室。她的肚子挺得很高，明明只有四个来月，肚子却大，那样刺眼地提醒着苏玳玳，提醒着玳玳所遭受的一切苦难。

宋子衍却力撑她。后来，连侯总监都惊动了。苏玳玳以为自己这次完了，但侯总也保她，并声称会把事情查清楚，给康弘一个交代。

当办公室里只剩侯总与玳玳时，他说："我早前说过，薇薇安不好惹，现在果然出事了。她做事向来严谨与干净利落，不留一点把柄。我看你先暂停手头工作吧，不然，我怕她会对付你。"

苏玳玳只能点头答应了。自己在这里工作了将近九年的时间，难道就真的要失业了吗？她失魂落魄地离开公司，茫然地拨起了乔扬的电话。此时的她，只想投进他的怀抱，什么也不想了。当前方喇叭大响，她也没发现，脚下不停，直到宋子衍一把拉住了她。

车子堪堪在两人身边划过。他的手被车前镜打到，可还是死死地扶着她。她只听到"咔嚓"一声，他的手脱臼了。她的泪水无声滑落，她终于抬起头来，看着他，可泪水模糊了她的视线，她什么也看不清，只能哽咽："为什么？为什么你不可以放过我？"

她的泪水使他的心猛地一痛，如被重重撞了一下。他爱她，明明还爱着她，他根本骗不了自己！安薇一直麻痹他，还说什么和他一起离开，原来，她早想好了计策，也这样做了。

他忽然就吻住了她，他尝到了她泪水里的苦涩、辛酸、绝望。

她推他，咬他，鲜血从唇畔溢出，他依旧不放开她。她只能任他抱着，泪水不停地流下。

"为什么，为什么不早些回来找我，为什么到了现在，你又要来招惹我！我到底欠了你什么？"

他的眸子那么亮，一直看着她。他用双手，将她小小的脸捧住，他看着她说："我们一起离开这儿，我们从头开始，我什么都可以不要。我只要你！”他的眼睛里，全是一个小小的她。她在他的眼中，看到了自己。身旁车流如注，不断地按着喇叭。她无法放开他，他受伤了。可她想到了乔扬。

“不！”她拼命地摇头，想说些什么，他却不再给她思考的机会，拦下一辆出租车，拉了她进车里，绝尘而去。

而站在对面街道上的乔扬，眸光一暗，心沉到了谷底。

他们俩终究还是纠缠不清，她怀的是他的孩子，或许，该放手的应该是自己。乔扬的手无力地垂下，任手机摔到了地上，裂成两半。他丢失了自己的那颗心，她也许不会再回来了。

出租车在医院门前停下，苏玳玳陪宋子衍去看医生。他被车碰撞过，需要留院检查，而他身边早已没了亲人，她只能陪着他。她替他买了晚饭，看着他吃完。她就那么安静地坐在病房里，陪着他。

宋子衍怕她离开，眼睛一刻也不离开她。她想去倒杯水给他，手却被他牵住，她只能坐下。

他说起了许多的事，他说了一直放不下她，他说自己错了。他说了许多许多，她只是安静地听着。后来，他终于睡着了，她才悄悄地离开了那里。

回到家里，已经是清晨五点了。她很疲倦，可打开门，看见乔扬坐于客厅里，一双明亮的眼睛在暗地里那样闪亮。他坐在那儿等了她一个晚上。

她轻轻地走到乔扬身边，跪在地毯上，将头枕在了他的膝盖上。她累极了，闭着眼睛，睫毛一颤一颤的，让人说不出的爱怜。他沉默了许久，才抬起手来，摸了摸她的发。

她哽咽：“我被公司停职了。”

那是她为之拼搏，付出了许多的地方，他都明白。他将她从地上抱起。他说：“我以为，你不回来了。”

“我没有地方可去了。”她说，抱得他那么紧，生怕他不要她了。

他爱怜地抚着她的背，声音温柔得哄着她："那就在家里养着吧！或许，明天，你就可以复工了。"

在他温暖的怀抱里，她终于沉沉地睡了过去。

[3]

林雯出生在中产家庭，与苏国安一般，在这个挥金如土的城市中，比上不足，比下有余。

林父一直是外企里的高管，按年薪算，所以一家人倒也过得逍遥自在，压力不大。从小，林父就疼爱这个唯一的女儿。林雯长得漂亮，人又乖巧，而且聪明，三岁就会背百多首唐诗宋词了。林父对这个女儿简直就是溺爱得不得了，还送了她去学芭蕾，学礼仪。与小姐妹相处时，苏玳玳还不觉得，那是因为林雯收起了她的另一面。因此，当司徒风带她出去应酬时，所有的人都以为她是真正的名媛。

司徒风曾开玩笑，说她是有那么种味道。

她笑，礼貌地答了，那是离不开她父亲从小到大的培养。

司徒风只是点一点头，说："你父亲很有眼光与远见。"颇有深意的一句话。他说完，便融进了从华尔街过来的金融财团里，没有和她说超过两句的私事。

他与她的相处，一直维持在宾主之间，礼貌、疏远，却又在公事上形影不离。每次夜半惊醒，她都会问自己，想要的究竟是什么？

可白天连轴转的生活，让她没有多余的时间去思考这些问题。她每晚十点就睡了，一过十二点，就要起来看美国股市，白天还要兼顾时装部的事。她觉得，一定是司徒风在报复她的决绝。但想了想，又觉可笑，她根本不了解司徒风。在他身边做事，她才明白，之前的司徒风不过是假的，现在这个在生意场上冷酷无情的他，才是真正的司徒家的人。从前，他收起了另一面，现在，他将他真实的一面暴露在她的面前。她害怕他，害怕他会要得更多。

一通电话，打破了她好不容易维持下来的平静。电话是爸爸打来的。那时，她还坐在他的办公室里，替他翻找着一些资料。

然后，接过电话，她的脸就白了。

司徒风心细，平直地问她，发生了什么事。

林父是在一个地产公司里工作，他是那家公司的持牌人，公司出了事，自然是他负责。林父虽然年纪大了，眼看着快要退居二线，可他的野心也跟着膨胀变大了起来。他们公司将投资一个临海城市的新区开发。那个方案一旦实行，他就可以跻身富豪之列了，这是他人生中最后一次机会，他想赌一把，不愿永远只做一个替人打工的高级打工仔。

他的合作伙伴，说他太冒进，但他真的很想冒这一次险。他一切都做得很好，每一步都安排得妥帖稳当，堪称完美。长袖善舞的他，处理好了各方面的关系。一切进展都是顺利的，连公司都看好他了，给他投放了全部的资源。房价在图纸尚未完成时就涨了数倍。由于规划得好，目标定位得精准，在房地产低迷的世道，他的新区楼盘却水涨船高。楼已建起了一半，连楼房也已开始销售，可最关键的那张预售许可证却迟迟批不下来；旧区拆迁挪动钉子户时，请了些道上人物，此时的那些旧账又被翻出，一下成了个烂摊子。公司要停工，建筑商、材料商，与工地工头工人一起跑来闹事讨钱，连借贷公司的那些地痞流氓都来向他讨债，一下子，他就知道自己完了。他躲起来，好不容易通知了老婆出去躲躲，再打电话给女儿，方说明原委，林雯就听见电话那头大门被踢开的声音，爸爸的救命声，然后是手机的嘟嘟声。她的爸爸被绑架了！

司徒风还在等着她回答。可她苍白的脸，握着手机的手，突然就垂了下来，她摔倒在地上。

这时，他才发现了她的异样。他连忙抱起她，问："雯雯，怎么了？到底发生了什么事？有我在这里，你别怕。醒醒，雯雯！"

他放下了所有的伪装，抱着她，呼唤着她，他叫她雯雯，而不再是林秘书。林雯似活过来了一点，眼睛转了转，过了许久，才对上焦，看清了他一脸的焦急，她想说“爸爸被人绑架了”，可一开口，急得喷出了一口血，一个字也说不出来。

还是司徒风迅速冷静了下来，他给她纸笔，她把那句话颤抖地写了出来。

妈妈？妈妈不知道有没有被……她不敢想了，捂住了自己的眼睛。

司徒风马上拨了好几个电话，先是给私家侦探的，然后再拨了个电话给苏玳玳，让苏玳玳通知林雯妈妈，林父出了点状况，有道上的人找到了上海，让林妈到世潮总部来，并叮嘱，让乔扬去接林妈，她千万别插手，随后打了通电话给分区的警察局，让他们跟乔扬联系。

做完了这一切，他马上送了林雯进医院。

他并没有陪林雯，一接到私家侦探的电话，他就坐最早的一班飞机，飞去了林父公司投资的新区。

后来，林雯不知道自己是怎么熬过来的。苏玳玳去医院陪她，不多会儿，乔扬也带了林妈妈去医院看她。医院门外，还守着私家保镖。

见到妈妈的那一刻，林雯“哇”的一声，终于哭了出来。

母女俩都被吓着了，抱头痛哭

一个星期后，司徒风才回来。他去医院看她，她已经好转了，只是身体还有些弱，连月赶工，加上家人出事压断了最后一根稻草，她才会在医院躺了这么多天，每天都要输营养液，可她的脸色依旧苍白。

而坐于她身旁的司徒风也好不到哪里去，他容颜憔悴，唇色乌青，显然是多天未睡。而董事会秘书还跟在他身边一起过来了，抱着一堆要处理的文件。他处理完了，秘书才离开。

他看着她，笑意温柔。有多久，她没见到这样的司徒风了？

她有一刻的怔忡，甚至忘了询问父亲的情况，一双手捧住了他的脸，喃喃：“你还好吗？”

他的手覆在她的手上，说：“你放心养病。伯父的事情，已经理清楚了。那张批文已经下来了，工程可以继续动工，他成功了，现在已经是个富豪了。”他甚至还不忘对她开起玩笑，然后认真地说，“他被警察救了出来，只是吃了点苦，受了些惊吓，没有大碍的。你要保重身体。”

她的一双眼睛泛起了水光。病了许久，她瘦了，反而显得更楚楚动人。他忍住了要吻一吻她的冲动，只哄着：“累了就睡吧。睡醒，你就可以见到爸爸了。”他替她掖了掖被子，离开了。

后来，秘书对她说，为了跑那张公文，司徒风不知跑了多少关系，和那些官员应酬喝酒险些喝成了胃穿孔，他场面上死撑着，来者不拒，多少酒都喝下去，回到酒店就不行了，一直呕，呕到吐血，如果不是及时送了他去医院，都不知道后果严重成怎样。秘书对她说了一句意味深长的话：“我从没见过史蒂芬为了一件事如此上心的。”

可她又能怎样呢？感激他，继而接受他吗？她自己也没有答案。

[4]

时光集团的会议室里，宋子衍承认了那些商业秘密是他无意中泄露的，他编的程序里有漏洞，他没有及时发现，导致外泄。

话一出口，安薇就变了脸色。她这一招，对付的是苏玳玳。她只是没想到，宋子衍居然会放弃自己的大好前程而去帮苏玳玳。

侯总是个明白人，知道不过是安薇的手段，所以这件事到此为止。大事化小小事化了，苏玳玳依旧可以回来上班。

“我会主动辞职的，这次给大家造成的麻烦，我很抱歉。”说完，宋子衍拿起他的东西，就离开了时光总部。

安薇坐在那儿，表情十分精彩。

侯总看了看她，说：“现在清楚事情的来由就行了，其他的我们也不追究。希望两家公司依旧合作愉快。”然后结束了此次会议。

侯总亲自打了电话给苏玳玳，说她可以复职了。

这件事前后不过一个星期，就了结了。苏玳玳以为真的查到了是谁泄的密，可每每问起，侯总都是岔开话题。最后，他被问得烦了，说，是宋总承担了一切责任，也已经辞职离开了康弘。

那一刻，苏玳玳说不清自己是什么感受，只觉得心很痛，被剜掉一大块的痛。她坐倒在地上，一手抓着手机，一手捂着胸口。

乔扬回来得早，见她如此，忙扶了她起来。许多事，他很想问，可又不知从何开口。

“他……他替我背了黑锅，失掉了工作。”苏玳玳哭了起来，泪水滴落在乔扬的手背上，烫得灼人。而乔扬又能说什么呢？自己什么也帮不了她，甚至无法取代她与宋子衍之间深厚的情感。

最后，他只能说：“一切都会好起来的。”他想到了离开。公司有个项目是要跑广州的，大概要在那边待半个月左右。或许，他该让她静静，让她做出选择。

等她睡下后，他拨通了上司的电话：“我愿意跟大队去广州。”

宋子衍在大街上徘徊，街道繁华，灯火璀璨，商品琳琅满目，一切都是五光十彩，美丽得不可思议。

一个可爱的小姑娘吵着要找爸爸，妈妈满脸温柔地看着她，亲了亲她红彤彤的小脸蛋，道：“爸爸在工作呢！妈妈陪你去吃比萨好不好？”

小女孩抱着妈妈撒起娇来：“我要爸爸，我要爸爸嘛！我们等爸爸一起吃。”

妈妈连连说：“好好好，等爸爸一起！”

那样温馨的场面，看得人心都软了。温柔的妈妈给小女孩买了一个大大的彩色棒棒糖，她可高兴了。

宋子衍想起来，玳玳也爱吃这样的棒棒糖，她永远是个长不大的孩子。自己明明承诺，要让她一辈子单纯天真，却最终毁了她。看到她在公司里，能力出众，工作娴熟，他才发现，自己也从来没有真正了解过她，总以为她是个活在简单世界里的小甜甜。其实她，一直很努力。

他在糖果屋前停下，那里绚烂缤纷、五颜六色的全是七彩糖果，有小人形的，有可爱动物造型的，都可爱活泼极了，像童话世界。当服务员问他要什么时，他茫然地取过了一捧糖果拼成的一束“花”，花蕊里放有一只棕色的糖果熊，可爱极了。

玳玳曾经在糖果屋前流连，她的眼睛一直盯着糖果花束，可她从不说要买，因为很贵。即使，他送给她，她也是会不高兴的，她总是说“有那个闲钱还不如存着”。她就是这样傻气的姑娘。

捧着那束花，他游荡了多久，也不知道，最后华灯也渐渐熄了，行人伶仃，他才发现，已经很晚了。他很饿，他一天都没有吃过一点东西。

当他回到家里，安薇在那儿等他。忽然，他就觉得很累了。

他开口：“我们离婚吧！”

安薇猛地睁大了眼睛，不可置信地看着他。许久，她终于爆发，把一切东西都摔到了地上。她的视线落在他的手上,原来他还握着那束“花”。她一把抢过，把它扔到了地上，还不解恨，狠狠地碾上两脚。她咆哮：“这样的玩意儿买来骗小姑娘吗？还是想她再回到你身边？哦，对了，和我离婚了，不就如了你的愿了吗？你不就可以和她在一起了吗？告诉你，没有这么便宜的事。我不会离，永远不会！”

宋子衍没有发作,他只是同情地看向她。她变得歇斯底里,而这一切,都是因为他的错。

“我知道，我错得很离谱。其实，我们从一开始就是错的，我们的关系建立在背叛与欺骗上。当初，你因为爱我，拿小孩来绑住了我。我并没有怪你，我们还是可以相敬如宾地走下去的。可惜，你偏要去对付她。她才是这场感情里的受害者，我们没有资格再去打扰她。我们一开始就是错的,所以很难走下去了。你还年轻,不如放过你自己吧！我们的孩子，我会负责，将来你抚养也好，我养也行，我尊重你的决定。我已经通过猎头签了新的公司，要在新加坡工作两年，所以离婚文件我已经签好了，即使你不签，分居两年后，也是一样的。”他将文件拿了出来，放在桌上。

他没有再看她一眼，离开了。

安薇知道，这一步棋，她走错了。她号啕大哭，可身边再也没有他安慰了。

苏玳玳做了一个噩梦，她梦见乔扬离开她了。她哭着，喊着，追他，可无论她怎么追都追不上他。她突然脚一绊，摔倒了。她陷进了沼泽里，被黑暗吞没，无法挣脱，无法超生。

“啊”的一声大叫，她吓醒了。

“怎么了？”乔扬坐了起来。透过洒在月白窗帘上的星辉，他瞧见了她恐惧的表情，苍白的脸，如敷了一层霜。

他扭开了橘黄色的台灯，温暖一点一点地笼罩着她，不再有黑暗与绝望。他替她拭去汗水与泪水，心痛不已，却也不敢问她，梦见了什么。他怕她会沉默，他怕她梦见的依旧是那个男子。

苏玳玳抱紧了他，说：“别离开我，乔扬，别离开我。”

他能懂得她的孤单，她一直坚强，她一直苦苦撑着，可自己对于她而言，又是什么？难道只是一个情感上的救生圈？

“好了，我在这儿。”他轻拍她的背。见她一只手一直按着小腿，知道她是腿抽筋了，于是他替她轻轻地捶捏起脚来。

“你对我真好。”她说。她眼睛晶亮，一闪一闪的，泪光还未隐去，真是我见犹怜。她的唇微微张着，她有许多话想说，却什么也说不出来。

明知道，她就是他一直所渴望的，明知道她不爱他，可乔扬还是沦陷了自己的一颗心。他捧起她的脸，吻她的唇。她的唇甘甜芬芳，只有她，才能解他的渴。

可她的手挡在了他与她的孩子之间，她担心孩子。

乔扬停止了动作。

见她一脸抱歉，他笑了笑，说：“你也别累着了。睡吧！”

第十五章

/不可及/

[1]

宋子衍是铁了心要离开安薇，他搬离了他们共同拥有的家，住进了酒店。

可安薇并不死心，她要赌最后一把。他不是一直爱着他的小妻子吗？那她就要把一切都抖开，让他绝望，让他离开那个女人。

她走进他的房间，他很疲倦，甚至看都没看她一眼，只是机械地坐在那儿，等她说话。

她冷笑了声，把一份报告扔到了他面前：“你自己看吧。”

他疑惑地看着她，还是打开了那份报告。

是一份验孕单，名字是苏玳玳。

他不可置信地看着她：“你居然找人去查她？”

“怎么，瞧着自己心爱的人怀上了别人的孩子，是何感受？你一心想要她，真的不介意她的孩子。你别以为，你的小妻子有多么纯情，六个月前，乔扬就搬进了你们的那个小区，他们互有来往，珠胎暗结，不然怎么会刚和你离婚，就和他好上了。哦，对了，忘了告诉你了，早在三年前，她就认识乔扬了。她甚至还把一双绣花鞋送给了他，那么暧昧贴身的东西，都送给了他，你的小妻子挺多情的。”安薇笑得恶毒，只觉得解恨。

只有那一晚，只有那一晚，他碰过玳玳，然后提出了离婚。然后，没多久，她就和乔扬在一起了。那个窗户，苏州老街，山塘街里的那个临水窗户，他认得。许多个晚上，他曾在窗前与她缠绵，花前月下，湖水多情，那是她的闺阁，她的小轩窗，也是他人生中最快乐的时光。后来，他在她窗前苦苦徘徊，不愿离去，却看见了她与乔扬站在那里看风景，夜那样深了，拥有她的是乔扬，而不是他。乔扬搂着她，然后吻她，抱她上了床……一切的一切，他都看着，痛了自己的心。是他先离开她的，他凭什么去追回她？

见他痛彻心扉，安薇兴奋得扭曲了脸，哈哈大笑，笑他痴傻。

宋子衍猛地抬头，发红的一双眼就那样看着她，她忽然就止住了声音。他的眼神，那么可怕。

“滚。”宋子衍低吼。

这几天，乔扬对苏玳玳有些冷淡，她能感觉得到。

在医院陪宋子衍的那一晚，她没有回来。他没有问，她也就没有说。可即使说，又能说什么呢？说“我没有跟他过夜，我只是在医院陪他”？这样的话，连出口都是不能的。

她又有什么资格，在医院陪宋子衍？该陪在宋子衍身边的，是他的妻子，安薇。所以，她只能沉默。可她知道，乔扬误会了。

第二天醒来，乔扬还要过金桥办些事，所以就不送她去公司了。

出门时，她有些委屈，她希望他能看她一眼，对她笑笑，可他只是在收拾桌上的早餐碗筷。见她迟迟不走，他只是忙着收拾碗碟，头也不抬：“快去吧，不然你得迟到了。”

她又折了回来，从后环抱着他。他有宽阔的肩膀，总能让她心安。她语声软软：“晚上来接我好吗？我们一起出去吃饭。”

他怔了怔，说：“好。”始终没有回过头来。她在他肩头轻轻一吻，便转身离去。门被轻轻地关上。

乔扬慢慢地回转身，一手握在她刚才落下亲吻的肩头，一时间百感交集。她变得小心翼翼，再不是他在绿水桥上，初次遇见的活泼女孩。

搭地铁很拥挤，苏玳玳小心仔细地护着肚子，她也有五个月身孕了。方才宝宝踢了她一脚，她怔忪出神，不小心被人一挤，险些摔倒，她苍白了一张脸，将不明显的肚子抱得死死的，生怕宝宝有个什么闪失。

一位热情好心的大妈看出了端倪，让她坐。她十分不好意思，说：“不用了，谢谢阿姨。”

大妈站了起来，拉了她坐下，笑着问道：“有了吧！几个月了？我瞧着怎么好像刚怀上似的，还不够三个月吧？”

她的肚子确实是小。苏玳玳十分不好意，也就点了点头：“是的。”

“那要小心啊，三个月以后才稳当啊！”大妈依旧热情。

她连说了好几次谢谢。

等下了地铁，她才舒出了一口气。可快走到大厦楼下时，她怔住了。宋子衍在等她。关于他们的传闻，公司里已传得沸沸扬扬了，这使她十分难堪，可又无从辩解。她远远站定，不愿再走近。

似是知道了她的想法，宋子衍走了过来，不由分说，拉起她就往后巷走去。那里人少，也安静。

在一棵茂密的梧桐树下站定，碧色的叶子在层层叠叠的枝丫上轻摇，风过，便落下了许多叶子。未到深秋，叶子还是绿的，被初升的太阳蕴着，那碧色便深浓了几分，她就那样站在树下，娇小玲珑，可又单薄得可怜。

他看了她一眼，只觉她憔悴了。他想摸一摸她的脸，可她后退了一步。他苦笑出声：“你不能原谅我对吗？”想了想，继续说了下去，“我不介意你有了他的孩子。我爱的是你，也只想和你重新开始。”

“啪”的一巴掌，打在了宋子衍的脸上。苏玳玳举起的手，在颤抖。他居然……他居然认为，她在婚前，就和乔扬发生了关系。

“你无耻！”她咬牙切齿地说出了那一句话。

一瞬之间，他就明白了过来。他大喜过望，一把揪住了她，连声音都是颤抖的：“你为什么不早告诉我？为什么？”

“告诉你又能怎么样？那时我和你已经离婚了。你就那样决绝地离开了我，连头也不回。当我知道自己怀孕时，我多么彷徨害怕，可我什么办法也没有。我试着去找过你，想告诉你，却看到了你和安薇在一起，你送她去公司，你扶着她，那么小心仔细，你那么温柔地看着她，可你从来没有那样看过我。我只能逃离，看到那一幕，我只能逃！”她大口大口地喘着气，觉得那么艰难。

“所以，你就把他当作了救生圈……”宋子衍喃喃，原来是他错了。

“别这样，子衍，你已经有了安薇，还有你们的孩子，你要珍惜。而我……”她咬了咬牙，“而我有了乔扬了。他真的是好人，我不能辜负他。”

“可你并不爱他。”他的一句话，将她难住了。

她开不了口。这段日子，她反反复复地问自己，对于乔扬，自己究竟是爱，还是感激？

见她微张的唇，他多想去亲一亲，可他忍住了。他说：“你瞧，你回答不上来，你不爱他，只是感激与同情。他是个男人，他感觉得到的，到了那时，他就会离开你。”

她眼睛一红，垂下了头不说话。

他又说：“关于我和安薇的事，你不用有负担。从一开始，我并不爱她，只是为了孩子。可现在，我想通了，放下她，等于是还给了她自由。你从来没有对不起她的地方。我已经向她提出了离婚，离婚协议书我也签好了。我找到了新的工作，待遇很不错，他们看中了我为中东石油巨贾伊本规划的信息网络，所以挖了我过去，工作的地方在新加坡，要在那边待两年。等于是一个新的开始了，我希望你可以跟我一起走。我是下个周末的飞机。我会在机场等你。”

“可我已经和他结婚了！你为什么要逼我，为什么？”苏玳玳终是“哇”

的一声哭了出来。

他一怔，从来没想过，自己会这样为难她。

风大了，梧桐叶摇摆得厉害，一枝树丫斜了过来，叶子抖擞，一点一点地抚着她的脸，她的发，似在安慰她。她双手捂着脸，呜呜地哭着，那样可怜，像被人遗弃的一只小狗。

宋子衍上前一步，只是轻轻地拥抱了她。他说："没关系，只要我们还爱着对方。我可以等你。如果你到机场，我便明白你的选择。如果你不来……"他没有再说下去。

可他一定要抓住些什么，他不想再错过她："如果你不敢面对他，我会去和他说。"

"不！"苏玳玳惊恐地抓住了他的手，"不，你不要去。我……"

"好的，我会尊重你的选择。玳玳，我爱你。如果你还爱我，我会带你走，离开这个地方。我们重新开始。好吗？"他小心翼翼地询问，害怕她的拒绝。

可她只是说："你不要逼我，让我想想。"

他提着的一颗心，才算是放了下来。她没有一口拒绝他，他还有机会！

[2]

晚上下班前，苏玳玳在洗手间里好好地整理了自己。她的眼睛红肿，即使一天过去了，还是红肿的。这让乔扬看见了，他会难过的。

她倚靠在墙上叹气，她一直知道，自己还爱着宋子衍，他们有过最美好的时光。无论她多么想忘，还是无法忘记的。可她已经选择了乔扬不是，又如何能三心二意？而且……而且她是真的很喜欢很喜欢乔扬啊……只是……只是还够不上爱吗？看着宋子衍的号码一直闪动，她没有接，她的心乱到了极点。

她知道，这一步踏出去，就没有回头路了。

洗手间里有人进进出出的，她不能再成为别人口中的话题，她又仔细地拢了拢及肩的长发，拿出遮瑕膏，在眼周努力地掩盖。她的一双眼很大，却空洞无神，脸色苍白，一张脸憔悴得连自己看了都讨厌。她又叹了口气，离开了洗手间。

她走出大厦，老远就看见了乔扬的车，他还没停好车子。她想快步走向他，她想告诉他一切，她想他抱一抱她，她想告诉他，其实她是很喜欢很喜欢他的，她只是需要一些时间……突然，一股猛力扯住了她，她被拉得一个趔趄，只能以双手护着肚子，倒退了几步，幸而没有摔倒。

还没明白发生了什么，一巴掌狠狠地甩到了玳玳脸上。

脸上火辣辣作痛，一阵一阵地传来。

“你这个专门勾引别人老公的贱人！”是安薇。

安薇的眼睛红肿，布满了血丝，她上前来又甩了玳玳两个耳光。

玳玳被打蒙了，捂着脸看她，目光中有愤怒，有厌恶，但更多的是可怜。安薇是可怜的，她根本不懂得爱。

“你这个不要脸的小三！”安薇破口大骂。多年来，良好的教养被安薇抛于一边，对现在的她而言，她只是个可怜的弃妇而已。

过往的行人，纷纷停下了脚步。苏玳玳的脸红肿一片，可那双眼睛依旧清亮如昔，她不可置信地看着安薇，愤怒的声音颤抖着：“我勾引你老公？我是第三者？”一股悲愤从心底生出，明明是安薇夺走了她的丈夫，明明是安薇夺走了自己的一切！都是安薇这个第三者，现在安薇却来质问自己？

苏玳玳一声笑，指着安薇道：“你才是那个可悲的第三者。”

安薇看着她的肚子，她的肚子掩饰得那样好，居然一点也不像有了五个月身孕。安薇知道，这个孩子是宋子衍的，那将会是压弯自己的最后一根稻草。所以才会先发制人，对宋子衍说了假话，以为他会从此嫌弃她，厌恶她。以为自己还能得到他！可原来，一切都只不过是场笑话。

不！不能这样。疯狂的安薇猛地扑向苏玳玳，将她推向了飞驰而来的摩托车。

一切发生得那么快，苏玳玳眼看着自己如一只破败了的袋子，被推出去，然后坠地。可一个坚实的怀抱抱住了她，那么用力，抱着她避开了摩托车，他以背相挡，摩托车身撞到了他的背，一个打滑，向安薇砸了过去。

“啊”的一声惨叫，安薇倒在了地上，血从她的大腿根流出。她惊恐得忘记了呼救。

“你没事吧？”乔扬惶恐地看着玳玳。

玳玳回过神来，才晓得说话：“我没事，乔扬，她出事了！快救救她，还有孩子！”

乔扬打了 120，送了安薇到医院，玳玳一直跟着。

可到了医院，一切都太晚了，孩子没能保住。

苏玳玳看着病床前的安薇。

安薇很美，只是悴了容颜，要多爱一个人，才能如此癫狂。这一刻，她不再恨安薇。她决定放手，若非自己自私，一直在乔扬与宋子衍之间徘徊，这场惨剧便不会发生。安薇与宋子衍会有一个可爱的孩子，他们会是幸福的一家。

“对不起。”苏玳玳对她说。

苏玳玳分明看见了，安薇紧闭着的眼睛里，滑下了一串泪珠。她是爱宋子衍的，只是用错了方法。

苏玳玳离开了病房。

乔扬还在外面等着，见玳玳出来了，便问了句：“她怎样了？”

“她睡着了。我想，她会好起来的。我们走吧！”苏玳玳茫然地牵住了乔扬的手。他用了些力，将她小小的手握紧。方才，他多怕她会有事。

等车到家时，玳玳已睡过去了。她太累了。他想抱她回家，可她的手机闪了闪，他怔了怔，翻开了那条信息。是宋子衍发过来的，他说，他会在机场等她，他说他爱她。

那条信息里，有航班号与时间。乔扬看了再看，多想删除它，可最后，他只是将手机放回了她的衣袋里。

他轻轻地拍了拍她的肩膀，温柔地对她说："到家了。"

医院里，安薇住的是单人病房。

病房里十分安静，白色的窗纱微微飘动，案桌上置着一只色彩柔和的淡绿色花瓶，瓶子里还插着素雅的花，露珠缀在花瓣里，一滚动，亮晶晶的，呼吸间，连空气也清新了许多。一切那么安静祥和。

白色的被单，干净、纯白，还带着阳光暴晒后的清新味道。只是被单下的人，实在是太苍白单薄了。

一位男士坐在安薇的病床前，照顾她。他和她说话，哪怕她不答应，他总是不厌其烦。他还替她读报纸，见她依旧是无动于衷，他微微叹了口气："薇薇安，何苦自己为难自己呢？"

是啊，何苦自己为难自己呢？只因太爱那个人罢了！安薇的眸转了转，又恢复了平静。这时，敲门声响起，然后宋子衍推门进来了。

男士见他来了，点一点头，就先离去了。

宋子衍认得，那是康弘总部 CEO 何弘的儿子何斌林。何斌林在康弘任职高层，年轻有为，并非一般的富二代纨绔子弟。

何斌林白净斯文，戴着一副黑框眼镜，见到人时，一笑就露出些腼腆，为人又十分和气，所以很得人缘。他追安薇好多年了，且俩人是青梅竹马，外人都看好他俩，只是安薇并不喜欢他罢了。

"你还在小月子里，要保重身体。这鸡汤是我熬的，你趁热喝。"宋子衍见了她，也是叹息。曾经那么明艳照人的一个女孩，竟憔悴若此。

他抚了抚她的发："你还年轻，不要糟蹋了自己。放下吧，你看，还有那么多人关心着你。"他看了看门外走廊里站着的何斌林，"我不值得你这样。"

她不说话。他拿出从家中带来的干净毛巾，湿了热水，仔细地替她擦拭身体与脸庞，他那样仔细、那样认真，他的愧疚永难消除。

一颗豆大的泪珠滑落，滴在他的手背上，那样烫，灼痛了他的心。

她无声地哭了。

宋子衍瞧着她，一颗心也裂成了无数片。他俯下身，亲了亲她的额头，慢慢对她说："这一切的错，都由我来承担。我对不起你。可我们一开始就是错的，注定没有办法善终。不如趁还来得及放开彼此。我对你是认真的，也努力地想好好爱你，只是我们没有办法走下去了。与其千疮百孔，还不如留取那一点美好。孩子没了，我也很难过，我曾多么渴望成为爸爸。但我知道，自己再痛也不及你的万分之一痛。我是真的，希望你好起来。"

他陪她坐了一宵，门外的何斌林也坐了一宵。

她不说话，也不愿吃东西。他就把温的粥一点一点地喂给她吃。

当第一缕阳光洒进房内，一切朦朦胧胧的，雪白的窗纱在起舞，如一片一片迷雾的白蝴蝶。她睁开眼睛，看见宋子衍在她身边睡着了。他一直握着她的手，他在梦里依旧紧蹙着眉心。他憔悴了。

房子里的一切都是那么美好。她笑了笑，自己总算是熬过来了。再看了眼虚掩的门，何斌林也坐在走廊上，一直不曾离开。原来，自己拥有许多，只是她从未曾留心。她总是理所应当地觉得所有的人都该对她好，她从小富贵，含着金汤匙长大，她并不曾真心待人，所以才会有今天的这一切苦果。也是时候该结束了！

她摸着自己的肚子，心空空荡荡的。她一动，宋子衍就醒了。

"你走吧！离婚协议书我会签的，你放心。"那是她对他说的最后一句话，从此以后，他们陌路天涯，再不需要记起对方。

宋子衍心下明了，她那样骄傲的一个人，一辈子也不会再想见到他了。

他黯然，但还是祝福她："请珍重。"说完，轻轻离开。

门外的人，在梦中惊醒，马上站了起来，宋子衍走到他面前，道："她需要你。"

"我会好好照顾她的。"何斌林礼貌地颔首。

宋子衍永远地走出了她的世界。

[3]

巴黎的香榭丽舍大街那样华美，每家店铺都似一个活的艺术品。太阳暖暖地照着，地中海气候那么宜人。

街道铺满了香水的味道，一切流光溢彩。两旁还有咖啡店，游人休闲地坐着聊天，品咖啡。

司徒风从咖啡店里取过一张卡片，写上了今天的际遇，与对她的祝福，然后再放回了卡片架子上。他的心情，不需要林雯知道。他只是想，在今天，默默地思念着她。

他放下杯子，离开了这里。

转角处，是赶通告的林雯。她带队来巴黎看秀，这次的时装周，三大秀场都去过了，还差这一站。她一向最怕来巴黎，一来，她不懂法语，二来，法国人出了名的骄傲，哪怕懂英语也从不说。她每次来这里，都很晕。

一大早起来，熬到现在，她已经快崩溃了。若非要赶来这边取衣服货版，这条著名的街道再美，也是没兴致来的。她在一家咖啡店前停下，要了一杯特浓的黑咖啡，她实在需要提神。

坐下喝咖啡的时候，她有刹那的怔忪。她想到了司徒风，她与他的关系变得微妙。尽管在公事上，他依旧是一副老板的样子，六亲不认，但私底下，他也曾问过，乔扬与玳玳约吃饭，问她去不去。

是他亲自来问的，为的是表示对她的尊重，不再通过玳玳。她一怔，本能地答“不去”，他也不勉强，只是一笑，道:“好的，下次有机会再约。”

后来，公司搞过庆功会，还附带有许多的活动。司徒风是游艇会的高级会员，活动自然安排在那里。她看到了他的那艘船，也刚好碰上船名的揭幕式。当员工猛地将那红布揭下，她看见船名竟然是：Sailing(航行)。

那一瞬，她的眼睛猛地眯起。她从台下遥遥地看向他，而他的目光也胶着在她的身上。他看向她，再没了高高在上的姿态，只是那样看着她，带着倾慕，只愿她能明白他。

会场里，响起了那首英文老歌的音乐，那样哀伤又那样荡气回肠，正是那首《Sailing》(航行)。

本就是一个自由性极大的活动，台下的人已经开始准备起舞。有些宾客则在一旁喝着鸡尾酒。而司徒风在台上说起了话，他说，他在今天，想为一个特别的人，唱一首歌。

顿时，群情汹涌，大家都在猜测，那个特别的人是谁。

司徒风略带沙哑的嗓音唱了起来：

I am sailing（我在远航）
I am sailing（我在远航）
Home again ’cross the sea（跨越海洋再次归家）
I am sailing stormy waters（我在暴风中航行）
To be near you (向你靠近)
To be free (获得自由)
I am flying (我在翱翔)
I am flying (我在翱翔)
Like a bird ’cross the sky (像只鸟儿飞越天空)
I am flying passing high clouds (我在白云中穿越飞翔)
To be with you (只为陪伴你)
To be free (获得自由)
Can you hear me (你可听到我的心声)
Can you hear me (你可听到我的心声)
Through the dark night far away (夜空茫茫，远隔万里)
I am dying (我正死去)
Forever crying (永远哭泣)
To be with you (只为陪伴你)
Who can say (其中甘苦谁能说)
Can you hear me (你可听到我的心声)

Can you hear me（你可听到我的心声）

We are sailing（我们在远航）

We are sailing（我们在远航）

Home again 'cross the sea（跨越海洋 再次归家）

We are sailing stormy waters（我们在暴风中航行）

To be near you（向你靠近）

To be free（获得自由）

Oh Lord（哦，上帝）

To be near you（向你靠近）

To be free（获得自由）

Oh Lord（哦，上帝）

人群里起了小小的轰动，许多女士皆叹："漂洋过海，只为了与你在一起！有谁会不感动呢？"

而林雯垂下眸子，不让人看见她的泪光。那么多年的辛酸啊……她无法言说，也不知道该对司徒风说什么。

自那以后，她与司徒风之间，也有过一两次约会，皆是与玳玳、乔扬一起的。依旧是四人行，仿佛一切皆未改变。

他们去野炊，司徒风对她十分照顾，吃的喝的，都替她弄好，连玳玳都装出一副艳羡不已的神情来。

而当她抬眼瞧他时，他脸上是淡淡的笑意，那么快乐。看向她时，又是那么温柔，不带丝毫攻击性。他不逼她，他只是在等着她接受他。

来人的一个转身，撞到了林雯，打断了她的思绪。对方说抱歉，再转身时，一张卡片被来人带了出来，从卡片架子上掉下。她捡起，刚想放回去，却被熟悉的字眼惊住。居然是司徒风写的。他写：我爱林雯，可不会告诉她，我只要她快乐。

泪水一瞬模糊了视线。她攥着那张卡，只感到人海茫茫，她不再是孤单无助。那张卡，她仔细地放进了坤包里。她与司徒风的一切，就随缘吧！

她不想再逃避，她累了……

[4]

林雯站起，要赶去秀场，可是忽然间，就觉得全身无力，想呕吐。她苦撑住桌椅，才站了起来，这样的状况，十多个小时前有过，但很快就恢复过来了。怕是太累了，又没顾得上好好吃东西吧！

她也没在意，只想着快些赶到会场。可一阵呕吐再也止不住，从开始的干呕，到后来的撕心裂肺，五脏六腑似搅在了一起，剧痛无比。她倒在了地上，身上是一摊可怕的呕吐物，在这样繁华美好的街头，在这陌生的国度，在这个连说了什么她也听不懂的地方，她晕了过去。

流浪于异国街头的日子并不好受，她从来只是由一个地方流浪到另一个地方，没有什么是属于她的。就连现在，她也只是一个人罢了……难道就要孤苦伶仃地客死异乡？那是她休克前仅剩的最后一点清醒念想。

其实，司徒风并没有走远，他来此并非为了公事，他只是知道，她要来了，所以才过来巴黎。他很想念她。她不在公司里的每个日与夜，他都是数着日子过来的。他知道她只晓得英语，巴黎与米兰，于她来说是陌生的。他觉得，她会需要他，就如他需要她一般。所以，他就搭最早的一班机过来了。

走在人群熙熙攘攘的街头，他想，待会儿的秀上，他只站在她身后偷偷地看一看她，绝对不让她知道。正想着，人群喧闹起来，还听到了远处传来的救护车声。一种莫名的心悸，忽然就缠住了他，他趔趄。心痛与心慌毫无征兆地就发作了起来，他转头看向旁边巨大的落地橱窗，玻璃里面的自己，脸色是发白的。

难道是林雯出了事？

"听说是个亚洲姑娘，怪可怜的，意识都没有了。"一个法国路人与同伴说道。

司徒风猛地跑出了街道，往人拥挤处跑去。

他推开重重人群，终于看清了，躺在地上的，蜷缩着小小身子的她。他不知道自己是什么样的表情，他只顾抱着她，呼唤她，可她听不见了。

是他送了她进医院，一路上，他一直抱着她，一直对她说:“我在这儿，你不会孤单，永远不会！”

她没有反应，医护人员要拉开他，可他疯了一般。后来，他能说的，只有“我在这儿”，反反复复便是这几个字。

严重胃穿孔。她需要紧急手术，而他便在手术室外等候，一直等，一直等，直到她出来。

当她醒来，只看见一张憔悴不堪的脸，他脸上都是胡楂，双颊凹陷，眼睛发红而眼底乌青。他的身上，居然还残留着她的呕吐物，为了守着她，他连衣服也不曾换。曾经那样美好的一个人，却成了流浪汉般。

不自觉地，她就笑了 :“你真邋遢。”

在她晕迷的时候，她好似听到有人一直呼喊她，绝对不允许她离开，那么霸道，想来也只有一个司徒风。她的手还被他握着，她想用力，却用不上。她说话的声音很低很低，他用了许久才想明白，她说了什么。他也笑了。他站了起来，俯身在她额上印下一吻，他说 :“以后，就让我来照顾你，好吗？”

没有动人的甜言蜜语，煽情的情话，他也不说爱她，他只是说，以后让他来照顾她。

她用尽全力，终于点了点头。那一刻，她从他眼里，看到了巨大的欣喜，犹如惊涛骇浪，翻滚汹涌，再不是平常的玩世不恭。他的眸色幽暗，那喜悦就似一簇跃动的火苗，然后熊熊燃烧了起来，明明深不见底的眸，一瞬变得璀璨起来，如星光烨烨，又如黑曜石一般。他已经抓住了她，从此以后，他便不会再放开她。

俩人相望，再多的话，也成了多余。

林雯还是没有赶上最后一场秀。她一直在医院里养着。司徒风请了最好的养护阿姨来照顾她，而他也一直陪着她。他喂她喝粥，喂她吃药，就连身体也是他擦拭的。那法国阿姨笑，从未见过如此恩爱的小夫妻。林雯便红了脸，司徒风却很得意。他照顾得很周到，就怕委屈了她。

有了他的陪伴，异国他乡变得不再冷清。看着他鞍前马后地去替她取药，替她询问医生，跑上跑下地去交钱，她便会不自觉地想，像他那样的公子哥，怕是从来没有做过这些事吧？等他回来，坐在她床前，就会陪她说好一会儿话。

“你也闷坏了吧，要不要我读报纸给你听？”见她摇头，他从公文包里拿出一本法国的《世潮时尚》杂志，问她，“要不要看？”

她高兴地点一点头，可一翻开，里面居然是法文的。

见她发怔，他忽然哈哈大笑起来：“法国版的当然是法文的。看来，以后你也要做好上岗再培训了，得好好学学法文。不然巴黎时装周，我都不敢让你带队了。”

他的笑容那么明朗，眼睛里一片璀璨，分明就是初次见面时的那个司徒风了。忽然，她就叫了声：“阿风。”

他怔了怔，握起了她的手，放在自己脸上。他说：“我在这儿。”

接下来的日子，他每天都会用法语念一篇杂志文章给她听，然后再用中文翻译给她听。他不厌其烦地做着枯燥单调的事。

大多数时间，她都是安静的，不爱说话。她对他，也没有什么不同，只是看着他时，多了份缱绻与留恋。他想，这就够了，他不可以逼得她太紧。

[5]

林雯的身体很虚弱，所以在医院里多待了几天。她住的是单人套间，一切舒适得如同在家里。

推开橡木窗户，入目便是一个小花园，园里百花盛开，绿树成荫，说不出的清新可爱。花园里还有一个小池塘，塘里种有白色的睡莲。睡莲那样静谧，于暖阳下盛开皎洁的花瓣，它小小的身躯是柔软的、圣洁的。它使人想起了莫奈的倾世名画。

一朵一朵的玫瑰开满枝丫，树篱与花皆经过精心修剪，呈现出法式浪漫。她多想走进花园里，去拥抱可爱的蓝天与草地。无奈，她连多走几步的力气也没有。

司徒风心细，知道她所想，便找来轮椅，推了她出去。

他将毛毯严严实实地盖在她身上，将她裹得紧紧的。风过，带来一阵蔷薇香。

“是不是比任何高级香水都要香？”她带一点笑意看向他。

他知道那是属于大自然的味道，那是最美妙的香氛，可他将头倚在她的颈项间，暧昧的气息暖暖地抚在她耳际：“你身上的香才是最美妙的。”

一瞬，她就红了脸，垂下眸子，再不答他话。

那是这么久以来，他与她说过的最暧昧的话。他想起了那些晚上，他拥她入眠，她的身体很香。他永难忘怀。她身体的香，便是这世上最好的催情药，无须香水，他便色授魂与，为之倾倒。

见她不愿再与他说话，知道自己是过分了，他走过池塘，在树篱下摘下一朵玫瑰花，递给了她。她并不接，他仔细地把刺剔除，把花枝截短，斜斜地插在她的发上。她长发及腰，又黑又亮，似夜色里的瀑布，又似锦缎，她与玳玳一样，都有一头漂亮的青丝。红色的玫瑰，黑的发，衬得她的眉眼也潋滟起来。

她长得美艳，否则他不会迷恋于她。可当她安静下来，他便发现，她有一种别样的美。她的美不再火辣，而是恬静的，脸庞也柔和淡然了起来。他爱她的浓烈，也爱她的淡雅。她使他想起了中国的一句古话：淡扫蛾眉。不化妆的她，一下子年轻了好几岁，像个简单得如白纸片一样的大学生。

“你很美。”他由衷赞叹。

“窃花，不怕别人罚你？”她终于是肯搭理他。

他一笑，低下头不说话，只陪她坐于园中，欣赏那一抹独特的景致。

玳玳的电话，经常打过来。姐妹俩即使分隔万里，依旧有说不完的话。有时，司徒风并不走开，在林雯的一问一答中，多少也知道了乔扬最近过得不太好。电话结束后，林雯有时也会叹："玳玳那命定的冤家又回来了！"她不过是自言自语，不期望他能理解与回答。可他知道，是与自己有几分相似的宋子衍又缠上了玳玳。

更多的时候，林雯打电话，他是不打扰的。他会走到一边候着，欣赏火红的玫瑰，看着池塘里的白睡莲出神。有时林雯放下了电话，便瞧见他坐在池塘边上忘了时间。流光轻易把人抛，她从他身上，体会出了那种情致。

林雯与玳玳通话，更多的时候是沉默无言。玳玳心软，怕林雯在那边会吃苦。她便告诉玳玳，是司徒风在这边照顾她。她想说，她不是独自一人。可话到了嘴边又说不出来。玳玳沉默了一下，然后说："表姐，你的心别再流浪了，也别再放逐自己了！你经常劝我要勇敢地去爱，可阿风对你怎样，你是知道的。你要抓住幸福！别让幸福溜走了！"

她隔着电话叹气："我不知道，顺其自然吧！那你呢？对于你来说，你爱的究竟是乔扬，还是宋子衍，你总得明白过来，找到你自己想要的。"

换来的也是同样的一句："我不知道……"

因为国内有些项目，还差一份重要文件，所以司徒风只能中途赶了回去。

临走的那天，他坐在她的病床前，说："我很快回来，最多三天。你就在这里等我，好吗？克里斯汀会代我陪伴着你。你闷了，她会给你读杂志。"

"我听不懂法文，你是知道的。"她多少有些不舍，话再出口，便有了撒娇的味道。他笑了，眉眼弯弯，道不尽的眉目风流，可瞧着她时，又是如此专注，仿佛她就是全世界。

"她会说英文啊！乖，等我回来了，我再念给你听。"他的话包含宠溺。

尽管法国阿姨克里斯汀听不懂中文，也明白了他们是在说情话，悄悄地掩上门离去了，独留了他们二人。

“我可以吻一吻你吗？”他带着期待看向她。

她的脸一片娇羞，闭上眼点了点头。

他在她的唇上，印下一吻。

司徒风是在机场遇见乔扬的。

他刚从海关通道出来，就遇见了刚下出租车的乔扬。他是个重感情的人，既然乔扬是他的朋友，无论再忙，他都要和乔扬聊一聊的。

俩人是在机场餐店里坐下的。看得出乔扬很疲惫，行李箱还在他脚边，他的这趟出差，都不知道跑了多少个地方，转换了多少个城市了。

男人间的友谊向来直来直往，谈话自然也无须拐弯抹角。

“听林雯说起，玳玳很担心你。你这个星期，都是在天上飞了。快成空中飞人了啊，老兄！”还不忘开玩笑，他捶了乔扬一记。

可乔扬也只余苦笑。手边是一杯黑咖啡，他满腹心事，举起杯子时，便洒了出来，烫在指间，是刻骨铭心的痛。再开口，情绪已经稳定了下来，他说：“玳玳太年轻，有时候不知道自己想要的是什么。我不想逼她，如果她做出了选择，我会放她自由。”

司徒风眉头一皱，取过了他手中的杯子：“黑咖啡别喝那么多。林雯就是如此，才出事的。”顿了顿，他又说，“其实，幸福是要靠自己争取的。你不应该轻易放弃，有时候，女人需要的只是一双强有力的肩膀，她们于感情面前优柔寡断，这时候勇于向前的男人，才能抓住她们的心。”

店里的音乐缓缓升起，一首歌由低低倾诉，过渡到了高潮。是一首许久不曾听到的老歌了。

“当你为了我和他而犹豫，我不该只等待你做决定，如昊任性，那么一次把你抱紧，也许不会失去你！ oh!oh! oh! 想你想得好孤寂，我想你想得好痛心，向天大声喊爱你，恨我说出口的不到爱的万分之一，到如今还能说给谁听！ oh! oh! oh! 想你想得好孤寂，我想你想得好痛心，向着远方喊爱你，深深爱一个人根本不该苦苦压抑！一点迟疑，一生的悲凄……”

是邰正宵的《想你想得好孤寂》。

乔扬听了，沉默。

而司徒风是第一次听到这首歌，他带点玩世不恭道："这首歌真应景不是？尽管是第一次听，但歌中的道理，谁人都懂。"他点到即止。

在俩人分离之际，司徒风拍了拍乔扬的肩膀，语重心长地说："换了是我，在这个关键时刻，我绝对不会离开她，不会让那个人有机可乘。你要做的，不是频繁地出差，不是把她亲自推到那个男人那里去。而是留住她，抓住你想要的幸福！我相信，只有你，能给玳玳幸福！我祝福你们！"

乔扬与司徒风搭上了去往不同城市的航班，两个曾经的好搭档擦肩而过，各奔东西。

飞机即将起飞，乔扬握着手机，迟迟不愿关上，忽然，玳玳的电话来了。他犹豫不决，指腹在接听键上徘徊，头上响起了空姐甜美的声音："先生，飞机即将起飞了，请关闭手机。"

于是，他只能按了关机键。

飞机上到了高空，他看见窗外白云朵朵，棉花糖一般，又软又糯，就像玳玳。他始终是无法忘记她的，她的身影挥之不去。

他猛地闭上了眼睛，昨晚的点滴又涌现出来。

他是在广州跑项目，但有一份重要文件留在了家里。他是连夜赶回上海的，回到家里，已经将近凌晨四点了。

房子里漆黑一片。可他看见玳玳就坐在沙发上，抱着双膝，一动不动。身旁陪着她的，就是他们共同收养的雪球。她很孤单。为了等他回来，她居然不去睡觉。他走到她身边，放软了声调："这里冷，回房间睡吧！"

他刚要转身去找文件，她就抱住了他。她说："不要丢下我一个。"

乔扬感到一阵心酸，她或许只是怕一个人，所以才会投进了他的怀抱。

他们有过最紧密的肌肤之亲，可她的心里，或许是抗拒的，她不过是害怕一个人罢了。他不应该急着跟她结婚。那一张结婚证，只不过是因为他太害怕失去她，所以上赶着她去办的。他太自私。

他想掰开她的手，可她抱得那么紧，紧得他喘不过气来。

“别丢下我一个！”她执拗地不放开他。

原以为自己不会哭，可泪水还是滑落了下来。他庆幸，她没有开灯，没有瞧见他的悲伤。一直以来都是他在追她，他爱她，可她只是怜悯他而已。他不需要同情与怜悯。他带了一点笑，说道：“如果你长得再丑些，脾气再坏些，就好了。那样，我就不会如此对你念念不忘。”

她怔在了那里。而他终于掰开了她的手，决绝地离开。

他拿到了那份文件，就离开了。没做片刻停留，甚至连一眼也没有看她。

他以为自己不知道吗？他为什么落泪了？他的泪水全滴落在她的手背上，那么烫，烫进了她的心里……原来，男人也会流泪……玳玳恨自己明白得太迟，她早已爱上了他！不是很喜欢很喜欢，而是很爱很爱！

她打电话给他，可他一直不接。一个，两个，三个……直到第十个，他关掉了手机。难道，他真的要从此舍她而去了吗？她跌坐在沙发上，任泪水肆虐……她多恨自己的无心，伤害了乔扬……

乔扬下了飞机，就给苏茉莉打了电话，让她过去照顾姐姐。毕竟，玳玳的肚子月份大了，他十分不放心。

想起淘气跳脱的苏茉莉，他还是不放心，却也无计可施。苏茉莉已和李刚毅同居了，住在金桥那么远，和她妈妈吵了架便离家出走，也只有她这样有父母疼爱的人，才学得如此任性。玳玳一直过得小心翼翼，何曾有过苏茉莉那样的任性。

想起了她从小寄人篱下的生活，乔扬十分怜惜，也想好好地抱着她，给她安慰，多哄哄她。可他知道，再不可以这样自私。所以，他没有给她电话，也没有去打搅她。

[6]

林雯是半夜接到玳玳的电话，被她给惊醒的。

在电话里，玳玳哭得一塌糊涂。她说乔扬不要她了，她说她找不到乔扬了！她哭得昏天暗地，语言凌乱，最后连嗓子都哑了。

这一来，可急坏了林雯。幸好，司徒风回来了。他风尘仆仆地赶来医院看她，而她却说要回去。

她抓住他的手，语气那么急切："玳玳哭得太厉害，我怕她有事。"她十分焦急，已经是片刻也待不住了。

司徒风只说了好，就订了两张最快起飞的机票。

林雯全身乏力，根本不能行走，是他推她上的飞机。

在临飞前，林雯就给玳玳打了电话，说自己现在回来陪她，让她不要惊慌。

趁着取票的空当，司徒风也给乔扬打了电话。司徒风说，玳玳找不到他，要崩溃了，即使他决定要放手，也应该亲自问一问她，她究竟是怎么想的，怎么可以随随便便就离开。

电话那边的乔扬沉默了，然后司徒风就听见了有人在问他程序问题。他对司徒风说了句"工作忙，再聊"，就放下了电话。

乔扬的心是不平静的，他再也无心工作。他太想念玳玳，只能用工作来麻痹自己。可躲开她，离开她，真的就是自己想要的吗？客户问了他许多遍，他都没有回答。最后，他猛地站起，说了句"抱歉"，就跑了出去。

他要回酒店拿身份证，他要马上去机场买机票飞回到玳玳的身边，如果玳玳出事了，他一辈子也不会原谅自己的。

一想到司徒风说的，玳玳整夜整夜地哭，他心里害怕得慌了。终于，飞机离地起飞的那一刻，他才觉得自己的一颗心，回到了原位。他只恨飞机飞得太慢，而他又离她太远……

林雯的飞机迟迟未到，玳玳等得急了。她在候机厅里来回走着，她很焦虑。她很怕乔扬不再理她了。这些天，她反反复复想着的只是乔扬，也只有乔扬。她终于明白，自己已经放下了宋子衍。或许，她依然还爱着他，毕竟是多年的感情，即使放下也需要时间。可她最爱的是乔扬。她可以忍受没有宋子衍的日子，却想也不敢想乔扬的离开。

她走得太急，一头撞在来人身上。对方一怔，抓着她肩膀的手，再用了用力。喜悦瞬间充满了他的整个心腔，行李掉到了地上，他一把抱住了她。他说："玳玳，你终于还是来了。"

苏玳玳蒙了，过了许久，她才想起，今天是宋子衍离开的日子。他要去新加坡了。

机场真是个奇妙的地方。人来了又往，来来往往，上演着一曲曲悲欢离合。多少的人在此拥抱吻别，又有多少的人在此等着心爱的人归来。她要等的，却已经走远了。她的泪水打湿了脸庞，宋子衍才发觉了她的异样。

只是一瞬，他就明白了过来。他轻轻地放开她，仔细地瞧着她，她的眼神空洞，曾经灵气的一双眼，曾经眼里只有一个他的美好眼睛，如今里面空空如也，什么人也没有。原来，她不再爱他了，她要等的，并不是他。

到了这一刻，玳玳再也无法骗自己了，她看见了宋子衍眼底的难过，可她不能再徘徊不定了，否则，对宋子衍也不公平。

她看着他，努力止住了哽咽。她的声音有些激动，她希望他能明白："我和他在一起太过仓促，所以才会有那么多的迟疑与犹豫。虽然我明白得太迟，可我爱的是他！子衍，我们有过最美好的时光，在最美好的年华里，我们遇见了彼此，我们相爱，我们拥有了对方。我从不后悔！我深深地爱过你，可我现在爱的是乔扬。我们过往的一切，就让它留在最美的时光里，好吗？"请记得，我曾深深地爱过你，也还深深地爱着你，可这句话，从今往后，我再不能对你说了。我只能默默地祝福你，子衍！

玳玳在心里默默流泪，也默默地给了他最好的祝福。

宋子衍觉得，自己可以放下了。他爱她，她也爱过他，他们在最美的年华初识，他拥有了最美丽的她，她从来没有过怨恨，她留给他的，只有爱。是真的深爱，才能如此无怨无悔。爱到深处无怨尤，他如何不懂得玳玳的心。只是，她终于明白了自己想要的，她想要的是一个温暖的怀抱，一个安定温馨的小家，而这一切，乔扬都给了她。

他对着她一笑，道："我明白了。玳玳，我祝福你。你值得更好的。我可以抱一抱你吗？"

玳玳点了点头，泪水已经打湿了脸庞。他抱着她，笑："傻瓜，这是我们的离别，怎么哭了？"他替她拭去眼泪，她是他这一辈子最渴望的一个美梦，可是梦终要醒的。他看见了站在玳玳身后的乔扬，站在离他们不算远的地方，应该是可以清楚听见方才他俩的谈话。这样也好，乔扬能明白玳玳的心，他也算是功得圆满了。

他放开了她，却不许她转过身去。他说："答应我，一直送我进候机厅好吗？"

她点了点头，见他要走了。她似想起了什么，走前几步，一把拉住了他的衫袖，可怜巴巴地看着他，像个可爱慵懒的无尾熊。

他笑着看她，停下了脚步。

她从袋子里取出一张卡，说："我去办房产证时，知道了那套房子是你买下的。我不能要。你已经留了许多资产给我，这样不公平。你过去那边，一切要重新开始，你需要这笔钱。这里是一百万，剩下的我再还你，好吗？"

他想了想，还是接过了那张卡："玳玳，剩下的不用还了。我不愿彼此生分了。或许是我自私，舍不得斩断这与你唯一的联系，可我真的是想给你一个家。当初，我没有这个能力，而如今，你身边已有了别人给你一个家，我做的一切，都是那么可笑。可我还是希望，能保留一点我与你的回忆。"

站得远了，这些话，乔扬听不见，所以宋子衍把心底里的话全说了出来。他真的是舍不得她。

玳玳一怔，咬紧的唇，复又张开：“你是孩子的爸爸，如果你想她了，你可以来看她。你会喜欢她的。”

“当然。我会回来看她的。”他终于说，“我要走了，你转过身去吧，那里有你期盼的希望。”说完，头也不回地进入了安检区。

玳玳疑惑，并不明白他的话，可当她转过身来，她立刻捂住了嘴巴，流水瞬间决堤。

乔扬站在了她的身后，一直在那里默默地等着她。只要她一转身，便能看见他。

她见他微微地笑了，笑意直达眼底，是从未有过的开心。他张开了双臂，以一个拥抱的姿势，等待着她！

她喜极而泣，向他飞奔而去。她如一只快乐的小鸟，投进了他的怀抱，他怀抱的温暖，多么让她眷恋。她在他耳旁，不断地说着：“我爱你，我爱你，我一直爱着你！”

“我知道，小傻瓜！”他轻声说，“我爱你。”

他们互诉衷肠，他们拥抱亲吻，他们的眼中只有对方。

宋子衍站在远处，看着那一幕，泪光一闪而过。他对着玳玳的方向，低声说：“玳玳，我爱你。祝你永远幸福！”

对于玳玳的疑虑，乔扬全部说了出来，他不愿彼此再有误会。他说，他是因为不想她难过，他才离开。他以为，她爱的是宋子衍，而只是同情他，他不愿再为难她，才会选择离去。

“从今往后，你再不许离我而去！”玳玳要他起誓。

在人来人往的机场，每个人都笑着看着这一幕。有些人纷纷鼓起了掌来。方才那一对情侣那样浪漫，在机场相逢，男士把可爱的女士抱了起来，转起了圈圈，一切美好到了极点，所有的行人都停下为他们鼓掌。而玳玳睁着亮亮的眼睛，依旧在等待他的誓言。

他的脸红了，可他很快冷静了下来。他变得严肃，可眼神那样热切那样真挚，他举起了手，对天起誓：“此生此世，我再也不会离开玳玳。永远爱她，宠她，保护她，给她一个家，和她养一窝宝宝，我们会永远地在一起！”说完，他单膝跪下，从衣袋里取出了一只红锦盒，看着她，小心翼翼地打开。

是一枚小小的钻戒，虽然不起眼，但在玳玳眼里，便是这世上最珍贵的瑰宝。他深情地问：“给我一个机会好吗，我会好好地照顾你！”

他俩明明已经领了结婚证，可他在向她求婚，如一个初涉爱河的可爱少年。她一笑，答：“我愿意。”

四周响起了热烈的掌声。他替她戴上戒指，他与她快乐地亲吻。

俩人还看见了一旁的林雯与司徒风。林雯坐在轮椅上，她瘦多了，可她那么恬静，她的眸光璀璨，分明是拥有了这世上最宝贵的幸福。

原来，他们都获得了幸福。那一刻，玳玳只觉得，老天是那么可爱。过往她所受过的苦，原来不再苦涩，那是她人生中最宝贵的经历。

她想起了曾读过的一本小说，《春月》一书中的女主角——春月，她从不诉苦，从不怨天尤人；她身上有一种内在的尊严，一种博大的历史感，使她坚定自若，不被生活的困苦所左右，赋予她一种独特高尚的气质。自己比春月幸福，因为她终于紧握住了爱人的手，抓住了幸福！

想到这里，玳玳开心地笑了，向着林雯招了招手。

第十六章

/ 山川与湖海，日出到日暮 /

[1]

由于宋子衍与安薇的离开，在时光集团里，苏玳玳的一切又恢复了平常。

只是经历了那么多，再兼听了从死神那里走了一趟回来的林雯说起病发种种，玳玳依旧心有余悸。她抚着已渐渐隆起的小肚，一瞬间明白了许多。

她也曾自私过，为了生活，为了孩子的将来，她那么拼命地赚钱。可如果她累坏了身子，害了宝宝，即使得再多的工资再高的职位，也不过是一场虚空。那是宋子衍唯一的孩子，或许，将来，他还会有许多许多的孩子。可她与他的孩子，只有这一个。她打算放慢脚步。

再则，她隐瞒了许久，可到了七八个月时，还是瞒不住的。她知道，汪小姐一直很支持她，甚至对她过分好了。这要是传了出去，会影响到汪小姐的。于是，她私下里找到了汪晨露，并对汪晨露说明了自己已有身孕，愿意调到另一个岗位上。

她不想汪小姐难做。汪小姐一直是她的贵人，没有汪小姐，她的工作早就保不住了。汪小姐对她有知遇之恩，所以她不应该欺骗汪小姐。

谁知，汪晨露只是微微一笑，那对明眸说不出的亲切柔和，她的相貌不算惊艳的美，可那对眉眼十分出众，看人时是惊心动魄的。而关于汪小姐的那一场倾城往事，她也是刚从林雯那儿知道的。

汪小姐见她若有所思，便开门见山道："我知道你有宝宝了。我也是一个妈妈，我能理解你的心情。你不必急于调职，你在这个位置上做得很好，我喜欢给人才机会。"

正说着，门就被推开了，跑进来一个十分漂亮的小女孩，她用软软的、糯糯的声音叫着："妈妈，妈妈抱抱！"

玳玳的一颗心都酥软了。可她一抬头，觉得小女孩很眼熟，正在寻思在哪儿见过，却听得汪晨露的声音娇娇柔柔地响起："你太瘦了。从今天起，你无须再遮遮掩掩了，这样对宝宝不好。"

汪晨露微笑着，抱起了那个粉妆玉琢般的孩子，亲了亲，再看向她时，便用了然的眼神向她示意，说："我与你一样，这个孩子，不是我丈夫的亲生骨肉。"一声叹，她接着说，"我的那些往事，不提也罢。或许，我们真的是同病相怜，可我更觉得，我们是有缘。而且，你救过海伦，无论怎样说，我都应该还你这份人情。"

"你就是那位妈妈？"苏玳玳忽然想起了，她和乔扬救过的那个小姑娘，乔扬还让她骑到肩膀上骑马马，而那位戴着口罩的年轻妈妈居然就是眼前的这位女强人。

"你啊，聪明是聪明……"汪晨露半带玩笑，半责备道，"可没有上司喜欢喧宾夺主的员工，这个你可记好了。我希望不要再有下次。"

原来，一切都在她的掌握之中。

玳玳想，自己真是傻，像汪小姐这样的商界女强人，手底下人的一举一动又怎么可能瞒得过她呢？

"我丈夫才是真正的幕后老板，没有他，时光早没有了……"汪小姐一叹，眉心轻蹙，眉黛含烟，似被触动了无限的伤心往事。

玳玳不忍，连忙安慰她："汪小姐，你别难过……孩子的爸爸……"她一出口觉得自己真是笨，怎会问出这样的问题。

可出乎她的意料，汪小姐的回答很平静："他去世许久了……久到我都快要忘记他长什么样子了。"不是不惆怅的。最爱的人，已经不在自己身边了。而她，还拥有着幸福，因为乔扬在她身边。

汪小姐让她安心地留在时光工作，就让她离开了。

她约林雯出来，把这件事告诉林雯。

林雯叹："想当年，她与金融巨子文洛伊、义兄汪柏之间的那一场情事，真是轰动了整个上海滩。那样的美人儿，注定了情路坎坷的。"

"那你呢？林大美人？"玳玳带了一点调皮笑意，看向她。

她一叹，又不知从何说起了。

"你与阿风在一起了吗？"玳玳问。

"我与他，不过是一对冤家，可偏偏是他，在我最需要的时候出现，也一直在原地等待着我。在梦里，多少次，我都不敢回头，就怕那里一个人也没有。从来没有一个人，会为我等候。但他等在了那里……"林雯叹，"或许，这就是开始了吧！我们没有谈到未来，只能走一步是一步。"

司徒风身后是庞大的司徒家族，林雯的路并不好走。但玳玳还是衷心地替她高兴，找到了属于她的幸福。

玳玳说："将来的事管他呢，我们要握住的是现在！"

林雯笑她："终于开窍了嘛！"

姐妹俩相视一笑，都觉得由衷地快乐。

玳玳与乔扬这一对，可谓是历尽万难才在了一起，原本以为一切都会好好的，婚期在望，可磨人的时候才刚刚开始。

乔扬的父母从澳洲回来了，来势太猛，让乔扬猝不及防。关于玳玳的事情，乔扬原本觉得没什么好提起的。谁没有过去呢？可玳玳虽不是有一颗七窍玲珑心的人，也知道前事是不该隐瞒的。小两口因此有了些争执。乔扬想，自己妈妈那么要强的一个人，他不说，只是不愿玳玳再受这些罪。玳玳却认为，从一开始就隐瞒，等将来被发现了，只会更糟糕。

俩人心情烦极了，便各自找了阿风与林雯倾诉。

林雯听了玳玳的话，也只能叹："家家有本难念的经啊！"

还是老性子，林雯约出来的地方，依旧是酒吧。

不过这个酒吧的环境是真的好，不吵，坐落于天宇之上，隔着明亮的玻璃窗，楼下是万点灯火，波光粼粼，不远处是一座座气派华美的万国建筑，被灯光一打，庄严肃穆，又美轮美奂。

来往的客人不多，酒保在摇晃着五颜六色的液体，一杯一杯颜色各异的酒杯摆在酒保面前，客人自取，也不需问是什么酒，喝的就是那份随意自在。

玳玳是孕妇，正因身体纤细，更显得微凸的肚子成了焦点，任谁都知道这是大肚婆了。大肚婆还来酒吧，果然人人都看怪物般看着她。这让玳玳恼极了林雯。见玳玳是气得鼓起了小脸蛋，她笑："要练蛤蟆功吗？快收起你的腮帮子！其实啊，乔扬是个做事有分寸的人，人也有主见，我倒觉得不必担心太多。谈恋爱时，谁不是花前月下，你侬我侬的，可一进入到婚姻，一切都变得现实而烦琐，这也是没有办法的事。"

见玳玳若有所思，一对明眸暗了些，她又婉言规劝："你和他能走到这一步不容易，有什么事平心静气地好好说。你跟他说清楚利害关系了，他便懂得打算了。如果他当初就为了你的往事而踌躇不前，也不会和你在一起。"

另一边，乔扬实在是太累，直接就倒在司徒风家的沙发上了，他叹："我只是觉得，没有必要把玳玳离过婚的事说出来而已。"

司徒风想了想，道："玳玳很敏感，一点事情也会伤到了她的自尊，让她逃避，像个蜗牛那样躲起来。这就是一开始，她躲着你的原因，她从一开始就觉得配不上你。林雯和我说过许多，玳玳是早看到了会有父母关难过的这一天。你要从她的角度考虑。再说了，如果没有那个孩子，这样做还是行得通的。”

“可我是真心将孩子当成自己的孩子啊！”乔扬也是急了。他的嘴角都起了泡，明显是急得火烧火燎的。乔扬那么稳重的一个人，也只有深爱一个人，才会把自己逼得如此紧了。

司徒风递给他一杯果汁，道：“你别急，先听我说。那个孩子，不仅仅是你和玳玳的，还是宋子衍的孩子。宋子衍将来还会来看望孩子的，你们总不能不让人看吧，那样对孩子与宋子衍也不公平。等孩子再大些了，便会知道，宋子衍才是她的爸爸，你们两家的来往也绝对断不开的，再不如你刚恋爱时，想的那么美好。到时，你的父母在避无可避的情况下才知道这一点，他们会怎么看待玳玳与孩子，你想过没有？他们只会敌对玳玳，认为她是使了手段才和你在一起，完全地把她与孩子当成了外人。还不如你们一家人开诚布公地说清楚，早点让他们知道，早点让他们接受过来。这不会是一天两天就成的事，但总比以后知道要好。如果你足够爱玳玳，就应该有这个信心。你如今这个样子，又怎能给玳玳信心呢！”

喝了一口果汁，顷刻间，真的觉得整个人爽快了许多。乔扬点一点头，再看向司徒风时，露出了微笑：“谢谢你。我想明白了，还是你比我心思玲珑。”

“那是你当局者迷罢了。其实，在国外，这根本不算什么事，真要结婚连父母的意见都无须问，知会一声就行了。可在中国不行，不是两个人结婚，而是两个家庭结婚了，这才是最棘手的。林雯逃避我，为的也不过是这个道理。”司徒风也是叹气。自己的家族那样庞大，林雯真要嫁过来是要受苦的。可他已经走出了这一步，他绝不会后悔，许多事，就交给他来解决好了。幸好，他们家族也无须一个商业上的强强联姻。司徒家族发展到了今天，是不需要这一种手段的了。但家族间对子孙媳妇的要求绝对不会低，哪个眼睛里盯着的不是名门之后。林雯不是名媛，顶多只算是他的远方表亲。当初自己妈妈会与林妈妈说起相亲的事，不过是一句俏皮的玩笑话。而且林雯长得美，妈妈是事先见过照片的，按她的原话意思就是：“那女孩子漂亮，也算是亲戚以外的熟悉人，知根知底的，你在上海玩玩就行，总好过找那些乱七八糟的什么明星玩。那些个明星即使走过了外国红地毯，得了什么劳什子的影后，可品性却不见得好；林雯不比大家闺秀、名门之后，但至少干干净净的。你好歹给我整清爽了，也顺带着收收心，别再跟在加州时，和鬼妹混在一起。”那番话如此刻薄，他是连说出来，都觉得羞愧的。许多事，根本就是林妈妈的一厢情愿，还不如林雯看得通透。可就是这个有着七窍玲珑心的林雯，让自己吃足了苦头，让自己爱上了她，无可自拔。

一声叹，换来了司徒风的那句“家家有本难念的经啊”，看到乔扬与玳玳这平凡的一对如此幸福、甜蜜。他是羡慕的！

[2]

乔扬的父母是没有通知他，就突然回来的。乔扬本已计划好，打电话和父母说明和玳玳的婚事，再请他们回来。那样，大家也有底，也提前让他们熟悉玳玳，可二老一听这边的亲戚说看见乔扬跟一个女孩子逛街，态度亲密，还似有了身孕，他们就飞奔回来了。

一开始，乔妈是高兴的，拍了一掌乔扬，还说：“好儿子，你可给我们争气了，奉子成婚，我看就不错。我还担心抱不到孙儿了呢！”

乔爸是老好人，也是笑开了：“我说东丽，你说的是什么话！我们的儿子还要你操心吗？”

“有三个月了吗？听我那老表妹说，她肚子还很小，不是过来人都看不出来。”乔妈还在继续八卦。可这一来将乔扬的计划全盘打乱，真是有苦说不清。他支支吾吾什么也没说，含糊地岔开了话题。

而乔妈则想得更远，打算要考考儿媳妇手艺了。

原本，乔妈还以为儿子依然住在金桥，可一问之下，才知道，他在浦西这边买了房子。

“儿子，房产证上可是写你名字的吧？别被骗了哦！”乔妈精明，马上想到了那方面的事，觉得无须加女方名字了。

乔扬无可奈何，也是来了脾气了，开口就是：“那要不要再来个婚前财产公证啊？换了我是女孩儿，我干脆就不结婚算了，听了心寒。”

自己这个孩子是个老好人，脾气一向很好，这么多年了，也不见对一个女孩认真上心，也不是没有过女朋友，但每次让他带回家瞧瞧，他都不愿意，连提及女朋友都是惫懒的，后来直接就分了，连看也不用看了。现在，不单房子都改在了浦西，上下班浦东浦西来回跑的，也不嫌麻烦，可见是对这个女孩子十分上心的了。乔爸是明眼人，没有乔妈的那些小心眼，也是劝道：“东丽，不是个个女孩子都图那些的。”

“我怎么了，不就怕咱儿子吃亏吗！我们又不是富贵人家，买一套房子不是那么容易的事，能不谨慎处理吗！换了我有千万身家的，我也想大方啊！真有千万家财，我送她一整栋别墅！”乔妈不高兴了。

乔扬知道，这个时候开口说玳玳的事，是十分不明智的。他叹，还是等他们见过玳玳本人再说吧！

儿子与那女孩同居了的事，乔家父母是知道了的。再向乔扬旁敲侧击，也大概知道了女孩只有二十三四岁，十分年轻。问起他们如何认识的，乔扬的脸上一片温柔，说起，三年前，在苏州的绿水桥上认识的。

儿子的神情温柔、专注，眼底里是从未有过的喜悦。乔妈想，就是这个女孩了！既然乔扬那么喜欢她，他们也不能当一般人对待了。乔爸也是笑，说起了和东丽的往事，俩人何尝不是在西湖桥边西泠印社里邂逅的，俩人同来西泠印社刻章，一见钟情，后来便有了乔扬。

说起那些浪漫的往事，乔妈的脸容也变得温柔起来，还嗔他：“老东西，还说以往的那些做什么。”

乔爸哈哈大笑起来：“没想到我们的儿子就跟我们当年一样浪漫。”

后来，在乔扬的安排下，大家在家里吃饭。

乔家父母过来得晚，看不到当中的情形。想来也是乔扬乐意惯着她，宠着她。她想大显身手，却被乔扬笑着推到了一边看电视去，还给她榨了一杯果汁慢慢喝。

可玳玳带着点小期待，走到他身边，说："我来就好了。"说着要去解他的围裙。他一转身，在她的唇上轻啄。她脸就红了，扭着他的胳膊不愿离开。

"乖，一边玩儿去！我煮好了，你就说，是你煮的。一样的。"他笑。

"我又不是小狗狗，到哪儿玩去呀！"她一脸郁闷，定然是他嫌她做的饭不好吃了。那点小委屈，他哪看不明白，把一手的油抹到她脸上去。

"你煮的最好吃！不过，我不愿你累着了。再说了，我是讨老婆，又不是讨保姆！"他一番话说得她是红透了脸，耳根子、脖子都红了，羞得直跺脚："谁要你讨老婆！"

看着她如同少女一般的娇羞模样，乔扬实在是心情大好，在厨房里一边做菜，一边唱起了歌来。

是苏州民间的一些小曲，经他唱来，荡气回肠，十分动听。她心头甜蜜，连笑容都是甜滋滋的。

等到乔家父母快上门了，玳玳换过了他的围裙，假装在厨房卖力。等到乔妈进屋，刚好看见她一个娇娇小小的女孩端着一大盆汤上桌的情景。

乔妈心就软了，一声斥责："乔扬，怎么可以让她端那么重的东西？"

乔扬连忙接过汤，对着玳玳时，是一脸宠溺的笑。

举案齐眉，不过如此。那一刻，乔家父母对玳玳是满意的。

玳玳长得讨喜，有一张小小的圆脸，下巴偏又尖尖的，是那种老人嘴里常说的福相。桃之夭夭，灼灼其华。之子于归，宜其室家。用在她身上，最合适不过了。且她皮肤白，眼睛又大，就像个粉团似的，柔软温柔，还未说话，就先红了脸，看人时带着三分腼腆，人又秀气清爽，换了谁家老人见了，都是喜欢的。

"倒是个可人疼的孩子。"乔妈低声与乔爸说。乔爸是眉开眼笑的，也觉得儿子有眼光。不妖不艳，正合乔妈的眼缘。

乔扬从不担心，玳玳不得二老喜欢。只要见过了她，一定会有一个好印象的。有了好印象，其他的事，也就好办了。

饭桌上，乔妈谈起了两家坐下一起讨论婚事的事。因为乔扬之前已经说了，俩人已领了结婚证，就差摆喜酒了。

原本，乔妈对于乔扬先斩后奏，提前领了结婚证是不满意的，但看见玳玳乖巧听话的样子，且连肚子也有了，也就没有意见了。再说了，奉子成婚，也总好过乔扬找个哑巴！原来的那件事，可是差点把乔妈给吓出心脏病来的。

而玳玳的孩子，其实才是乔扬最为烦心的事，他已答应了玳玳，找机会与父母说，可这从何说起，让他犯难。

偏偏哪壶不开就提哪壶，乔妈首先问道："玳玳啊，这社会开明了，也没什么好避忌的了，你这肚子几个月了啊？三个月有了吗？我看不怎么明显呀！"

玳玳羞红了脸，只想找个地缝钻进去。乔扬连忙岔开了话题，说起约苏家父母见面的事。乔妈也以为玳玳害羞，也就没再说了，乔爸适时圆场："也是啊！两家坐下商量才是正事啊！"

那一商量，就直接捅出娄子来。

本来两家约在外滩吃饭，两家人热热闹闹的，一开始气氛是很不错的。苏家家境好，自带了酒水，把一桌饭菜办得是有声有色。苏国安绅士礼貌，相貌端方，而方程程又年轻漂亮，打扮优雅端庄，坐在那儿，跟个明星似的，给足了亲家面子。而难得的是苏茉莉与林雯也出现了，一个妹妹一个表姐，个个都是美人胚子，可见基因是顶好的。乔妈也是个讲究的人，自己的穿衣品位本就不差，生活上也是不缺衣食的，说不上样样精致，但也是挑剔的。所以看见亲家如此，对玳玳的评价自然也就高些了。难得的是，玳玳没有脾气，不像其他上海姑娘那么傲慢娇气。

可当玳玳介绍，这位是她的方阿姨时，心直口快的乔妈问出了口："这不是亲家母吗？"

乔扬怕玳玳难堪，接下了话头：“这是玳玳的阿姨。”刚说完，门外轻响，正是玳玳妈与外婆到了，他连忙接着介绍道，“妈妈、外婆你们来了，快请坐。”

这一下，乔妈的脸面就有点难看了，小声嘀咕起来：“怎么这家庭环境这么复杂啊！”

偏生玳玳与林秀也听见了。玳玳急得要哭了，眼睛有点红红的，那颗小小的虎牙都要把唇给咬破了，林秀拉住女儿的手，沉默地坐了下来。倒是外婆性子泼辣，不卑不亢地与对方打起了招呼：“亲家好！”

乔扬心疼玳玳，也就在她身边坐下，在桌底下，手一直握着她的，没有放开过。乔妈看见了，自然也就不再作声了。

那顿饭，后来吃得有些沉闷。

在礼金、酒席上，苏家倒没有太多的要求，苏国安唯一的要求就是，一定要对玳玳好。方程程长袖善舞，俨然女主人的架势。相反，林秀一直很安静，每每说起话来，轻言细语的，给人的感觉温柔祥和，与世无争。可总的来说，他们一家对乔扬都是很好的。

再兼有那两个可爱的女孩子在插科打诨，乔家父母在面子上，是赚够了彩头了的。

那一晚，乔家进行了一次详谈。乔扬先送了玳玳回家，他则在父母家住下了。

乔妈说起：“玳玳那孩子是没话说的，我也算满意，就是她的那一家子怎么这么乱啊？”

乔爸咳嗽了两声，示意她说话要委婉些。乔妈倒是快人快语：“我没说错啊！单亲家庭出来的孩子，在婚姻里是存在许多隐患问题的。”

乔扬觉得心里烦躁，话也就有些冲了：“这样说，对玳玳不公平。她一直寄人篱下，可从未要求什么，人也乐观坚强，再者她积极上进，在公司里也是个小中层，一切都靠她自己一点一点努力得来。这样的女孩子，独立、乐观、坚韧，又有什么不好。她才二十三岁，我们不能对她要求过高。”

“是啊，别太为难那孩子！说话也要公平些，那是她父母的事，与她又有什么关系呢！我们儿子大她许多，多照顾她是应该的。”乔爸说了公道话。

本来一切都是相安无事的，这一段也就一笔带过了。可当乔扬狠下决心，把玳玳的事说清楚了以后，包括她肚子里的孩子是前夫的。这一来，这家庭灾难算是爆发了！

[3]

“这个婚绝对不能结！”乔妈是彻底爆发了。她从之前的对玳玳不满到喜欢，再到不高兴她的复杂家庭到接受，然后是最后知道真相后的彻底厌恶。苏玳玳在她眼里，已经成了个不知廉耻，勾引自己儿子的罪人。

这一来，老好人乔爸也无话可说了，只是叹气。

可乔扬倒是松了一口气，最坏的都已说出口了。

“我已经和她领了证，我们早已是夫妻。”

“我看你就是想存心气死我！难怪要先斩后奏，原来就是因为这个！反正我跟你说，这门亲事，我不同意！我们家的媳妇，一定得清清白白的！”乔妈重重地拍了一下桌子。

乔扬终于是坐了下来，他已做好了打长久战的准备了：“她不过是离了一次婚，且错不在她。她与前夫，大家都太年轻，才会走到了那一步，好好的女孩儿，怎么就不清白了？再说了，我爱她。这就够了！关于她的从前一切，我都是知道的。我追她，她避着我。我是用了许多心思，才追到她的。这辈子，我是认定了她了。妈妈，爱情这东西太奢侈昂贵，我原以为，到了年龄，找个人也就结婚成了一辈子了。可她不同，我三年前遇见她，就放不下她了。我能再遇见她，不能再错过了。她的孩子，就是我的孩子。我到今天才对你们说，就是怕你们会有这样的反应。原本，我怕她受委屈，是不想说出这些事的。是她坚持的，她不愿欺骗你们。她又有什么错呢？”

“好好好！她没错，我错了行吗！”乔妈已经被气得不行了，连手都在抖，“你不舍得她委屈，倒舍得看你娘委屈！”说完，不住地捶心口。

乔爸只能一直在旁劝她，还眼神示意乔扬先别说了。

可话匣子已经打开了，乔扬也是停不下来了，他叹，语声凄凉：“我又怎么舍得让妈妈受委屈。只是婚姻是一辈子的事情，难道妈妈也希望我随便找个人结婚吗？若是那样，我又何必等到了今天，早两年，我就成家了。只是我的心里，依然还保留了那样的念想。爱情，我终于得到了，我找了她，她就是我想与之共度一生的人，这就够了。结婚是两个人的事，何必要在乎别人怎么想。将来，孩子会随我姓，我和她都商量好了。等孩子长大了，再由她自己决定，是否用回父姓。只要我们自己一家人知道这件事就行了，亲戚朋友也没必要提及。我们总不能只顾在人前的面子，而不要里子啊！毕竟过日子，是我与她的事，我们快乐幸福才是最重要的，又何必管他人眼光。妈妈，你若坚持反对，只会大家都不开心。不被父母祝福的婚姻是没有幸福的。她是个好女孩，她能避我一次，如果知道了你们反对，她会再逃一次的。她从来都不想为难我。可我禁不住这样折腾了，为了如何向你们解释，我已是筋疲力尽，心力交瘁了，我不能没有她。”

乔妈陷入了沉默。自己的儿子，只有自己是最了解的。他这样说了，便真的是这样想了。如果自己坚决反对，那伤害到的只是自己的儿子，甚至会将他逼出这个家庭。与其失去一个儿子，还不如接受一个苏玳玳。她再开口，也没了方才的歇斯底里：“你真的想好了，就是她了？你不后悔？”

“若是后悔，当初我就不会追求她了。她一直很自卑，觉得配不上我。我给了她许多的压力，我只是不愿她再受委屈了。妈妈，请您祝福我们！”乔扬垂下头，他是累极了。

乔爸的手按在了乔妈的手背上，他摇了摇头，示意不要再说了，不要再逼儿子了。乔妈又岂会不疼惜自己的孩子，嘴唇动了动，最终选择了沉默。

乔爸拍了拍乔妈的手，让她先去睡觉了。

等剩下父子两人后，乔爸也是叹气："你要理解妈妈，她要强了一辈子，当然是希望你好的。"

"我快当爸爸了，自然明白为人父母的难处。谁不想自己的子女好呢！只是，我真的是喜欢玳玳！我不愿再一次与现实妥协。"乔扬说。

见儿子态度这样坚决，乔爸是欣慰的："你一向有主见，才会有今日的成就。在这个大都会里，有一份不错的工作。你从小努力勤奋，为的就是将来出人头地，你比妈妈要想的坚强得多，是她太过于担心了。好了，对于玳玳，爸爸是喜欢的。那么腼腆的一个女孩子，偏又那么坚强，她是没错。可你记住了，你妈妈也没有错。她那边，我会慢慢动员。我看你们的婚事，也该早办下来了，不然她的肚子越来越大，也不好看不是。"

于是，一场风波，倒是渐渐平息了下来。

接着就是置办婚礼酒水，酒席的一切事宜了。

那些都是最为磨人的。

比如玳玳试裙褂。乔妈让白练秋来帮忙。

说起练秋，她是乔扬的表妹，也是乔妈最疼的孩子，是乔妈妹妹的女儿，从小养在乔家，与乔扬是从小一起长大的。对于乔妈来说，练秋等于是自己的亲生女儿一般。

练秋长得漂亮，也骄傲。是那种用眼角来看人的上海姑娘，乔扬一向让着这个妹妹，与她也算是亲如手足的，就是有时看不惯她的骄纵。可偏偏这小姑娘就是乔妈的贴心小棉袄。真是情如母女俩的，逛街吃饭看戏打麻将，哪一样不是这个小姑娘陪着，她比起乔妈的大女，还要懂得讨欢心。因此，许多心里话，乔妈是喜欢与她诉苦的。

所以，练秋从一开始就看不上苏玳玳。

练秋自己开有婚纱连锁店。生意做得颇大，自己又是从国外学的服装设计，所以为人傲慢得紧，以至于二十七八岁了，依旧嫁不出去。她家境好，家里早早为她备下了房子，还是在繁华的路段。她从小不缺疼爱与物质享受，所以出了社会，自己开店，也没有受过半分的气，一直过得顺风顺水的。她一听乔妈说了玳玳的事情，就替乔妈不值，还对着乔扬说："表哥，你怎么就不挑个省心的姑娘，让姨妈也省点心呢！"气得乔扬拂袖而去。那练秋何曾被表哥如此对待过，对苏玳玳就更厌恶了。

乔扬的姐姐带着小孩，且路途过于遥远，不方便回来。但她与乔扬向来姐弟情深，在弟弟婚事上，她是大气的，绝不让弟弟难堪，且知道练秋的性子，打电话时婉言对妈妈说了："得看着点练秋那孩子，是个大嘴巴！好歹也要顾及弟弟颜面。"乔妈却埋怨她，不如练秋对自己贴心。大姐也是与乔扬一样的脾气。当年，自己结婚，何尝不是被老妈嫌弃，埋怨这埋怨那的，嫌她的洋丈夫是帮别人打工的，而不是自己做老板。按她妈妈的想法，只要是在国外的，都是当大老板，赚大钱的。为此，她也是气，一句话不说，挂了电话，事后怕弟弟难做人，给老大乔晖打了电话。乔晖是大哥，自然要担待的，也就回到了上海，替弟弟操持打点。

乔晖见过玳玳，也喜欢这个安静腼腆的女孩。对于她的事，也只是一笑置之，说的话与阿风一样："换了在国外，这根本不算什么。我反而佩服这女孩子的韧性。"

乔扬把哥哥的这番话告诉玳玳，玳玳感动得掉下了眼泪。乔扬才知道，她受了许多委屈。

她从来不说，但不代表他不知道。

玳玳试裙褂的那天，他本来有事，要迟些来，就让妈妈与练秋陪她挑选一会儿。但后来，他倒是赶上了，进来时是从侧门进的，刚想开口打招呼，就听见了练秋的话："你不是二婚吗？穿什么大红啊！那是新结婚的新娘子穿的。我看你穿粉红、桃红、水红的这类才合适，正红不是你穿的。"

原来，乔妈是挑了一些裙袍、小凤仙装与红裙褂出来的。老人家本是无心，见哪个款式好，就都挑了出来，没在意是否正红。因此在颜色里，正红色中又会掺杂了一些桃红。乔妈瞪了一眼练秋，示意她不该如此说话。

可玳玳的眼睛就红了，她垂着头，默不作声。偏那练秋还不收敛性子，将一套桃红色小凤仙装塞到她手中："还愣着干吗，快点试呀！"

玳玳刚要接过，乔扬走了上来，说："玳玳显小，且相貌甜美，这些是衬不起她的。对了，林雯和我说了，她的时装部回来了一批外国著名设计师设计的婚纱款式。她们这一期就是做婚纱专题的。我已经挑了几套出来。我们搞西式婚礼，不搞中式。"说着，只和妈妈打了声招呼，看也不看一眼练秋，就拉着玳玳离开了。他不愿，也不准，玳玳受这样的委屈。

乔妈也是恨恨地瞪了一眼练秋，觉得她太不知进退。也庆幸，自己诉苦时，只是提及玳玳是二婚，没有提孩子的事。在外人眼里，这个孩子，是乔家的。私心下，见儿子如此维护那个女子，她这个做妈的是不满意的。可不满意又能怎样，谁让乔扬那么迷恋她！

其实，跟玳玳相处下来，她也知道，那是个好孩子，对乔扬也真的是上心。自己说话再难听，玳玳也不露半点委屈。有时，她也觉得自己过分了，只是咽不下这口气。可今天，玳玳被如此羞辱，不知道为什么，乔妈就觉得难受。她一个女孩，这么年轻，便要一再地忍却退让，连眼泪都不敢掉。将心比心，她的女儿受了这点委屈，她也是会难过的。所以，她一声叹，也就算是认下了这个儿媳妇。

后来，她与乔爸在这边稍作了停留，也去乔扬的新房看过，还搞的是突然袭击，却发现玳玳在厨房煮饭菜，乔扬还没下班。每道菜，她都弄得精致。家中窗明几净的，也真的是个过日子的实在女孩。乔妈就放下心来了。她虽然还是冷着脸的，但是把一个红包塞到了她手上："这里是十万礼金。不多，也是我们的心意。还有，这里是一盒老金饰，是我当年的嫁妆，现在一并传给你了。"

"妈妈！"玳玳快要哭了。她知道，乔妈终于是承认了她！她很高兴。

“哭什么，都那么大的人了，还怀着孩子呢！”乔妈说完，不忘看了眼她的肚子，对于这个不是乔家的种，始终是耿耿于怀。还是乔爸宽容，揽过了乔妈妈，并说：“玳玳啊！你妈妈是疼你！别哭了啊！”

“我知道！”玳玳笑着抹了把泪。

一家人把饭菜摆好，等着乔扬回家吃饭。

玳玳开心地笑了，那一直是她梦寐以求的幸福，和家里人一起吃饭，团团圆圆，和和美美。

妈妈与外婆已从苏州搬过来住了，就在旁边小区，往来也近。妈妈还说，等她生娃了，就搬过来住，方便照顾。一家人在一起，有了那么多的盼头。玳玳觉得，过往的一切苦难，都不再重要了……

她已是婚期在望！

第十七章

/ 它真讨厌，只有一点好，爱你 /

[1]

那套婚纱很美很美，那么纯真、圣洁，是乔扬替玳玳选的。她的气质偏甜，像个洋娃娃般，这样的蛋糕裙子最适合她。

是抹胸的蛋糕裙婚纱，刚好将玳玳美丽的锁骨展现出来，她的小胳膊细腻柔软，又白又纤细，偏偏肩头处却是圆润可爱的，整个人看起来软软的，棉花糖一般。束腰处处理得很微妙，看不出她有孕在身，再下去就是层层叠叠的蛋糕形状，刚好到膝盖下面一点，不会过分累赘，因为裙子不长，故而头饰上披下来的那袭白纱很长，长到了地上，几乎铺满了整个过道，足足三米长。慢慢走过，在地上迤逦，那温柔的一袭纱，衬得玳玳朦胧而美好。

玳玳试穿了，真的很美很美。

乔扬站于一旁，向她伸出了手，她轻轻接过，俩人相视一笑。

“你真美。”乔扬深情地看着她，低声说。

旁边的林雯感动得哭了，司徒风心里一软，寻常见到的都是她的坚强，其实她很脆弱，很容易感动，他牵住了她的手。

乔扬是准备买下那袭婚纱的。名师设计，价值不菲，玳玳感动得无法言语，可还是揪了揪他的衫袖，让他租就好。他笑她的小性子，但坚定地就要这一件："这袭婚纱很美，等我们的女儿大了，出嫁时，穿妈妈传承下来的婚纱，一定会得到最美好的祝愿与幸福。"

玳玳脸就红了："你一定知道是女儿。"

"我喜欢女儿，像你那么可爱、纯净、美丽。"他温柔地说道，脸上的笑意那么安详，让她生出这就是一生了的错觉。

她不再坚持，点了点头。

司徒风心生羡慕，深情地看向林雯，林雯微笑着看着眼前那一对，她的侧脸很美，脸庞上泛出珍珠般的光芒。能拥有这个女子，是他司徒风一生的幸福，可他知道，他不能太急，他要用耐心与等待使她明白，他有多爱她。

由于玳玳不再搞中式婚礼，所以林雯送给她的也是一套婚纱，让她敬酒时替换。那是复古式的，用白蕾丝做成旗袍领子，胸前织就一片朦胧的性感，是长袖贴身的设计，袖子也是蕾丝的，裙子很长，包到脚踝处，片片蕾丝透出些法式风情，偏又端庄优雅；旗袍一般的裁剪，使得玳玳的古典气质一点一点地透露出来，十分高贵美丽，与之前那一套是另一种风格。

玳玳很喜欢，可不好意思让林雯破费。司徒风笑着抢过了话头："你无须担心她了，她爸可成了暴发户，钱多着呢！"

林雯睨了他一眼，那种娇嗔，如此生动美丽，只有热恋中的人，才会有的。玳玳很替他俩高兴。而司徒风送给玳玳的，是一套珠宝首饰，虽然过于贵重，但他坚持要乔扬与玳玳收下。

玳玳有些为难，那焦急的模样十分可爱，她是司徒风喜欢过的女孩，尽管他的心意从未说出口，但他永远不会忘记这个如棉花糖一般的小表妹。他上前一步，握住了玳玳的手，道："收下吧，这是我的一点心意。你可是我的小表妹，当天一定要是全场最漂亮最闪亮的。"

玳玳脸一红，轻轻地说道："谢谢。"

玳玳已有将近六个月的身孕，所以酒席日期定得很近，过两天便是了。苏茉莉做她的姐妹，林雯与司徒风是伴娘伴郎。

做姐姐的曾找过妹妹谈话。除了两家商量婚事的那天，苏茉莉是彻底玩起了失踪，方程程根本找不到她，唯有和这个姐姐，还一直有联系。

那天，玳玳要回苏州，要给外公上坟，并说出自己要结婚的好消息。小时候，有很长的一段时间，她是外公外婆带大的，外公去得早，没享两天福，可玳玳一直很想念他，所以一定要把这个好消息告诉他！

同去的还有苏茉莉。

苏茉莉是个活泼开朗的女孩子，整日里叽叽喳喳的，像一只小黄鹂。她一定要到绿水桥去看一看，她说，那是姐姐姐夫邂逅的浪漫地方，她也要沾沾福气。

绿水桥，还是那座桥，历尽沧桑，依旧站在那儿，站成了一道风景，像是离人，在等待归期。它成全了一对又一对的人，站在那里，送别，等待，和迎接重逢的喜悦。玳玳轻轻地抚摸着桥，这座桥成全了她与乔扬。乔扬就是她的那一座桥！

在这里，她与宋子衍闹脾气，掉了一双他送的鞋；也是在这里，宋子衍抱紧了她，让她别走，对她说，我爱你。全是在这一座桥上，这一桥，凝结了她的一生时光。

苏茉莉是聪明的，她黑如点漆的眸子一闪，狡黠的笑意蕴在了唇畔："姐姐，你想起了谁？是姐夫还是子衍哥？"

玳玳一怔，便笑了，笑意有些苦涩："什么都瞒不过你这个鬼灵精。"

六年的感情，岂是说望就能忘的。苏茉莉在手机上搞鼓着什么，然后随意问道："如果当初子衍哥早些回来找你，你还未遇到姐夫，你会原谅他吗？你要回答我真话哦，这里就我们姐妹俩。"

想了许久，玳玳垂下了眸子，湖心荡漾，扩散出一圈一圈的涟漪。

“会的。我一直爱着他。”她答。她不想骗自己，如果不能忘，就不要刻意去忘记，将他放在心底，那是她这一生最美的回忆，“可我更爱的是乔扬，茉莉，人这一生，会遇到许多的人，人的际遇也很奇妙，有些事情，变了就是变了，过往的事，再也无从拾起，就让他随风而去吧！”说着把手中那一朵洁白的玳玳花放进了水里，花随着河水慢慢流远了……

苏茉莉是把电话打给了宋子衍，他就在岸边的杨柳后，玳玳没有看见他。可他依旧注视着她，她说的，他都明白。他没有想过要打搅她，只是茉莉提前告诉了他玳玳的婚期，他才从新加坡赶回来。他想起从前的过往，玳玳喜欢苏州，他们经常回来她外婆家小住。在这里，有他与她的许多回忆。他只是在河边慢慢走着，一不小心就到了这里，是苏茉莉首先给他打的电话，电话里没有声音，他正奇怪便听到了玳玳的话。她终于是放下过往的一切了，也好，也就让一切留在记忆里吧！

他慢慢走出了苏茉莉的视线。

当看见姐姐曾住过的老宅时，苏茉莉发出了一声欢呼：“这简直就是我的‘dream house’(梦想中的房子）！”

玳玳牵了她的手，进去，笑着说：“傻姑娘，住在这里非常不方便，冬天可冷了，冷得人怎么睡也睡不着。”

玳玳请她坐下，给她泡了一壶浓香满溢的茉莉花茶，可她只顾着上下来回跑，在那里左看右看。她是第一次来这里，别提多高兴了。

“还是苏州好，我和同学来过好几次，比上海有意思多了。这里的人都是水做的似的，每个人都是柔柔软软的，像团子，像姐姐你。”

玳玳就笑了，只听“咿呀”一声响，苏茉莉已经推开了雕花的窗子，面向的是一汪的湖水，那么多情，那么惆怅，往来的船撸声，声声入耳，还有人唱渔歌，竟是个逍遥的好地方。

“不得了，不得了！这里居然有五间房子！”

当初，玳玳妈刚离婚时，就是带着玳玳在这里住了多些时日的，后来，她回上海了，妈妈就跟着外婆住在这儿，相依为命了。每逢到了风寒水冷之际，真的是无处道凄凉。也只有如茉莉那般饱享家庭温暖的幸福女孩子，才能体会出这样的浪漫。

垂下头，玳玳没有说什么。

当茉莉问起，以后这房子怎么办时，玳玳答："打算做旅馆吧！请个人来管理，我与乔扬每个月回来一两次，也可以住在这里。乔扬很喜欢这个地方。"外婆已经在房契上加上了她和乔扬的名字。

原来苏茉莉是有想法的，她有个厉害高压的妈妈，自然而然就形成了离经叛道的叛逆个性。她与李刚毅早有了自己做小生意的打算，李刚毅把这几年存的钱都拿了出来，就准备租个地方做生意。而她看中的就是在旅游区做生意。可旅游区的房子贵啊！李刚毅的那几十万并不够用，她把想法与爸爸说了，苏国安给了小女儿同样的一张一百万的卡，还说了，这就是她的嫁妆，如果她败完了，可就没有了。她高兴得跳了起来，一直亲她老爹，把她老爹乐得是笑呵呵的。

苏爸爸见过李刚毅，是他专门约小李出来喝茶的，毕竟女儿已经和他同居，就是认定了他了。做父亲的，怎么也要了解了解清楚情况。

俩人聊了许多，李刚毅说起以前父母辈当知青时的艰苦岁月。俩人越聊越投机，与乔扬的话不多不同，李刚毅是能言善辩的，再加外表俊俏，谈吐大方，且很疼爱茉莉，事事以她为先，单是这一点，就让苏国安很满意。

有他与乔扬这样的女婿，苏国安很放心。

李刚毅早早把金桥的房子加上了茉莉的名字，苏国安还笑他，就不怕她跑了还要来分他一杯羹？

李刚毅自有他的那一套，他说，苏茉莉外表姣美，其实内心也是很要强的，她是他见过的，最能吃苦的女孩子。她在金桥住，却要跑到浦西去进出货，刚毕业就自己在金桥开起了精品店，进货出货都是自己搞定，能干得很，硬是把生意给做了起来。她还在精品店里经营小小的咖啡馆，并做烘焙糕点，顾客帮衬过了，还要再回头。只用了短短一年的时间，已经把自己的招牌打响了。

“哦？可她哪有本钱？”苏国安好奇了，那一百万也只不过是最近才给她的。搞咖啡，他还是懂的，一个好的虹吸壶，可是要好几万的，样样都是钱！虽然说金桥小白领多，喜欢小资，消费得起的也大有人在，可也要有这个本事，这个魄力，才能把生意做起来啊！苏国安不得不叹，茉莉读书远不如玳玳，她没有读书的天分，却与自己一样，有做生意的头脑。

这一来，却换李刚毅不好意思了，他摸了摸头，笑道：“是我给了她几十万做本，不过短短一年，就回本了。所以她不是那种只讲享受的女孩。再说了，我在金桥的房子也值不了多少钱，在市中心，连一个亭子间也买不起，她要图我什么？住在我那小房子里，是委屈她了。我听乔扬说过，茉莉住的家是市中心里的复式，可她却愿跟着我挨苦，我能做的，只是好好爱她，疼惜她。”

所以，李刚毅打算辞去工作，与茉莉一起做生意去！而且软件开发的事，他早联系好了一家公司，专门做手机游戏开发的，他每卖出一个手机游戏，就能得到好几十万，甚至百万的酬劳，且不用坐班，在家里干活就可以了。他可以一边陪着茉莉，一边搞软件开发。

苏国安在生意场上摸滚打爬这么多年，早练就一副火眼金睛，看人的眼光十分准。他知道，李刚毅是个头脑灵活的小伙子，与乔扬一样迟早是有出息的，所以他乐呵呵地说：“得婿如此，老夫心满意足啊！你方阿姨那边，我慢慢跟她说去，别和她一般见识！”

李刚毅是满脸惭愧，连对茉莉说起此事，都是十分不好意思的。他总是说，茉莉跟着他，是受苦了。

[2]

那些回忆压了下去，苏茉莉对姐姐说：“姐，既然要租，就把你心爱的‘枕水人家’租给我吧！李刚毅打算辞职和我一起做生意咧！”不忘笑嘻嘻地往姐姐身上扭去。从小到大，自己只要一用这招，姐姐就会投降了，对她言听计从。

看着那浓绿的湖水，水上繁花点点，这样的景致是美的。玳玳看着窗外有些沉默。一枝绿藤攀进了窗子里，绿油油的一片片小叶子，可爱极了，衬着姐姐肤如凝脂的脸，竟分外动人，玳玳一直有种古典美，而茉莉有时会很羡慕姐姐，姐姐的美不张扬，却惹人怜爱，所以她总能得到最好的男子。

在从前，茉莉可是迷恋子衍哥迷恋得紧，可子衍哥看向姐姐时，总是充满爱怜。自己的那点小心思只能小心仔细地藏好。如今，她得到了李刚毅的爱，才觉得自己于姐姐是一样的了，她也找到了真心对她好的人。

玳玳见妹妹的视线胶着在自己身上，一怔，回过神来，答："你租自是最好的。老房子也得靠人养，不然一空下来了，就得坏了！可你有什么打算呢？"

苏茉莉把自己的打算说了，原来是想经营一家猫猫客栈，客栈里还设有猫猫咖啡书屋，一楼的房间当她与李刚毅的卧房，隔开来后，整个一楼就是打开门店做生意的主题咖啡书屋，以猫作为主题，也会放上许多关于猫猫的精致书籍，还有她从各国淘来的文艺书，与一些特别的，市面上买不到的书；她还会做咖啡与烘焙蛋糕招呼客人，并售卖咖啡豆与咖啡机一切物品。店里还会养几只猫，慵慵懒懒的，一定能招客人喜欢，还能做出自己的招牌；至于楼上，要隔开，把四间房扩建为七间，把小阁楼也利用上。连隔壁的那一家老宅子一起租，那就有十五间客房了，等她有钱了，再把隔壁的老宅子买下来，好好经营她的小生意。

"可你要长留苏州，方阿姨会担心的！"玳玳有些不忍，也怕自己这个娇滴滴的小妹妹会受苦。

"姐，我看她脸色二十多年了，也想出去闯闯了。"于是把自己在金桥经营小店的事说了，听得玳玳是一惊一乍的，居然不知道自己的妹妹那么有做生意的天赋。

“厉害吧，我可是大四就开始经营那家小店了。”她得意地说。

等姐妹俩人回到上海，与李刚毅一起，聚到了乔扬的新家里，谈起了做客栈的事。李刚毅发表得少，总是微笑着听茉莉说话。茉莉说什么，他都说好。搞得玳玳与乔扬相视一笑，眼神示意：这小李子中毒了！中的还要是爱情的毒！

“租给我们，姐夫大可放心啊！最好的那间房永远替你们留着的哈！随时过来住甜蜜甜蜜哈！姐，你懂的！我会替你事先在床上铺满玫瑰花瓣的！”苏茉莉的话，把玳玳给说红了脸，连答话也不晓得了。

还是乔扬替她解了围：“不许这样捉弄你姐。”

“呀！姐夫恐吓我了！我怕怕！”她躲到了李刚毅后头去。

一群人是笑成了一团。

还是李刚毅精于数字，他替苏茉莉计算了一下成本，除去每月给乔扬与玳玳一万的租金。需要八十万左右的简单装修费，加上灯油火蜡，和咖啡豆与咖啡机、烘焙机的损耗，与开支，每个月他们靠房租买卖书籍、咖啡用品的钱还能赚七八万，只需要两年左右，就可以还清一百多万的本金了。

“到时我就能把你的嫁妆赚回来了。”李刚毅的话把大家都说笑了，苏茉莉难得显出了一份娇羞。

“乔哥，我可是要做完今年才辞职，听说我与你还有黄组长今年的年终奖每人会有二三十万的呢！我现在可不能跑路。加上我上个月卖出去的手机游戏软件，得了四十万，嘿，茉莉，我可以全投进去咱们的小生意里了！”李刚毅对着茉莉，眉开眼笑，只要能多赚到钱，无须茉莉那么辛苦，他就开心了。茉莉见他开心，自己也是笑的，还不忘揶揄姐姐：“姐，乔哥有了年终奖够你们去度蜜月的了！去哪儿好呢？马尔代夫好啊，一望无际的大海，就你们俩，够浪漫的啊！”

猛然间，玳玳就想起了宋子衍说过的话，想与她去马尔代夫……脸一瞬就红了。只能垂下双眸，掩饰自己的情绪。可乔扬温暖的手握住了她的，笑着说："玳玳有了孩子，不方便，还是等以后吧！有了那笔钱，加上我现在的存款，可以把妈妈与外婆住着的小屋买下来了。"他看着玳玳一脸温柔。

乔扬与宋子衍是不同的，宋子衍浪漫，有一颗不定的心。可乔扬宽厚沉稳，他是树，他是桥，他总能给她踏实安心！原来，她想要的，不过如此。不是那触摸不到的浪漫，而是他的实实在在。她看着他，欲言又止，乔扬瞧出了她的矛盾，示意她说下去。玳玳只好把爸爸给了她一百万的事说了出来，也说了自己已经买下了那套房子，独独省略了宋子衍替她付了一部分的事。

见乔扬沉默，她很紧张，有些着急："我只是不想你负担太重！你要供新房已经很大压力了！"

"我明白你的心意。"他温和地笑了，"既是爸爸的好意，你就放心领了吧！"他的宽容大度，使得玳玳十分安心，看着他，开心地笑了。从此以后，他与她之间再无芥蒂。

[3]

玳玳的婚事，终于尘埃落定。

那是一场隆重的婚礼，是乔扬所能给她的，最大的幸福。蛋糕有五层那么高，香槟酒一层一层地叠起来，堆下去，满地的金银礼花纸屑，西式的婚礼，圣洁的银白粉蓝场馆，十分浪漫唯美，花团锦簇，十分瑰丽多彩。

等到玳玳由爸爸领着出场，全场的人都深吸了一口气，参加婚礼的人见惯了这样的场合，但见到新娘时，还是惊叹出声，多美丽可爱的小新娘啊！由爸爸领着，仪态万千地走来，又生动又俏丽，交到了新郎的手中，新郎高大俊朗，黑色的西装显得他挺拔如乔木，一脸温柔的微笑只注视着他的小新娘，满满的都是幸福与爱意。

交换戒指，互相亲吻，礼成！

在场的人都鼓起了掌。

她去房间里换衣服，一个服务员送了一个用木箱包装着的礼物给她。伴娘瞧见了，一脸好奇：“噫，是谁送的？快拆开看看。”应了林雯要求，玳玳拆开包装，打开了木箱，是一整箱十二瓶的“思凡”，不再是他与她纪念性的那一个年份，而是今年的，是祝贺她与乔扬的，这是个纪念的好日子。

林雯率先打开卡片，没有落款人名字，只写着：祝你永远幸福！

“原来是宋子衍！”林雯也是叹气，到了今天，她也不怪他了。他虽然使玳玳吃了许多苦，但他们的感情也是真的，宋子衍爱过玳玳，玳玳也爱过他，这就够了。他不是一个坏人。林雯想恨他，也恨不起来，“也算是个有心人了。”

这一次，玳玳没有再哭泣，她感到由衷地幸福。她飞快地跑出门外，可门外哪还有人。玳玳看向走廊的尽头，带着幸福的笑，对他说：“我很幸福，我也祝福你！”

她换上了新的婚纱，复古的洁白婚纱在她身上那样美丽。曾经他与她也有过一场婚礼，可那场婚礼如此简单，她的父母不看好他们的婚姻，来的只是玳玳娘家的人，和她的爸爸与茉莉。没有太多的亲朋好友，他早和势利的亲戚断绝了往来，公司的同事也只有三五个人，只是简单的五六桌，婚纱旗袍也是租的，穿在小巧玲珑的她身上，总是宽了。可她没在乎，她高高兴兴地嫁给他，却没有任何的要求。终究是自己错过了她！

如今的她，多么美丽，是乔扬令她绽放出了最动人的容颜，她很幸福！他一转身，离开了那里……

当玳玳出来敬酒，所有人的目光再次聚集到了她的身上。她的甜美，她的古典气质，使得宾客挪不开眼睛，乔家亲戚一直在赞乔妈妈，有眼光，找了个这么漂亮可人的媳妇。乔妈妈是开心的，那一点不愉快与芥蒂也慢慢地淡了下去。

“你瞧，每个人都看你！今天你最美！”林雯低低地笑，一边替玳玳挡酒。

“那是因为你把我打扮得很漂亮啊！没有你，我不过是最寻常的女子。”玳玳一向谦逊,也不懂得自己的美。林雯也不捉弄玳玳了,自夸起来:“好歹我也是个时尚总监啊！丑女在我手中都能变成天鹅，更何况你这个美女呢！”

“是是是！美丽的时尚女魔头！”玳玳也是笑，不忘打趣，“你就差脚踩一双普拉达的鞋子啦！”

“为了陪衬你的高贵，我可是穿了一整套的香奈儿的，脚踩香奈儿也不错！”林雯口齿伶俐，玳玳说她不过。

等宾客散尽，她与乔扬回到了新房。

一切那么安静，只有雪球陪着俩人。

乔扬与她相视一笑，不必开口，便是你侬我侬。

那一晚，乔扬极尽温柔，俩人相拥而眠，那是难以言喻的幸福。

当太阳照进窗户，她伸了一个懒腰，便醒了。

“你真像一只慵懒的猫！”乔扬睁开了眼睛，笑了。原来，他早醒了，只是舍不得吵醒她，才抱着她一动不动。

他抽了抽手，眉心都皱了起来，玳玳才想起，枕着他的胳膊，整整睡了一个晚上，他一定是连身体都麻了。她脸一红，在他臂上亲了亲。再抬头，瞧见他看着她，他笑意连连，给了她一个深深的亲吻，俯在她耳边低语：“都嫁给我了，还那么害羞吗？”

她羞得看他一眼都不敢,直接投进了他的怀抱中,把脸贴着他的胸膛。他的气息清清爽爽，他的心跳沉稳有力，而他的肩膀那么宽厚，这一切，都是她很喜欢很喜欢的。

“我爱你。”她说。

“什么？这么小声，我听不见。”他大笑。

而她羞得再不愿理他。闺房之乐，他是占尽了春色，那种快乐，是他此生从未有过的。他握起了她的手，放于胸口，认真地看着她，一字一句说道："执子之手，与子偕老。"

那是她听过的，最动人的情话！

[4]

经过了大半年的准备，苏茉莉的猫猫客栈开业了。

这桩小生意，倒真是给她经营得红红火火的。玳玳要生孩子，并不能到场，看不到那样的盛况。可这小妹妹无论多忙，每个星期都会打电话给她，和她说说生意情况。

一会儿，茉莉说："你和姐夫可是房东啊！一定要来住啊！不然我和李刚毅会无聊的。"一会儿又说，"姐，我这收养了好几只猫猫哦，都好可爱的，有名贵品种也有中国花猫，都忒可爱了。你喜欢，我送只给你！我的客人啊，每天不来这里喝杯咖啡和猫猫玩玩都不高兴呢！"一时，又嚷嚷着，"姐，我这儿的生意太好了，都忙不过来了。估计呀，再过个三五年，隔壁的那家老宅子不用租了，我可以买下来了，到时我和刚毅就有自己的房产了，我们就在苏州结婚，搞个特色婚礼，连摆酒也在我的小客栈里摆，你说好不好呀！"

玳玳也是无比高兴。

李刚毅十分有骨气，也有能力，在他的操持下，很快就赚回了茉莉前期投进去的一百万。他把那笔钱打进了茉莉的户头，茉莉不高兴了，说："这都要计较得那么清楚。"

他溺爱地看着她，说："那是你的体己钱，你好好存起来。再说了，那是爸爸给你的钱，不是我的。我怎么能要呢！"他是真的心疼她，每天白日里，他与她一起忙碌，到了晚上夜深人静时，他便对着那一池湖水，慢慢地编程，设计他的手机游戏，他已和好几家公司签了散约，虽然每个游戏给的价钱只在中等价位，可长期下去，是一笔非常可观的收入。有时，茉莉心疼他，怎么也要等着他一起休息。熬到了凌晨三点，她坐在床上，拿着书都睡着了。他见了也是心疼，便关了电脑，抱着她一同入睡。俩人日子过得有些清苦，可十分甜蜜。

当他再次卖出了一个二十万的游戏时，他在商场给她订了一颗红宝石戒指。红宝石的克拉颇大，花了十多万。他事前不告诉她，怕她反对，在她生日时，带她去了商场。

她那么明艳的一个女孩，只有红宝石才衬得上她，当她戴上了那颗宝石戒指时，感动得说不出话来。她知道，这一生，除了他，她不会再嫁给别的人。

他没有单膝跪下，但他向她承诺，再过五年，等买下了隔壁的老宅子，他们就结婚。她拼命地点头，只有天知道，那一刻，她有多么幸福。

俩人手挽着手离开商场，彼此是那么甜蜜，年轻的容颜，飞扬的一颗心，成了街上最亮眼的风景线。

不远处一辆宝马车停了下来，车上下来一位女子。女子年轻，容貌娟丽，只是眼睛透露出些许憔悴。她以为自己看错了，才会停了下来，可迎面走来的，真的是他！

李刚毅，她曾经的男朋友。她爱过他，可当有更好条件的人出现，她义无反顾地离开了他。如今见他，他依旧英俊，身边牵着的女孩美丽出众，俩人是那么登对。她的心莫名地一痛。

李刚毅也看见了她，稍稍一怔，便恢复了寻常，稍一颔首便过去了。那辆车价值三四百万，那是他一辈子也不奢望拥有的东西。有了豪车，自然有别墅豪门，上流社会的生活是她所选择的，他不需要那样的物质生活，他只想抓紧眼前的幸福。

等走过了，茉莉才说："你们认识？"

他不打算骗她："是我从前的女朋友。如今，她过得很好。而我也找到了我真正想要的幸福。"

茉莉想，即使是爸爸做生意的，也不舍得买那样好的车子，只买最普通的二三十万的代步车。爸爸把每一分钱都用在了家庭里，无论自己是想去欧洲玩，还是去游学，总会毫不犹豫地拿出那笔钱来。那才是真正的过日子。刚毅实在，他与她往后的生活，他早早计划好了。人又肯吃苦，那才是她真正需要的。她觉得自己的幸福是实实在在的，不会如方才那位女子那样憔悴凄楚。真正的爱情，不是来源于物质的享受，而是他与她一生的守候。她挽起了刚毅的手，一同朝前走去……

[5]

玳玳生了一个可爱的女娃，长得可漂亮了。同产房的妈妈们都来看她的女儿，都赞："多么可爱啊！像外国的小天使一般，眼睛那么大，皮肤又白，像个小粉团，那小嘴红红的，那鼻子多挺啊！真是好俊的一个女娃！"

其实，玳玳生孩子，受了很大的苦。她难产，险些大出血，等推到监护室时，乔扬隔着玻璃窗看她，她整张脸如同白纸。乔扬真怕她会醒不过来。

当她终于张开了眼睛，他哭了。他握着她的手，说："这辈子，我们再也不要孩子了，这个就是我们的孩子！孩子很爱笑呢！你瞧瞧。"他把孩子抱给她看。

娃娃忽然就"咯咯咯"地笑了，笑得那么开心那么快乐、没心没肺的，跟她性子真像。乔扬亲了亲她，再亲了亲孩子，说："我们在桥上邂逅，她就叫乔桥吧！"

玳玳很虚弱，但还是发出了喜悦的音符。

"好！"她笑得那样开心。

乔桥像爸爸，有宋子衍的轮廓，那直挺的鼻子，像极了他。可她一笑时，又活脱脱的就是另一个玳玳。有时，玳玳会看着她出神，想到了许多。可乔扬的宽容总能让她感到实实在在的快乐。

乔妈心里到底有些芥蒂，来过几次，便回澳洲了。

那个女孩很漂亮，可到底没有乔扬的影子。而且，乔扬说了，为了玳玳不再受苦，他决定不再要孩子。

乔妈一气之下走了。

等到春节，一家人回来团聚，连乔姐姐也回来了，一家人好不热闹。

乔妈见到了乔桥，已经半岁大了，长大了些，更像玳玳，一笑时，甜得连整个屋子都腻腻的了。乔桥真的是十分爱笑，她不恼、不哭，就是爱笑。尤其是见到乔妈时。乔妈忍不住了，见她如此可爱，伸出了手，可手刚想缩回，便被她小小的、充满奶香的小手抓住。

“呀呀！”她吱吱呀呀地叫着，忽然又“咯咯咯”地笑开了。她一直握着乔妈的手不愿放开，一直对着乔妈笑呀笑的，笑成了一朵花，把乔妈的心都笑软了。

“妈，她和你有缘。”乔丽看着妈妈，又看着弟弟和弟媳妇，笑着说，“你看，这小小的鬼灵精在说：‘快来爱我呀，快来疼我啊！’多可人怜见的！”说完，不忘也去逗逗小乔桥，还一直“小桥小桥”叫着。

玳玳对乔姐姐投去了感激的一笑。她退开，让妈妈抱抱孩子。

当把乔桥抱在手上的那一刻，乔妈的脸上绽开了笑容。这是个绝美的女孩，等她大了，一定有最美的容颜。她在乔桥娇嫩的脸上亲了亲，乔桥大声地笑了起来。

乔扬走到玳玳身边，搂住了她：“你看，妈妈多开心。”

那样的幸福，于她来说，真是奢侈。

林雯与司徒风也来瞧过孩子，还给了好大一个红包。乔桥抓着红包就不愿放了，手舞足蹈的，十分高兴。

司徒风笑她是个小财迷，和妈妈一样。玳玳脸就红了，仿如做少女时一般。林雯一直抱着孩子亲，怎么都舍不得放下，连乔扬也打趣：“这么喜欢孩子，可以和阿风要一个！到时，小孩子和阿风这个大孩子闹在一起，那才叫热闹。”

这一下，换林雯脸红了。她没有回答，司徒风是明白她的，也从不逼她，忙岔开了话题：“好呀，乔扬，你这小子就是在报复！那她真的是小财迷嘛！”说得大家又笑了起来。

等到姐妹俩进入房间里，说起了悄悄话，玳玳有些担心林雯，她软软地劝道:“表姐，就连茉莉都有了结婚的计划了。你呢？你是怎么想的？阿风真的是对你很好。你不必介意他的家庭，他们迟早也会接受你的。”

林雯并不担忧，她想了想说：“我知道阿风对我的感情。尽管我一直在骗自己，可我也是真的爱他。还是那句话，一切随缘吧！我跟他，现在挺好的。”

玳玳忽然露出了一脸坏笑：“你们可以来个‘奉子成婚’啊！”

“结了婚的女人真的是什么话也敢说了，脸也不红了。”林雯被她臊红了脸。

另一边，也换来了乔扬的一阵打趣：“奉子成婚好了！既然你的家族那么多规矩，这个最能打破规矩。”

“嘿嘿，本人正有此意！”司徒风笑了起来，一副胸有成竹的模样，让乔扬都要替林雯捏一把汗了。

其实，林雯还是担心玳玳的处境的，如果她与乔扬没有属于自己的孩子，只怕乔家那边不好交代。玳玳听了林雯的话，也是叹气：“我有想过再要一个小孩，不是为了顾及乔家的想法。我只是想要一个属于我们的孩子。但是他不同意。”林雯眼珠子一转，俯在她耳边说，如此如此。

玳玳推了她一把：“果然，老不正经的是你。”

色诱，她是做不出来的，但俩人躲起来，去度个小蜜月，倒是不错的想法。主意打定，玳玳由衷地开心。

后来，为此事，玳玳有和乔扬提过，要生一个属于俩人的孩子。连名字都想好了，要是个小男孩，叫乔海，像爸爸一样，有爸爸海一般宽广的心胸；是女孩的，就叫乔黛，黛字暗含了苏州的粉墙黛瓦，也暗含了妈妈的名字。

可乔扬一听，就苍白了脸面，说什么也不同意。

“我不想再经受那样的打击，我不能失去你。每每想起，我就害怕，如果你不在了……”他连说下去亦是不敢。

为此，俩人闹了好长的一段别扭。

还是玳玳先服的软，哄他道：“不要了不要了，我只要你和乔桥，好不好呀？”

他便去挠她痒痒：“看你还敢不敢对我使坏。”他又怎么舍得生她的气呢，气早就消了。

俩人趁着假期，去了苏州小住，就住在玳玳原来的闺房里。那里一切未变，也从不住人，可见茉莉与刚毅是有心的。

乔桥让妈妈与外婆带着。

两夫妻终于有了长久以来难得的二人世界。

当俩人倚在窗旁时，她说：“我真幸福。”

乔扬吻了吻她的发：“我也很幸福。”

这就是家的感觉，只有俩人有爱，去到哪里都是家。

回到上海，当玳玳再次呕吐时，乔扬变了脸色，他径直拉了她去医院，路上，脸色十分难看。

玳玳几次想开口，可都是怯怯地低下了头。

见她怕他，他终于是无奈地叹了一口气，将手放在她的头上，揉了揉。她抬眼看他，他依旧微笑着看向她，那么温柔，仿佛永远也看她不够。

见到医生，两人都很紧张，结果出来了，已经有了三个月的身孕，而且怀得十分好。俩人是那样高兴，抱在了一起，居然把一本正经的医生也逗乐了。

等拿着B超单子，走出了医院，他还是紧紧地攥着她的手，害怕她会消失了一般，他叹气：“下次不要再这样吓我了，我老了，禁不住吓了！”

她“扑哧”一声笑，歪着头瞧他，说：“你很老吗？”再踮高一点脚，在他耳边道，“你老得依旧让我受不了！”

他脸一红，就去抓她。可她已经笑着跑了。

“别跑那么快！注意危险！”他一把冲了出去，把她抱起，不顾路人的目光。俩人笑得那么开怀。

“真像做了一场梦，我们也有属于自己的孩子了。”玳玳被他抱着，坐在自家的小花园里，看着万家灯火，身旁是熟睡了的乔桥与小猫雪球。

他吻了吻她，没有作声。他依旧是担忧的，天知道他担惊受怕了多久。可他觉得幸福，只因玳玳爱他，才愿意与他孕育一个属于彼此的孩子，那是他们爱情的结晶。见他不说话，以为他还在生气，她吻了吻他的唇：“你喜欢女孩还是男孩。我们已经有了一个小女孩了，我想要个男孩。”

他动了动，再抱紧了她：“我还是想要一个小女孩，依旧是长得跟你一样，永远甜蜜，永远爱笑。”

天幕之下，是相爱的一对小夫妻，他抱着她，觉得世界是如此美好，永远充满着希望，就如他与她的那一场美妙的相遇……

(全文完)